走出书店经营怪圈

唐　凯　编著

北京大学出版社

PEKING UNIVERSITY PRESS

图书在版编目（CIP）数据

走出书店经营怪圈/唐凯编著. —北京：北京大学出版社，2009.10
ISBN 978-7-301-15574-5

Ⅰ. 走… Ⅱ. 唐… Ⅲ. 书店—经营 Ⅳ. G235

中国版本图书馆 CIP 数据核字（2009）第 127592 号

书　　　名：走出书店经营怪圈
著作责任者：唐　凯　编著
责 任 编 辑：梁　勇
封 面 设 计：李鼎威　魏荣亮
标 准 书 号：ISBN 978-7-301-15574-5/F · 2257
出　版　者：北京大学出版社
地　　　址：北京市海淀区成府路 205 号　　100871
网　　　址：http://www.pup.cn
电　　　话：邮购部 62752015　发行部 62750672　编辑部 62756923　出版部 62754962
电 子 信 箱：xxjs@pup.pku.edu.cn
印　刷　者：北京飞达印刷有限责任公司
发　行　者：北京大学出版社
经　销　者：新华书店
　　　　　　730 毫米×980 毫米　　16 开本　　18.5 印张　　332 千字
　　　　　　2009 年 10 月第 1 版　　2009 年 10 月第 1 次印刷
定　　　价：35.00 元

序

  随着文化体制改革的深入，我国出版发行体制改革正在加大力度、加快速度进行。近年来党中央、国务院出台了一系列新的举措和政策，推动出版发行体制改革，重塑市场主体、建立与社会主义市场经济相适应的图书市场体系，并取得了明显的成效。当前除了少数公益性出版单位外，绝大多数出版社正在进行转企改制，由原来的事业单位、企业化管理转变为企业，成为真正的市场竞争主体。相对于出版单位而言，发行单位的改革开始的时间要早，进行得也比较彻底。在出版单位还作为下一步目标的股份制，在发行单位早已不是问题，已经成为一种普遍现象。这表明，在体制改革方面，发行单位已经走在出版单位的前面。

  出版发行体制改革本身不是目的，而是为了推动出版发行业更好更快地发展，因此，体制改革后如何提高微观出版发行企业的管理水平和经营水平，就成为转企改制后出版业能够健康发展的关键。体制改革的成果要落实到增强企业活力、提高企业竞争力、扩大市场占有能力上，落实到激发员工积极性、创造性上来。因此，对微观出版发行企业如何提高经营管理水平，将成为"后转制时期"出版发行研究的重点。在这方面唐凯先生的《走出书店经营怪圈》作了有益的探索。尽管唐凯先生是发行行业的新兵，只有短短四五年的从业时间，但他密切关注国内外出版发行界的新动向、新趋势，善于学习、勤于思索，不断在实践中总结经验，对书店的经营有了较为系统的认识，形成了一些有特点、有新意的见解。他的这本书稿几乎涉及到了书店经营的各个方面和环节：从书店经营的宏观市场环境，到发行改革过程；从对物流的管理到对人力资源的开发；从国外图书销售市场和销售模式，到中国图书销售模式和销售环境；从其它行业的经验教训到身边的像"席殊书屋"这样的典型案例；从图书的进、销、存、退的业务链管理，到后勤服务、宣传推广乃至安全等支撑性、服务性管理，从图书品种分类管理到信息系统管理；等等。虽然该书篇幅不大，但涉及的业务面相当广泛，涉及的知识面也较宽广，可以看出作者在平时工作中善于思考

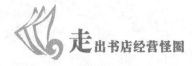
和总结，而且由于该书是作者在图书营销实践中不断探索和实践的结果，因而有较强的实用性。相信该书对书店及出版社的管理者和从业人员都会有所帮助，读者也可以从中分享一个书店经营管理者的困惑、思索、成就和快乐。在此，我也期望更多的书店管理者和经营者对工作的经验和体会进行理论总结，既丰富了我国书店管理知识，相互借鉴共同提高管理水平，也对出版社甚至其他行业起到一定的启示作用。是为序。

中国人民大学出版社总编辑

中国人民大学新闻学院教授

周蔚华

自　序

　　半个多世纪以来，国有书店伴随着新中国的建立和发展，从小到中，从中到大，走过了计划经济的进步和繁荣。此期间，国有书店的运营和管理也有了长足的发展，国有书业从垂直管理到条块管理，走过了曲折和蹉跎之路。在计划经济环境下，以图书实物运营为主，不计成本、劳效、服务、质量等问题，为此而付出了许多不对称的代价……

　　进入20世纪80年代，国有书业由计划经济逐步过渡到市场经济，原有的国有书店经营体制，在激烈的市场竞争中一时显得力不从心，无所适从。这期间，一些有识之士对国有书店进行了体制性、机制性的改革和探索，积累了许多宝贵经验。同时，作为探索者、实践者、失败者、成功者，收获了许多教训、经验、方法和模式，对后来者起到了示范和引导作用。笔者作为国有书店的实践者一员，亲身历经了几年的书店经营和管理，苦辣酸甜体悟至深，为了探索书店经营之道，始终把坚持"学先进、找差距、重实践"作为书店经营的方略和动力。笔者认为，作为探索者和实践者，必须继承和发扬国有书业前辈的卓有成效的方法和经验，始终注意运用市场观念统领书店的营销和管理。在此基础上，研究其规律，掌握其方法，探索其模式，维护其品牌。笔者作为书店的经营和管理者，经过四年多的探索和学习以及运营和实践，加之一些苦思冥想，或者叫另类思维，意想通过自身的努力和与之共同奋斗实践者的付出，使书店业者走出传统经营的误区，使企业运营走出传统变局的怪圈。

　　笔者此书，其目的是以市场为本原，以实践为真知，经过努力，粗浅地发现了国有书店在品牌运营、规范管理、经营模式，特别是书店内部"进、销、存、退"管理链的方法和技巧。更为重要的是，笔者和共同的实践者们对书业的国内国际零售案例分析，书店人才资源优化管理，书业成绩不足的思辨，图书资源市场配置整合，书业年度计划指标改革创新，图书市场分析走出困惑，图书陈列摆放展示为王，图书推荐方法博弈双赢，图书宣传方式立体覆盖，图书分类导入市场模式，读者会员管理创新尝试，图书货架盘点无纸操作模式等，几乎涉及到书店经营过程中的难点和重点问题，都进行了有效的探索和实践。作为书业的探索者，从实践出发对传统经营和市场营销做了一次粗浅的尝试。因才疏学浅，仅一家之言，难免偏颇，敬请业内人士批评指正。

唐　凯

2009年正月于鞍山

导　言

　　21世纪的中国书业正在经历一场前所未有的危机和机遇，书业领军者及其国有发行企业，将面临着生存与新生的考验，一切实践成果都将在日后的市场博弈中得到时间的认证和实效的证明。著名学者何新强调，"在经济学中实践、实证、实效应该是检验真理的唯一标准"。换言之，书业的营销实践、模式实证、管理实效是业内人士的永久课题。因此，图书市场的信息不对称、管理成本、出版过剩、问题影响等，将是今后书业艰难历程的词汇和符号。书业期待着领军者的创新和努力，去实现图书业新的机制、体制、模式的跨越。

　　笔者作为书业的后生，于2005年初冬调入鞍山市新华书店，从事经营管理工作，在已奋斗的四年时间里，始终以卖书人的身份出现。与畅销书、常销书、滞销书、库存书密切接触。对书业的进、销、存、退专业术语常贯于耳。对订货、配送、上架、陈列、推荐、补货、退货、盘点随着时间的变化而记忆深刻。如今书业的改革速度在加快，发展的强度在提升，出版社发货周期与书店货款承付周期在不断缩短，书店终端的信誉正承受着社会的监督和上游的考核，这期间国有书店不断地调整自身的经营方略和营销手段，以适应市场的需求。

　　目前书业变革的呼声如浪潮一般，现行的体制和机制正面临着一场严峻的考验，一些国有书店在初探的改革中进行了企业改制的多方实践，一些国有集团转企上市，正承受现代企业制度管理的约束和施权的不便，一些尚未转企的国有书店在变革中，正承受着市场困惑的压力和市场危机的挑战。使中国书业在计划与市场变革中面临生存与发展的抉择。中国传统书业的成长历程是与建国初始照搬苏联"计划模式"分不开的。传统书业从早期的"随军书店"到计划经济的新华书店，走过了半个多世纪的路程，随着行业职能转换，报业、印刷业相继独立运营，新华书店的垂直经营和条块经营逐步得到发展。在"双百"方针指引下使新书、好书走进千家万户，新华书店成为计划经济中孕育出的"国宝"级招牌，也培养了一批批书业精英人才，目前图书产业规模和市场份额，在国内已形成半壁江山之势，至今其品牌价值和商业价值是无法估量的。

新华书店历经几代书业人的艰辛努力，锤炼出延安精神和企业灵魂，它的生命力和影响力将进一步发扬光大。站在书业改革和发展的道路上，纵观经验和实践路程，用一句老话：历史是光荣的，前途是光明的。书业的路该怎么走？如何走？是摆在书业领军人面前的重大课题，一些有识之士在重大课题面前必须想，而且还必须承担起应尽的义务和责任。为此书业人必须在经营方式和运营模式上闯出新路，同时书业也将面临考验。著名经济学家茅于轼强调："当一个经济从一个极端逐渐改组成较有效率的经济时，市场和企业都会得到发展。这就是二者的互补关系。应该说，市场和企业的基本功能是不同的，前者是交换的场所，后者是生产的场所。生产不能没有交换，交换先要有产品，所以二者是互补的，在计划经济时代片面强调了生产，认为只要有产品，可以用计划的方法分配产品，交换是多此一举，这种思想至今还相当流行。"从内部环境看，国有书业以往是图书发行的主渠道，以发行小学、中学、大学课本为主，以一般零售图书为辅，在图书发行处于独家经营。久而久之随着经验积累和成熟，加之没有行业竞争，使国有书业企业经营思想逐步固化，管理单一，观念老化，已不能适应现代书业的要求。

在市场经济条件下，图书出版、物流、发行产业链彼此间管理与经营存在脱节现象，特别是中盘物流服务、配送能力跟不上市场发展的需要。在图书产业链中中盘物流的作用是举足轻重的，但是由于计划经济使中盘物流能力处于有流不流的现象，中盘物流按照计划包销配货，使中盘物流的商业概念、效率概念、品种配置概念被弱化，更重要的是中盘物流，图书资源配置和市场折扣的调剂作用得不到利益配置，反之对上游出版社和下游书店形成了制约和阻碍作用。从外部环境看，由于近些年来政府实施课本免费政策，在教材招标的情况下，课本的发行利润逐渐减少，加之铁路快件运费涨价，从而进一步增加了书业运营成本。又由于教材发行实行循环使用，近一步减少了图书增订数量，使图书发行业面临生存的困境。据了解，发达国家对图书产业实施相关优惠税收政策，一般情况下图书业享受 5%增值税的优惠政策，目前国内图书出版发行业增值税 13%，比较而言税率偏高，因此图书发行业经营成本高，加之国有企业人员数量过多及管理落后，使一些企业举步为艰。由于图书出版实行定价制、寄销制，在一般书销售上，多数出版社对市地级以下书店，按 65%书本销售款折扣结算，一些书店按剩余 35%折扣结算，其实图书行业属于微利行业。因此，从图书出版、发行业所承担着民族文化捍卫者的义务，以及为提升普及全民文化素质推广作用，特别是在保护民族文化安全责任上所做出的贡献，应对图书业实行低税率或免税政策。

中国进入 WTO 世贸组织后，公开性、非歧视性、一致性商贸规则，对正在进入市场化、国际化竞争的国内图书业来讲，将面临新的机遇和严峻考验。长期来在图书发行体制上存在许多单一现象，如发行渠道单一、购销形式单一、管理模式单一等问题，基本上由新华书店统购包销。其弊端是发行企业缺乏竞争，缺乏压力，缺乏动力，缺乏活力。80 年代初在全国图书发行体制改革会议上提出了"三多一少"的改革方案，即通过改革，要求建立起多种流通渠道，多种所有制形式，多种购销形式，减少流转环节的发行体制改革实践。为了进一步明确在发行体制改革中新华书店的主力军作用，1988 年 5 月，中共中央宣传部、新闻出版署联合发出的《关于当前图书发行体制改革的若干意见》中提出要推进"三放一联"的改革措施，即放权承包，搞活国营书店；放开批发渠道，搞活图书市场；放开购销形式和发行折扣，搞活购销机制；推进横向经济联合。经过改革实践，对放权承包，调动基层书店的经营积极性，扩大出版社自办批发业务，让利于基层，推动横向联合，活跃图书市场等方面起到很好的作用。所以，整体上来说，"三放一联"的改革极大地推动图书业的发展。90年代中期图书业开始了新一轮的改革，以"三建二转一加强"建立批发市场、建立购销形式、建立市场规则，转换出版自办发行机制，转变国有书店经营机制等，推进了图书业和内部经营管理的市场化进程，随着图书业探索现代企业制度改革的不断深入，以省为单位进行垂直集团化整合，对图书发行体制进行连锁式经营改革。但同时也应该清醒地认识，书业发展还处于探索和试验阶段，一些书业集团在探索实践中，也存在着一些困惑和矛盾，突出表现在"盲目扩张、筹资扩建"的现象屡屡发生。由于一些领军者对企业的现状不甚了解，特别是对企业的人才能力不甚掌握，在企业资金状况、品牌状况、经营能力状况缺乏了解的情况下盲目发展，造成了不计成本的扩张，使企业面临困境，一些上市集团公司，只习惯新概念项目，而忽视传统产业项目的发展，一味追求扩张码洋指标，使企业发展耗费了大量的资金和资源，使企业发展走进了"指标的误区"。一些领军者由于缺乏现代商业管理理念，套用旧有管理模式来改造现代企业，一边发展企业一边关闭企业，造成了顾此失彼此的矛盾现象，缺乏图书连锁业的市场模式的把握和管理，对书业内部管理链的采购、物流、配送、品牌、品种、成本、服务、人才、经营、管理、模式等市场要素缺乏认真的研究和掌控，使企业盲目连锁发展，形成了"码洋数字"的概念化经营。使一些管理者在书业连锁业发展的问题上出现了盲目扩张、不计成本，导致发展后劲不足，甚至出现了严重亏损现象。更有甚者，一些企业领军人不按市场要素经营，无端地将经济指标任务拔苗助长，为了降低成本不惜减员增效，只考虑人均面积、品种、劳效，而乎视了人的智力、知识及体力和能否完成实际效益和人均贡献。因此图书出版业的改革和发展首先应从国家利益着想和民族文化产业发展着想。从现今世界出版产业格局和运营方略上思考，要借鉴欧美发达国家经验和做法。国内可采取中央、省、市级政府保留人民社或市社，国家部委社应整合成大型出版产业集团。大学应保留出版社，主要应保证学术著作的出版发行和教材编制发行任务，央属、省属、市属、县属图书发行单位（新华书店）应考虑分区连锁经营，也可跨区域连锁经营。

为了加快文化产业发展，应由国家新闻出版总署筹划成立国家新闻出版、印刷、发行、资产管理委员会，以国家出资人身份组建国家大型物流仓储配送中心（投资 10 亿元建立以北京为中心，辐射全国的仓储、展销、配送物流，实行全国系统网络配送管理），各省新华书店或集团成为配送中心的分支物流，同时将各省、市、县新华书店形成连锁化经营，特别对特大型、大型书城（10000平图书卖场）实行超级书店独立经营或连锁经营。对 3000 平以下的书店实行连锁经营。即要保证独立经营的灵活性，又要防止连锁经营的被动性。在图书出版产业大战略调整下集中国内（新华书店）大品牌资源，在国家政策指导下，进行大调整、大整合。从"五指"经营思维向"拳头"经营战略转变，使大的产业集团能够尽早做强做大，集中人才、资金、物力优势，参与国际化经营。在"走出去"当中与世界大品牌 PK，推进中国图书产业走向世界的步伐，为了"大繁荣、大发展"，首要任务还是要提高书业人才的竞争力、提升资源的利用率，是发展和壮大图书出版产业链的关键环节。应当把图书发行业作为提升国民素质，倡导阅读能力，培养阅读习惯作为提高人的素质的重要任务来认识。培养读书人是一项长期的文化工程，民族素质的普遍提高与读书是分不开的。

据有关调查表明：全国第五次、第六次国民阅读水平调查显示：近几年阅读水平呈下降趋势，亟待政府倡导和书业做出努力来推动和开展读书活动。这样才能全面提升国民阅读兴趣和阅读能力，以适应国际化经济文化发展的要求。出版社与书店随着国内图书市场逐步开放，一些国外大牌企业也想在中国市场分块"蛋糕"，"贝塔斯曼"（德国公司）在中国图书市场历经十多年的实践，在全国大中城市开辟了 36 家连锁店，为此付出了时间、金钱、人力、成本学费，因"水土不服"走了。"席殊书屋"（民营公司）在国内大中城市建立了 80余家连锁店，因管理链、资金链、物流链的缺失和缺位，从此关业了。

当下书业集团公司上市，行业集团整合，联合重组经营，资源重新配置又将面临新的挑战和考验。为此书业人应审慎思考，精心谋划在改革创新中应当像一个学生那样，认真学习市场经济原理和研究市场经济的规律，特别是书业人要补零售商业管理的课、MBA 的课、现代企业 CEO 的课。用全新的思路运营国有书业企业，同时将国有企业改造成股份制企业，这是书业发展的必由之路。纵观书业发展，应从国际视野上考虑书业的历史进程，同时应从国内环境中考虑产业现状，坚定做强才能做大，但不能盲目做大。既考虑书业的人力、物力、财力的承受能力，又必须分阶段组织实施，改革不是"扔包袱"，探索也不是"一刀切"。应充分调研，评估书业资产的实际经营状况。围绕企业增值保值效益最大化，围绕企业实力的壮大发展，审慎实施企业实体经济的市场战略转型。应知己知彼在市场条件下打造企业航母的实力和可能。应在前人成功和失败的经验基础上研究模式，确定方略。使企业实力能够充分展示，使企业的能量充分释放，企业领军人将带着自信、战略、人才、谋略和脚踏实地的团队，在市场危机环境下迎接挑战突出重围。学者邱晓华强调："国企改革，同样是主观的产物，并没有充分考虑企业的实际，更没有考虑职工的意愿，以至反反复复，甚至倒退走样。这中间就改革方案本身，由于没有做到科学、民主，没有经过法律的程序来操作，使改革缺乏法律保证，甚至与现行法律相抵触，使一些改革失去了正义性，难以得到全民的认可。改革不是免费的午餐，它必然要付出相应代价，必须支付必要的改革成本。但成本机制并没有相应建立起来，更多停留在只考虑改革的成果，而不考虑改革的投入，或者相反，为了一些改革而不计成本，出现了两个极端。结果，使改革缺乏必要的保证条件，影响了改革的顺利推进。"

纵观书业的变革和发展，笔者从几年的实践中，体悟了书业的传统障碍和传统的怪圈现象，感悟有三：第一，中国书业走过了半个多世纪的历程，特别是新华书店金字招牌在计划经济中，以名店和牌匾定格式悬挂全国省、市、县级书店，为图书事业发展做出了应有的贡献。然而一个全国性品牌也是国际级品牌，没有按照市场品牌化、连锁化方式经营实属遗憾，就其原因是多方面的。眼下随着书业的变革，"新华书店"的招牌被停用和遗弃的现象时有发生，令人痛心疾首。第二，书业改革要从现存的企业体制和经营状况考虑。怎么改？如何改？要从企业人、财、物实际出发，分阶段筹划和设计，分阶段逐步实施，分阶段消化问题，不是一蹴而就的，不是概念的改革，也不是名词的变幻，而应当是市场要素的整合。要站在市场的角度，思辩上游出版社、中盘物流和终端书店的资源有效配置，优化市场要素，兼顾各方利益。与此同时，资源配置应在国家总计划市场调控和整合下实现各类集团最大限度的效益能量转换，使书业各环节发挥其优势，更好地促进图书业健康发展。第三，如何走出传统书业的怪圈？笔者认为，传统不是落后名词，但怪圈肯定是误区符号，书业同仁

一直都在困境迷惑中思索前行。几年来的实践深知"发展才是硬道理"，是衡量经济活动的真谛。书业企业不要把小企业误区化，只观注大企业不观注小企业，其实企业越大矛盾越多，成本就越大，因此在企业改革和发展上应考虑企业的战略思维和市场份额的多少，以及企业营利模式才是企业改革的关键所在。在市场博弈环境下，今天的大会变成明天的小，明天的小会变成未来的大。当今书业首要的问题是要有国际眼光，要有战略思考，要有品牌意识，应当不排斥、不拒绝先进体制、机制和经营方式的融入。但一定要知己知彼，不断地修正和完善企业的运营模式，从而推进企业做强、做大，按照市场变化方式需求运营，在市场复杂环境下，承受各种压力和挑战。笔者通过几年来的学习和实践，用逆向思维研究和分析了国有书店现存的观念、方法和问题，对当前国有书店管理和运营将会起到良好的提示和帮助作用。相信笔者的一点辛勤耕耘和所收获的实践成果能够对正在实践的书业朋友们提供经验作法和思考空间。

目　　录

走
出书店经营怪圈

第一章
市场经验拓荒营销渠道

第一节　书业失败案例反思

20 世纪 80 年代，是中国从计划经济向市场经济过渡的特殊时期，随着中国市场经济不断改革深入，文化产业伴随着中国经济全面发展而越加显现其特有的价值和作用。特别是中国进入 WTO 以后，按世贸组织规定，国内市场要逐步开放，文化市场逐步与国际市场接轨已成为必然趋势。中国经济将在国际大市场的环境下，面临各种复杂问题考验和挑战。与此同时，国际品牌巨头、跨国图书公司也相应进入中国，对中国目前的图书市场份额及运营模式造成影响和冲击。世界图书业的运营方式和市场战略特有的内容及元素，包裹着西方文化观念和思想意识，对中国传统文化将产生强烈的碰撞和影响。在东西方文化相互排斥与吸收，相互接触与磨合中，彼此间在教训与启示方面形成新的文化思维和文化意识。对正在改革和发展的中国书业将是危机与挑战的契机，对中国图书业传统经营方式和经营模式将产生积极的促进作用。同时也将出现群雄分争的局面，在能者胜庸者败的国际、国内市场舞台上，演绎未来的中国图书军团以及进入中国市场的国际图书大鳄，都将在国际大市场中演绎出不同的悲喜剧，为此我们将拭目以待。

（一）"书友会"终止关门

从国有书店经营者的角度出发，应该认真审视国际大牌书鳄贝塔斯曼"书友会"及连锁书店运营，以此学习和借鉴国外图书公司运营方法和营销模式，以便更好地吸取经验教训，在未来的国际、国内的图书市场博弈中，使民族图书产业得到稳固和发展。据《点书成金——贝塔斯曼和他的文化帝国》一书介绍，贝塔斯曼公司 1993 年派人考察中国图书市场，在考察报告中有这样评价："长久的禁锢，让这个民族成为一个极度渴望知识的民族。他们对这个世界的兴趣，可以与任何最好奇的民族相比。他们现在的消费能力还很低，图书的价格低得让人难以置信，但比起成本，价格的低廉又显得微不足道。更让人振奋的是，这个国家的人的消费水平正在以惊人的速度提升着。敲开中国雕刻着飞龙图案的大门，那么迎接我们的将是第二个美国，新时代的美国。这个国度在文化上的差异和固守超过，我们以前所知道的任何一个国度。如果决心开发中国的市场，那么贝塔斯曼必须做好打一场持久战争的准备。"贝塔斯曼公司总裁赖因哈德在参与讨论时说："有必要讨论是否开拓中国市场吗？那个国家的人口占世界 1/5。没有那个市场，贝塔斯曼谈什么国际化？我们要思考的问题是如何打开这个号称拥有，五千年历史的古老国家的大门。"由此贝塔斯曼用日尔曼人特有的图书运营经验，开始了中国十几年的经营与实验，贝塔斯曼书友会及连锁书店最终走向倒闭，许多经验做法和运营模式都会对中国书业起到借鉴和警示作用。

贝塔斯曼书友会在中国经历了十几年的图书零售经营，拥有网上会员 150 万，在中国的各大中城市开辟了 36 家图书连锁店，均按百平方米面积设点布局建店。采取包销采购策略，享受 40%优惠折扣，并以 9 折形式零售，启动了中国图书市场"会员制"订购邮寄销售的新模式。1994 年，贝塔斯曼在上海合资成立上海贝塔斯曼文化有限公司，1995 年成立"贝塔斯曼书友会"，举办各种研讨会、征文比赛、系列讲座、书友征文、笔会及免费赠阅杂志等活动；1996 年贝塔斯曼音乐集团（BMG）在北京设立办事处；据了解 2002 年上海贝塔斯曼书友会经营额已超过 1.4 亿；贝塔斯曼在 2003 年 12 月与上海 21 世纪锦绣图书公司成立了中国第一家中外合资图书连锁店，贝塔斯曼以 1.8 亿元人民币购买了上海锦绣图书城 40%股份，打开了中国图书零售市场的窗口。

贝塔斯曼最新推出了"会员制"营销方法，以此招募会员：一是会员可在网上注册加入；二是通过给读者寄送会刊，读者通过信函加入；三是读者在会员服务中心加入；四是书友会发送电子邮件给读者，读者通过填写、确认电子邮件加入；五是书友会在《读者》等大销量的杂志上刊登广告读者寄送报名表加入。从"会员制度"上看，贝塔斯曼书友会在中国图书市场上采取了新的经营模式，在招募会员时还规定了一些入会苛刻条件：其中会员入会需以 5 折价限购少量图书，并缴纳会费。这些不利于市场条件的方法对日后贝塔斯曼拓展市场产生了滞障。

随着中国电子商务的发展，卓越网、当当网采取"真正免费入会，绝不强制购买，永久会员资格，3 至 5 折精品"的销售策略，与贝塔斯曼在网络销售PK。期间贝塔斯曼还成立了贝塔斯曼在线，做电子商务网站。将主要资金投入到贝塔斯曼在线的网络销售，而先期发展的书友会业务被弱化甚至造成运营停滞，使书友会会员数量逐步减少。与此同时，上海贝塔斯曼书友会创办了自己的读者俱乐部，以直销模式影响和启发了国内各大出版社与之博弈，一时间中图读者俱乐部、外研读者俱乐部、新华书店读者俱乐部和上海久久读书人俱乐部，使"读者俱乐部"直销活动各显神通。贝塔斯曼"书友会"俱乐部的市场蛋糕被分切和分吃，从此"书友会"处于尴尬状态和收拾残局的境况。

当贝塔斯曼在媒体上突然宣布，停止"书友会"及在中国的图书连锁店运营时，国内书业人引起不大不小的哗然甚至不解。一个世界顶级书业大鳄在中国的长江、黄河岸边搁浅了，实在是令人难以寻味。书业人士周力伟说："一是中国图书产业不发达；二是发行体系不建全；三是贝塔斯曼书店零售和邮购直销在总的业务量上不是很明显；四是贝塔斯曼的书友会在中国不适应；五是管理操作问题，贝塔斯曼的人员经常更叠，他们根本不了解中国国情，贝塔斯曼在中国有时属于水土不服。"

如果借"水土不服"话题反思的话，一是中国书业大卖场一站式中低端销售模式，与西欧及美国高端市场连锁卖场存在销售模式的差别。二是中国图书业存在二元城乡结构，城市读者多农村读者少，大中城市文化消费与农村及边远地区文化消费存在经费差别，多数读者习惯于传统购书形式。三是中国传统生活方式直接影响文化及图书消费，而且中国图书市场，基本上处于节日消费和假日消费状态，因此网络销售及会员招募，在中国图书市场上仅作为单一的零售模式，暂不能对大书城、大卖场造成影响和冲击，也许是该"书友会"经营者没有深入了解中国图书市场，更没有真正地了解中国读者的消费习惯和购书方式。上述问题也许能表明贝塔斯曼"书友会"在中国图书市场的经营不善，导致"业务终止"的原因吧！

（二）日本大书店的停业

据日本《出版大崩溃》一书介绍，近十年以来日本经济波动不定，使日本的连锁书店及独立店出现了不同程度的倒闭现象，加之一些书店进行不良债权的处理，特别是"日贩"图书销售公司自创业以来第一次出现赤字，引起行业内恐慌。过去被忽略的大型书店建立的分店、走扩张路线，在资金上、在管理

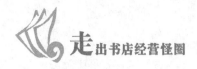

上、在物流上出现了或多或少的问题，使日本书业面临困境和危机。

由于日本泡沫经济崩溃陷入困境，围绕支付货款开始了一轮又一轮的纠纷和争吵。在这种纠纷和争吵中持续到自身破产，最终留给日贩约30亿日元的不良债权。日贩出现赤字的直接原因，是由于这些作为客户的大牌书店倒闭，留下了不良债权，而根本原因在于盲目追赶东贩、走扩张路线。可以认为，日贩被市场占有率优先的泡沫型竞争扭曲了，大牌书店们欠账的结果，就是日贩坠入赤字的泥潭。从日贩的危机到积文馆的倒闭，在国际书业的发展上呈现出波动起伏的变化，在书业管理上值得进一步学习和借鉴，一是从书业战略经营上考虑，图书品牌、品种品牌是书业决胜的关键，有了品牌就会有市场需求，通过市场需求进一步吸引读者、刺激读者对其他图书品种的选择和购买。二是从书业实体经济管理上出发，应将企业的人、财、物进行综合的产业链配套管理，将人才资源、资本资源、物质资源进行合理配置和整合，使其发挥更大的经济效益。三是在书店实体经营模式上研究经营方式、经营手段、经营策略、经营目标、经营规律，使店的经营模式与市场相适应，使其市场营销能力和效益进一步最大化。

（三）席殊书屋连锁倒闭

中国民营图书业在主渠道和二渠道博弈中不断地壮大成长，期间"席殊书屋"以图书连锁销售模式迅速扩张。从北京成立了第一个"席殊书屋"起，几年间在全国大中城市发展连锁店八十余家，逐步战略扩张至几百家。建店初始与北京中央编译局组建合资企业，期间中央编译局退出后，"席殊书屋"以夫妻店家族式企业全面扩展图书连锁经营。由于图书连锁业的发展，需要强大的图书中盘物流做支撑，只因国内图书物流体系建立尚不成熟，加之"席殊书屋"出现盲目扩张，资金流、管理链严重不足和缺失，最终导致"席殊书屋"连锁经营全线崩溃、关张停业。分析其倒闭原因有如下思考：一是经营者盲目自信，从已赚得的酱油、广告盈利五百万中，自认为在以往酱油生产、商业广告经营实践中取得了不俗营销体验和管理企业人、财、物的实践心智，促使其大胆地跨行业实施图书连锁经营。二是经营者缺乏专业经营能力和市场战略眼光。从图书产业发行、物流、终端产业链上分析，图书连锁业的发展是现代商业网络业态的销售模式，在国内图书中盘物流处于尚不完善的情况下，其"连锁业"发展受到了产业链物流的制约和阻碍。三是经营者盲目扩张，究其连锁店扩张数量和质量上看，如果没有强大的资金做后盾，一旦资金链出现严重断裂，失败的后果将勿庸置疑。四是由于零售模式老化，渠道、网络不规范，中盘能力丧失，加之"席殊书屋"存在信用缺失，欠书款、无效退书、无原则倒闭是早晚要发生的。因此"席殊书屋"在整个图书营销链中，品种、成本、管理、诚信存在严重缺失、缺位。作为全国最大的民营图书连锁店倒闭，实在令人痛心和遗憾，余下的记忆将是连锁失败的警示以及令人不解的反思。

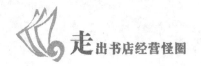

第二节 世界图书市场概览

（一）各国销售动态

根据欧洲 Euromonitor 报道，1997 年全世界图书出版销售额约为 800 亿美元。其中，美国占 1/3，其次是德国、日本、英国、法国等。下面是按 1996 年图书销售额得出的世界图书市场排行榜：美国 261.27 亿美元，德国 97.37 亿美元，日本 91.26 亿美元，英国 46.72 亿美元，法国 33.06 亿美元，西班牙 29.81 亿美元，韩国 27.42 亿美元，巴西 26.78 亿美元，意大利 25 亿美元，中国 18.67 亿美元。一些数据显示，中国图书市场有很大的市场发展前景，亟待国内书业人不断地努力和实践去开掘未来的图书市场。在市场博弈中，争取多一份图书份额，是国内书业人的责任，也是国人的祈盼。

据《中国图书商报》报道，2007 年美国、英国、德国、法国、日本等国家图书年销售情况的统计为：美国是 250 亿美元，日本是 97 亿美元，德国是 82 亿美元，英国是 58.8 亿美元，法国是 44 亿美元，中国是 500 亿人民币（接近 40 亿美元）。

（二）英国图书批发

根据《世界发行扫描》一书介绍，英国有关方面统计，英国共有大小批发商 80 余家，其中，除了 4 家全国性批发商之外，其余均为规模较小而且是区域性经营的专业批发商。例如图书馆批发商、学校批发商以及向非传统图书零售网点供货的批发商等。据英国人士介绍，由于有些批发公司属于私营企业，其营业额不对外公布，因此很难得到准确的统计数字。但据估计，英国图书批发商的业务占整个图书市场的 30%—35%，其中 75% 的生意为 4 家全国性批发商所控制。这 4 家批发商分别是 THE、希思考特、贝特拉姆斯和加德纳斯。这 4 家全国性综合批发商构成了英国图书批发业的中坚。图书批发是一个竞争性极强的行业，在相互竞争中与出版商博弈、开发业务、提高服务争取客户方面做出了许多创新和努力。

一是扩大图书备货量，THE 公司在备货总量超过 15 万种，通过批发业务的不断扩展并成为英国头号批发商。加德纳斯图书备货量由 1994 年的 8.7 万种，猛增至 15 万种。贝特拉姆斯和希思考特的图书备货量也在 8.5 万种左右。确保货源充足是立足于批发商市场的先决条件。

二是提高发行效率，提高发行效率一直是英国图书批发商的重中之重。发行效率来自于新技术。1993 年，THE 公司投资 200 余万英镑所建的现代化批发中心业已投入使用，整个中心全部由电脑控制，从订单处理到图书分配再到包装，均是流水线作业。希思考特批发公司在投资新技术的同时，还注重对人员的技术培训。除了利用先进的铁路运输网络外还拥有自建的运输车队。

三是利用运输途径，就是物品速递公司。批发商与这类公司均有严格的业务合同和极为严厉的惩罚措施。目前这 4 家公司的发货速度均是第二天到货。另一项新技术就是开发和使用 EPOS 系统，通过这个系统书店可了解批发商的存货情况并通过微机联网开出订单，对于书店来讲，这一切均是免费的。

（三）美国图书批发

直到 20 世纪 70 年代以前，美国的图书批发还仍然局限于小区域性规模，仅仅用了 20 余年的时间，美国的图书批发商就确立了自己在图书发行的地位。这期间美国图书批发业增长了 3000%。如果没有图书批发这一环节，美国的出版业将很难满足图书消费者的需求，这是因为大约 22%的美国图书销售总额是通过批发商来完成的。造成这一增长的因素有 80 年代达尔顿和沃尔登两家图书连锁店的扩大和 90 年代超级书店及多媒体店的兴起。另外许多公共图书馆开办分馆也促进了图书批发业的增长。

一是城市、地域发行，美国批发商只能向居住在城市或城镇郊区的客户提供一般性服务。客户亲自到批发商的书库参观或选书是一种常见的行为。但是如今的情况发生了巨大变化。有些批发商在美国各地拥有多家发行中心，存有数以万种的图书，而且是当天到货。大多数批发商还进入国际市场参与竞争，向异国客户供货。

二是提供增值服务，尽管出版社反对将书通过批发商进行发行，但图书批发商通过向书店提供额外服务，还是吸引了许多业务。从传统上来讲，出版社低估了批发商的服务，这是因为出版社拥有自己的销售队伍和发行中心，谁还需要一个中间商呢？由于出版社控制着新书的出版时间表，因此出版社声称发货速度对于书店来讲并不是那么关键。出版社极不情愿地认可了向批发商提供特别的折扣。然而在过去的几十年的时间里，图书批发商在图书发行中对技术革新与进步推动了图书发行业的健康发展。

三是提供推销服务，在 20 世纪 70 年代初，图书批发商开始以缩微胶片的形式来使其存货目录化、条目化。到 70 年代中期，图书批发商已经有能力向客户确认哪些书可以即刻发运，这是批发商对计算机存货控制系统高投入的结果。批发商是最先通过个人计算机向书店和图书馆提供图书订单的发行部门。这样图书批发商不断赢得其客户零售书商的信任。今天图书批发商提供的图书推销服务有：（1）存货信息光盘，包括存货情况；（2）推广信息，包括书评安排计划、主要媒体报道、畅销书信息、新书消息以及每月新书目等；（3）季节性专业目录和分类目录；（4）促销资料，包括宣传品、书签及小礼品等等；（5）向新书店提供建议性分类备货。

（四）德国图书批发

德国是世界上出版图书最多的国家之一，多年来图书出版量稳居世界第三位。1994 年出版图书 70643 种，创历史最高水平。每年的法兰克福图书博览会，更是世界书业的交易平台，同时也是世界出版人、交易人和书店人的图书竞技场。无论从哪个角度去看，德国都可以说是一个世界性的图书交易和交流中心。

在德国，图书的销售渠道很多，出版社可以自己批发、自己销售，也可以通过书店、书报亭等代销。书店的进货渠道也不受限制，既可以直接从出版社进货，也可以从事图书批发、代销、代存业务的批发商那里寻找货源。总之，市场是开放的，渠道是多种多样的，而同时竞争也是激烈的。一些大出版社为了肥水不流外人田，都有自己的发货中心、自己的书店，进行直接销售。例如德国最大的出版集团贝塔斯曼的发货中心，不仅批发本集团出版社的图书，也批发其他出版社的图书。委托该发货中心批发图书的出版社有 280 家，可算是德国最大的图书批发中心。施普林格出版社在海德堡有自己的发货中心，直接向国内外读者销售。而那些比较大的书店由于进货量大，从出版社直接进货可获得较高的折扣，因此尽可能从出版社直接进货。但是那些为数众多的小出版社、小书店，由于没有能力，或者是没有必要花费大量资金建书库搞发行，于是乐于求助于批发商。众多小出版社、专业出版社和小书店的存在，是德国图书批发商赖以生存的基础。但这种在夹缝中求生存的客观环境，迫使批发商以自己完善的服务，更高的效率争取较大的生存空间。

一是中间商作用，从出版社买进图书，然后转卖给书店。这是批发商最重要的工作，也是技术性最强的一项工作。一般情况下采取的都是主动进货方式，而不是在接到订单后再按订单采购。这样可以提高工作效率，以最快的速度发货。因此贝塔斯曼和斯普林格这两家公司的长年库存都保持在 13—15 万种。为了既能保证订户需要，又不积压过多资金，采购人员必须精通业务，他们都把最具有经验的工作人员放在这个岗位上，以稳固客户和销售渠道。

二是代存代发业务，是为出版社代存、代发图书。KNO 与 80 多家出版社建立此项业务关系。这些出版社的图书出版后直接进入 KNO 的库房，并由它代为发货。

三是在德国贝塔斯曼和斯普林格这两家订货系统联机的终端有约 4000 余个，订户只需将自己所订图书的数据输入终端，这两家订货系统的计算机就可以立即打出清单、开出发票、进入库房配书、发货，然后由专车送货上门。一般情况下，德国境内的订户当天就可收到所订图书。计算机的订货管理系统还与一些自办发行的大出版社联机，将订户的订单由计算机转给出版社，由他们直接发货。

德国图书批发商的送货上门服务很受书店的欢迎。据统计，KNO 的货车每年要跑 600 万公里，每天要为 1000 家用户送货。而 LIRBI 公司每天要为 1300 至 1400 家用户送货。在德国，有 1/3 的图书是由批发商送至书店的，其余 2/3 由出版社直送。另外，德国图书的进出口业务也主要由批发商承担，所以在奥地利和瑞士的主要城市也可以看到 KNO 和 LIBRI 公司的送货车，由于奥地利没有图书批发商，KNO 和 LIBRI 之间展开了激烈的奥地利图书批市场争夺战。

（五）日本图书批发

在日本现有的 42 家图书批发商中，日本东京贩卖株式会社和日本贩卖株式会社是日本最大两个图书杂志代理商。日本批发商、书店形成一个完整的出版社发行体系，出版物有 70% 以上是通过出版社—经销公司—书店这一途径送到

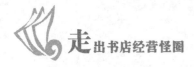

读者的手中。各环节间关系密切，真诚合作，共同发展。各环节一般均有行业协会组织，用行规行约来规范行业企业经营活动。书店有"日本书店商业组合连合会"。各协会订有许多内部管理制度，比较突出的有以下行规。

（1）统一定价制度。规定实行统一定价制，由出版社明码标价。滞销书原则上不能降低销售，有的可换新书，有的就处理给专卖旧书的书店，不可以随便减价、加价销售。（2）新书统一销售日制度。在日本不论书店离出版社、批发商距离远近，规定有新书统一的销售日，不能提前或推迟销售。（3）统一书款结算日制度。日本不论寄销、经销、添订书，付款时间均为发货月份的次月15日，连锁店由总店统一付款。经营好、物流快的企业就能占用他人资金，获得资金利息。企业从无拖欠货款现象。（4）统一折扣制度。制度规定，对书店的折扣为 20%左右，对批发商折扣 8%。不论寄销、经销，还是出版社自己销售，折扣均统一。目前对书店折扣一般为 23%，给批发商 8 个折扣，出版社以69%的折扣批出。根据数量多少，略有浮动。优惠折扣统一给书店，不直接给店员。（5）经销、委托销售制度。经销品种由各企业自订、添数量，自负经营责任、不能退货。委托销售又分书籍新刊委托、长期委托、常备委托、杂志委托制度几种形式、新刊委托期通常为 3 个半月，长期委托期一般为 4-6 个月，常备委托期一般为 1 年。各书店的委托发货不是统一的，由出版社、批发商根据其销售情况决定发货数量。委托销售商品的退货费用和书店退回批发商的运费、人工等费用由书店负担；批发商退回出版商的运费、人工等费用由批发商负担，存货退回出版社。其中图书销售通过批发商到书店的占总发行量的 70%，出版社自己也开展销售，但出版商主要是依赖批发商，不论出版商、批发商都很坦然，并不影响彼此的利益，主要靠增加数量来获利。

（六）日本独立书店

日本有这样一家书店，其营业面积为 1650 平方米，备书 12 万种，一年平均每天进货 5800 册，售出 4500 册，一周中有 6 天进货，售货却是 7 天。掌握订货的人不是书店经理，不是进货部主任，而是 35 类书籍的销售负责人。这家书店是地下 1 层地上 8 层的楼房。地下 1 层至地上 6 层对外营业，全部图书细分为 35 类。地下室：学习参考类，包括儿童书、词典、中小学参考书、语文学习书。一楼：一般书籍，包括日本文学 A、日本文学 B、外国文学、评论、随笔、电影、音乐、戏剧、全集、丛书。二楼：文库、实用书。三楼：法律经济类，包括法律、经济、经营管理、簿记会计、教育、国家考试。四楼：人文类，包括国文、宗教、哲学、心理地、现代思想、社会、历史。五楼：理工类，科学、机械、生物、物理、化学、建筑、土木、电气、情报、医学。六楼：美术和百科词典。全部库存书约 25 万册，共 12 万种。其中 60%约 14 万册摆在货架上。1 种书一般只摆 1 册，好卖的书和价钱低、开本小的文库本，同一种书摆 2-3 册。平均每种书摆 1.17。在售货台上平放着的有 4 万册（占 17%）。为了尽量方便读者，才平放那么多书。在读者看不到的地方贮存大约 5.3 万册（占 23%），准备随时补充货架。以上合计 23.3 万册，再加杂志 1.7 万册，总共 25 万册。该店正式工作人员 45 人，加上钟点工和临时工共 100 人。书店与出版社的关系，主要是情报交换关系。出版社经常派人到书店了解销售情况，向书店通报出书情况，有时也采取召开座谈会的方式进行情报交换。书店与出版社关系很密切，平均一天有二三十人到书店来访问。书籍的陈列，完全根据性质内容。读者挑选书籍，主要是根据书名、内容和作者，与出版社的规模大小没有关系。该店陈列书，也绝对不是大出版社的书就摆在最前面。常备书摆在书架上，新出版的书、畅销书放在平台上。

为了扩大书籍销售，也是为了便于读者挑选，该店对许多书籍进行二重展示、三重展示。就是说，同一种书，同时在几处地方展示，作为不同类别的书展示。一种书放在哪类图书中展示，取决于这放在哪里好销。一本书在哪里能卖出去，它就属于哪类。若是类别划分不严密，工作人员的责任划分不明确，重复展示就容易造成重复进货（同一种书，分放在几处，一处卖光，就以为没有存书了，而实际上还有存书）。为解决这个问题，把书的类别分成主和从，销货量多的地方就是该书的主类。

（七）美英连锁书店

进入 20 世纪 90 年代以来，连锁书店在欧美迅猛发展，市场份额不断扩大，美国市场形成了巴诺、鲍德斯、皇冠和百万连锁书店"四霸争雄"的格局，英国市场出现了 W.H.史密斯和瓦特斯通连锁书店"双雄对峙"的局面。连锁书店的崛起给传统的图书零售行业乃至出版业带来了广泛而深刻的影响。与独立书店相比，连锁书店具有许多明显的优势，如规模效益、品牌效益以及控制中间

成本等，但最为根本的还是为顾客提供优质服务。

连锁书店在扩充市场的同时，也会带给社会一些负面影响，如图书品种的差异性可能变小，文化的多样性也可能遭到破坏等。从崛起到称雄，美国连锁书店形成于 20 世纪 70 年代初期。1971 年，美国鲍德斯兄弟汤姆鲍德斯和路易斯鲍德斯首次成功地将连锁书店的构想付诸实践。他们的第一家书店开在大学城安阿拍，结果非常成功。第二家书店于 1975 年开在底特律的郊区，开办此店的目的就是为了检验一下书店能否在学术圈之外生存。结果，出乎所有人的意外，该店获得巨大成功。于是，兄弟俩在资金允许的情况下，尽可能地扩大规模，相继在美国中西部和东北部开设了多家分店。可以说，鲍德斯兄弟最初开办的两家分店，是其后十余年间超级书店经营理念的孵化器。

但在发展初期，连锁书店并没有对图书零售市场带来结构性的变革，传统书店依然是美国图书零售的主要窗口，所占市场份额超过 35%。连锁书店真正形成气候，是在 20 世纪 90 年代初期。其标志就是超级书店的崛起，在不到 10 年的时间内，美国图书零售领域发生了巨变，以超级书店为龙头的连锁书店得到迅速发展，并成为图书零售主渠道。

到了 90 年代中期，超级书店更是达到了其发展的顶峰。据统计，目前美国超级书店的数量已经超过 1000 家。其中，巴诺书店拥有 521 家，鲍德斯连锁书店拥有 349 家。超级书店在美国兴起的原因是多方面的。一是以数量论英雄的时代已经结束。连锁书店之间最初的竞争指标之一就是以分店数量多寡论英雄。这就造成运营成本直线上升，尤其是单位营业效益没有发挥出来，所以，虽说分店数量不少，覆盖面也挺大，但并没有从根本上发挥连锁书店集团规模经营的优势。二是从出版方面来看，自 20 世纪 80 年代中期以来，欧美出版界掀起了一股购并风潮，特别是进入 90 年代以来，这一风潮愈演愈烈。图书出版垄断局面更加严峻，从而使得社店之间贸易关系的天平逐渐倾向出版社一方。为了改变这一局面，连锁书店不得不在扩大书店规模、加大进货等方面采取措施，于是，超级书店便应运而生了。连锁书店发展，到今天已经成为图书零售业的主导销售方式。与之相对的是，独立书店处境非常困窘，不仅大量的独立书店倒闭，甚至连锁书店也纷纷倒闭。

目前，在美国图书零售市场上已经形成了巴诺、鲍德斯、皇冠和百万连锁书店"四霸争雄"的局面。从四巨头的经营状况来看，随着超级书店数量的增多，这一市场已经基本达到饱和。在这种情况下，价格、选书和服务就自然而然成了竞争砝码。连锁书店的基本特征可以概括为"七个统一"，即统一外部形象、统一卖场格局、统一采购进货、统一仓储配送、统一营销管理、统一经济核算和统一实行计算机网络管理。这些连锁书店争相提供舒适的购物环境，为成年人和儿童开展活动，大部分还提供免费的期刊阅读和音乐欣赏。典型超级书店规模几乎都超过1万平方英尺，至少有10万种图书在架。

（八）美国超级书店

据有关资料：20世纪90年代初，"美国巴诺"书业巨头，在全美实施了大规模兴建超级书店的庞大发展计划。1990—1997年，巴诺新开超级书店400多家。超级书店在全美各地经营成功，巴诺在全美的图书销售份额几乎增长一倍。在超级连锁店系统销售额统计中年平均增长20%以上。1998年初，巴诺超级店系统营业额突破20亿美元，占巴诺全部收入的80%以上。

一是营销体制，现代巴诺公司的经营规模，在古老巴诺书店的基础上扩展了千百倍，巴诺经营者力图保持巴诺传统：让书店成为一种教育场所。经营者相信图书是一种特殊的文化产品，作为销售者的书店，则应努力使经营思想和行为与自己的产品相一致。巴诺公司始终追求一个明确的目标，做美国乃至世界图书零售业的领头人。几十年来，巴诺从宏观发展战略到微观管理措施，一直紧紧围绕这一目标。巴诺公司经营章程宣称，要使所有书店成为社区的文化中心，读者的信息娱乐之源，以及巴诺员工成长发展的园地。简言之，巴诺立志成为美国图书零售业无可替代的"名牌企业"。巴诺的另一经营口号是，在努力扩大市场份额的同时也扩大市场本身。巴诺经营者认为，书店应当而且可以成为一种生机勃勃并充满乐趣的文化中心，成为忙碌的现代人除家庭和办公室以外的一个悠闲而有魅力的"第三去处"。

二是管理体制，由于公司在90年代发展迅速，目前巴诺在全国有职式28000名，仅1996年一年就增加职式4000人。巴诺招聘各级业务人员一条最基本和共同的条件是：爱书。巴诺经营者强调，巴诺书店是爱书人为读书人服务的地方，如果没有对书的共同热爱，这种服务会在很大程度上受限制。尤其对工资报酬相当低的书店基层销售人员，对书的热爱以及对书店职业的自豪感是敬业的必备条件。对中上层管理人员，在爱书的基础上还需要丰富的工作经历和业务知识。巴诺经营者认为，巴诺的成功是与它拥有一批致力公司发展，并精通图书零售业的管理队伍分不开的。在总结超级书店的经验时，公司负责人认为，这是毕生从事图书零售的巴诺人，在几十年的实践中探索出来的新路子。巴诺高层经营者大多终生从事图书发行，他们丰富的实践经验，成为公司在激烈市场竞争中的无价财富。值得一提的是公司总裁伦纳德·里吉奥先生。出生于纽约布朗克斯区一个中下层家庭，里吉奥以一个清洁工，兼记账员的书店小职员起家。他以不懈的勤奋，日益积累的业务经验和对美国图书市场的信心，创立了庞大的图书零售王国。巴诺在 90 年代的迅猛发展，与该公司的股份化经营体制有直接关系。股份化一方面为公司发展提供了大量资金，更重要的是让拥有股票的公司中坚人员，具有真正的主人翁之感。目前，有 300 多名公司高层管理人员，拥有 10%的公司股份，公司的兴衰与他们有着十分直接的关系。此外，有 4000 多巴诺职工选择巴诺股票为养老金投资对象，这意味着更多的巴诺职员，建立了与公司休戚相关的联系。由于超级书店营业时间相当长，一般情况下，一家营业面积 2.5 万平方英尺的巴诺店雇佣全职职工 40 至 50 名。职工可根据需要，选择每周工作 20 小时到 40 小时。在销售旺季，比如感恩节、圣诞节期间，夏季休假月之前，书店往往需要雇佣额外人手以保证其服务质量，从而争取最大的销售收入。书店新雇职员的薪水按小时计，一般新手的起薪只稍高于法定最低工资，随后半年或一年逐步增加。书店的政策是鼓励职工长期在巴诺供职。许多书店的雇员，都是在校大学生或高中生，他们愿意在周末或晚上来书店工作。其结果是书店营业员的流动性较大。针对这种情况，巴诺的对策是培养并稳定书店经理层管理人员。书店经理都有固定年薪，并根据销售额付给奖金。同时，公司强调从各地方书店内部提拔培养经理。他们认为这对执行书店为社区服务的方针有重要保证作用。

三是超级规模，首先是大。90 年代新建的超级书店一般都在 26000 平方英尺以上，品种 15 万种以上。目前全美最大的超级书店营业面积达 6 万平方英尺，品种逾 20 万。巴诺经营者认为，在图书零售业，可以说品种就是质量。这些年来超级书店日益吸引读者，完全与其拥有丰富繁多的品种有关。与巴诺公司内部的达尔顿连锁店相比，巴诺连锁店在品种上的优势更是显见。达尔顿连锁店大多为综合性书店，平均备货品种在 1.5 万到 2.5 万之间，与各类专业性或具有社区特色的中小型独立书店相比，他们并不在品种数量上居多大优势，而是在品种质量上、专业上占优势。

四是优势位置，也是书店成功的重要因素。从总体上看，巴诺超级连锁店虽遍及 48 个州，但实际主要集中在经济文化发达、人口密集的地区。例如加利福尼亚州就有 70 家巴诺超级书店，占所有超级店的 14.5%。另外得克萨斯、纽约和佛罗里达州的超级书店数分别为 53、38 和 35 家。加上加州，这四个州的超级书店总数占全国巴诺店的 40%。与此同时，阿拉斯加、缅因等八个边远州都各只有一家巴诺书店。显见，巴诺的策略是在理论上占据全国，在实际操作上专攻重点市场。在各地选择书店位置时，书店经营者同样十分强调巴诺的总体形象。巴诺书店大多建在高雅商区，有不少建在新兴住宅区的购物中心。更具体看，许多巴诺书店靠近影剧院和中高档餐饮区，经营者认为这是潜在顾客群聚集之地。由于总公司的投资实力，巴诺超级店有能力租下各社区最理想的地段。这是许多小本经营的独立书店所无法实现的。

五是环境服务，巴诺一直为其书店舒适优雅的环境引以为豪。巴诺设计者追求一种古老图书馆的儒雅氛围，将沉稳的棕褐和深绿色作为店堂基调。深色调的木质书架及地毯不仅造就了古朴文雅气氛，而且将各种色彩的图书封面衬得格外醒目。除书架和地毯外的其他设施，大到橱窗和收银台，小到降价及活动通知等，都围绕巴诺基本色调精心设计。统一色调给巴诺连锁店一种良好的整体感，同时也起到一种品牌宣传的广告作用。巴诺超级店强调为顾客提供舒适的读书环境。书架的设计和排列都以便利顾客翻阅图书为前提。超级书店的书架一般都是 5 层，约 6 英尺多高，读者可以轻松地看清标题并方便地从架上取得任何一本书翻阅。四周靠墙的书架有时为 7 层或更高，但都备有轻便金属梯供工作人员随时帮助读者取书。书架之间留有宽敞的走道，一般为 4 英尺以上。最令巴诺自豪的是由他们首创的，现已成为超级书店一大特征的"读者之席"。在巴诺，顾客可以在靠窗的边或其他角落找到各种舒服的椅子，或柔软的沙发，或光洁的木椅，往往还有小书桌。由于店堂整洁干净，在人多的周末不少读者干脆就捧了一本书在书架边席地而坐。

六是特色服务，巴诺书店儿童部的陈列设计充分体现了书店尽力为小读者服务的经营思想。儿童部从书架尺寸颜色到四周布置都充分照顾到儿童的特点。巴诺儿童部以明亮艳丽为基调。书架为乳黄色，比成人部的要矮，还有配套的小桌椅。墙面可能的地方都画上造型可爱的卡通，大多为孩子们熟悉的儿童名著上的人物。书店还提供一些简单的玩具以增加小读者逗留的兴趣。纽约林肯三角中心书店的儿童部还在书架之间开辟了"森林之角"，其间舞台道具式的大树、蘑菇、小鸟和背景大森林，加上坐在"树"边专心致志读书的大孩子和在书架间蹒跚忙碌的学步娃娃，构成一幅十分生动感人的书的童话世界。周末的巴诺儿童部简直成了另一种儿童公园。大多数巴诺书店还设有专门的查询台，有专人帮助顾客查找店内的书，或者从巴诺书目库中查找某些较专业的书。为读者代订图书已成为巴诺店的传统服务项目。读者可随时直接通过电话向书店订书。巴诺书店的另一必备设施是洗手间。这在许多小的独立书店是很难找到的。

七是特色项目，咖啡部也是超级书店的重要组成部分。巴诺超级店中 60%

以上设有咖啡厅或咖啡角。据统计，美国是世界上咖啡消费量最高的国家。巴诺书店专营的星巴克咖啡又是最受欢迎的品牌之一。就着一杯浓香四溢的咖啡，翻阅一本有趣的新书或报刊，这份随意和雅趣，无疑是使读者在巴诺书店流连忘返的重要原因。

八是时间安排，超级书店吸引读者的另一原因是超长的营业时间。绝大多数巴诺书店的营业时间为每周 7 天，每天上午 9 点至晚上 11 点。也有一些早上 7 点就开门的，具体根据书店所在社区的人们的作息特点而定。曼哈顿最大的巴诺店的营业时间，从每天早上 9 点到午夜 12 点。这么长的开放时间给各类读者带来了便利。白天，书店是妈妈和孩子们爱来的地方，夜晚，巴诺则成了年轻人交友约会的好去处。

九是分类及陈列，要将近 20 万个品种的书按有利销售的原则分类陈列显然不是一件易事。巴诺书店的分类特点是不拘泥于学科或专业，更多的是根据各店品种结构和方便读者找书的原则灵活处理。再以曼哈顿最大的巴诺店为例。该店共分四层，经营图书、音乐光盘及咖啡。其中音乐类设在底层地下室。一楼图书不按学科或专业分，而根据促销需要分纽约时报畅销书、最新精装书、新人佳作，以及旅游类图书。二楼有儿童读物、小说、外语、文学、探案、宠物、工具书、科幻小说、磁带书和物价书 11 大类。三楼则有艺术、计算机、文化研究、历史、多媒体、心理学、表演艺术、科学 9 大类。有 100 多席位的咖啡厅也在三楼。三楼的 9 大类书目又被细分为 85 个子类，每一子类下又根据需要再细分若干类。比如二楼的 85 个子类中有烹调一类。在烹调类下，先分国际烹调、美国烹调、特别烹调、家宴、素食烹调、酒品饮料、甜点面食、药膳，及畅销烹调书等。在特别烹调类下，进一点细分为烧烤、鱼类海鲜、野味、饭前点心、调料附快餐食谱，以及食品保鲜和炊具使用等。

图书陈列完全以有助销售为原则。巴诺书店的主要陈列用具有普通书架、墙面书架、大书桌，及一种特制的八边型陈列台。在普通书架上的书主要分封面朝外或书脊朝外两种陈列法。畅销书、最新图书、新人佳作及职工推荐书都享受封面向外的待遇，而像上面刚提到的社科类书一般都只有一个书脊的位置。纽约时报畅销书不仅封面向外，而且每个品种有二三十个复本。有的畅销书不仅在书架上占据相当的空间，还在书架两端的地上整齐地堆入成垛，特别引人注目。像艺术和烹调这一类图片较多的书，一般在墙面书架陈列。墙面书架有相对更好的灯光效果，因为灯可以直接装在书架顶端而不是天花板上。墙面书架的架面还设计成一定的角度，展示效果更好。以上提到的国际烹调类图书，600 多个品种中读者能直接看到封面的只有十几种左右，其余都只是一个书脊。在品种日益增多的情况下，对于陈列封面还是书脊的选择越来越不容易。

第三节 失败成功模式解析

（一）亚细亚连锁模式

据有关资料，1997年亚细亚商业经营总公司亦宣告解体，此前由其管理的连锁店中，广州仟村百货商厦、上海仟村百货商厦、成都新时代仟村百货购物中心相继倒闭、成都九眼桥仟村百货商厦停业、福州仟村百货商厦、西安亚细亚工贸中心等转由当地合作方控股经营，郑州亚细亚五彩购物广场停业。开封亚细亚商厦、濮阳亚细亚商厦先后倒闭，损失8600万元；郑州、南阳、漯河三地分店加上集团自身，总负债达6.98亿元，账面亏损2935万元，实际则更多。此前，集团公司及其唯一的全资子公司——郑州亚细亚商场共为省内亚细亚连锁店担保贷款2.2亿元，为省外仟村百货连锁店担保贷款1亿多元，自身长期拖欠贷款1.3亿元。各地银行、供货商竞相起诉集团公司及郑州亚细亚商场，法院判决金额高达9000多万元，进入执行期的有6000万元。解体前，由亚细亚商业经营总公司管理、经营的正规连锁店共计15家，成员遍布全国，员工逾2万人，营业面积合计约30万平方米，资产总值超过40亿元。由此"亚细亚"连锁经营实践由初始成功又走向了失败。

90年代初，国际零售业巨头为了扩大和创新零售业模式，由此创立了连锁业经营的模式。当这一模式传入中国时，国内一些国有零售业领军人，特别是"亚细亚"创始人王遂舟以改革实验的方式，大刀阔斧地开始了商业零售连锁经营的实践。并成立了郑州亚细亚集团股份有限公司，后又组建了专门的零售业管理公司——亚细亚商业经营总公司。开始在全国各地的省会以上城市布局扩张连锁经营，从组织选项到资金筹划，平均每四个月开业一家大型连锁店。由于资产所有者的不同，河南境内的连锁店仍以"亚细亚"为名，省外连锁店"仟村百货"，纷纷连锁运营，一时间狂轰滥炸的广告，为顾客开辟公交免费线路和各类大型促销活动，在国内形成了"亚细亚"现象。

从"亚细亚"的兴衰过程来看，在零售业领域进行了诸多市场化试验，这

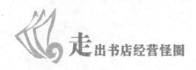

是对传统经营模式的冲击、挑战和叛逆。但值得注意的是，由于当时"亚细亚"领军人，并没有认真地实地考察欧美等国商业零售霸业的连锁化经营模式和方法，而是一味地概念化理解和认识零售业连锁模式，仅限于多家零售店运营的思路，并没有从根本上认识和把握零售业连锁经营，是一项商业连锁链式的运营模式，特别提出的是商业连锁业运营模式的主要障碍，经常受限于物流运输配送体系的仓储规模和运营能力。如自建物流或三方物流都应当纳入到物流体系管理，与此同时，集中化采购降低成本是连锁业发展的必要前提。因此"亚细亚"现象是在没有完全弄懂产业链模式的情况下盲目发展，仓促扩张，又由于资金链严重不足，在规模不断扩大，管理手段和制度逐渐脱节的状况下，加之管理人才的缺失，"亚细亚"扩张失败的结局已无可置疑。

（二）家乐福零售模式

国际级品牌"家乐福"的商业模式，对零售业起到了典型试范的作用。如何借鉴商业零售经验？需要书业人士有选择地借鉴其模式和方法。①规模实力，②扩张战略，③圈地建店，④卖场定位，⑤组织管理，⑥服务理念，⑦销售策略，⑧采购管理，⑨物流运输，⑩配送分销等。应从市场经济角度学习成功案例。国际零售业"家乐福"，在中国连锁经营协会公布的 2004 年中国连锁经营百强企业中，家乐福（中国）以 162 亿销售额名列第 5 位；"家乐福"的品牌对国内的品牌连锁店具有强大的冲击和影响。在观察"家乐福"超市的时候我们主要从三个方面来观察：一是，看他们的商品陈列与国内零售店商品陈列的差别之处；二是，看他们经营水平与国内零售能力的差距；三是，看他们的内部管理与国内零售业的不同之处。首先，从图书经营上看，"家乐福"把图书品种视为零售商品进行销售，一般图书都采用八折销售，低折扣集中采购，销售的图书是通过物流配送的方式，而且负责销售图书的营业员也不是专业卖书人，因为他们主要经营的是生活日用品，而且他们经营的图书是由北京民营公司进入到"家乐福"加盟店，按"家乐福"入店管理规定，供应商管理需交进场费、促销费、货架费、微机管理费等，其图书销售与成本费用的矛盾是不言而喻的。他们在圈地建店过程当中，对本土化市场进行较多的市场调研，其中物流配送以 320 公里为半径，均衡配货，节省时间，降低成本；其次，从零售品种上看，"家乐福"有拉动人流的三个特点：一是低价限量卖鸡蛋，二是低价卖刀鱼，三是低价卖猪肉。"家乐福"为什么会形成这三个特点呢？原因在于，一个新开的大型超市要想能够吸引人，必须采用特殊低价商品来拉动平价商品以及高端商品。开业时不可能马上盈利，必须先拉人气，要拉人气就只能卖一些低价实惠的商品，以达到宣传品牌的目的。由于价格是制约市场的主要杠杆，市场最终目的是需求、消费、价格主导商品销售，只要有需求就必然会产生消费。"家乐福"的开业必然会在一段时间内，对周边的超市产生致命的打击。再次，从细化分类上看。"家乐福"超市中猪肉有20多种分类，仅肉馅类就有长、中、短3种分类，猪骨头也分为10多种，而且卖肉的营业员业务都比较娴熟，他们对所有部门商品的分类都分得很细，商品标签标得很清楚。一个超市内的商品会让人眼花缭乱，如果管理不到位，就不知道客户的需求是什么，不知道客户的难题在哪里，因此 "家乐福"在这方面的管理是很到位的。

（三）国美、苏宁模式

国内连锁业成功品牌"国美"，2005年零售额498亿；"苏宁"2005年零售额397亿。对图书业的经营和发展都将起到典型示范作用。"国美"、"苏宁"独占国内连锁零售业一席之地，就其经营模式及方法。从"国美"、"苏宁"成功案例上进行研究和论证，从而可以得出现代零售业模式方法的结论。学习"国美"、"苏宁"圈地扩建战略。"国美"、"苏宁"国内零售巨头，均采用了从大城市一级建店逐步向二级、三级城市扩张。在商业模式上趋同：①零售策略、连锁攻略；②网点建设、卖场部局；③加速圈地、建店策略；④市场营销、低价模式；⑤中央采购、整合商品；⑥弹性物流、自荐物流；⑦标准战略、连锁法则；⑧规范管理、组织管理等。国美、苏宁在布点建店上跑马圈地各有方略；在运输配送方面自建物流和三方物流各有优势；在管理模式上家族管理和现代管理各显身手；在客户服务上彩虹工程和阳光服务各有特色。如果从商业零售模式上学习和借鉴的话，应当着重从以下方面加以改进和提高：①零售连锁，②自建物流，③采购管理，④客户服务。首先图书业在传统建店布局上有许多未知的经验或机构权利限制，因为许多国有书店在建店初期基本上都属于政府划拨房产，由于后期发展需要，许多国有书店在选址问题上也因各种条件约束，无法实施合理布局建店，只能就当时的具体区域、地址和面积对书店进行扩建和改建。其次由于缺少商业零售经验，在图书经营中没有就图书商品与文化用品进行必要的区分，也没有将图书商品与非图书商品进行经营

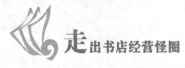

性分类，另外图书经营属文化事业行业管理，长期以来受公益文化活动影响，使图书作为商品概念较弱，使图书的政治化概念较强。图书作为商品是市场经济的必然产物，作为特殊商品有其特殊的商业属性，及其文化属性，它的特征和性质包含着商品属性的全部。因此零售业的运营模式必将与商业品牌、策略、规模、网点、质量、成本、效益、人才、服务和管理是分不开的，所以图书业的发展模式要与商业零售业的发展模式相结合，互为补充、互为作用、互为利益。

第四节　书业现状模式思辨

（一）书店状况浏览

从各种媒体获息：四川省新华集团，"四川文轩"作为新华第一股在香港首次上市，上海书城与解放日报并股在国内 A 股上市（"新华传媒"）。北方出版集团股份有限公司即"出版传媒"，已成功上市，这三家都是国内率先改革的先锋。本着学先进、找差距、重实践的思想实际出发，综合考察深圳、广州、成都、杭州、上海、南京、北京、沈阳、长春、哈尔滨等大书城对国有书业经营和管理加以思辨。

一是从书业现状了解上看，多数国有书业集团及大书城、大卖场在经营管理上普遍存在管理单一、循规蹈矩、传统经营、滞后管理等问题。从体制上讲，上市公司本应该是全新的体制，应该是与国际化接轨，与市场接轨的。但令人难以想象的是，不论上市集团旗下的大书城，还是未上市集团旗下的大卖场，传统书店的影子令人感觉是那么的"老化"和"固化"。用句俗话说"姑娘穿娘的鞋——老样子"，但另一方面我们又觉得，这些"毛病"和"缺点"的存在，将进一步影响书业的机制更新和体制进步。

据了解截止目前一些省市的书店垂直管理，集团化管理及连锁店运营管理尚处于资源整合，系统整合的阶段，存在许多市场要素整合和市场管理的缺位问题。一些集团及大书城，在科学管理、规范管理、流程管理上尚需要销售的改进和管理的提升，虽然在转企转制基础上突出经营方式的概念更新，而实际上缺少对现代图书经营战略、管理模式、细化服务、营销方法的研究和落实。因此许多集团在经营管理上出现了"概念新、方法少、低效益、轻管理"等问题。

二是从产业规模上看，从经营模式上讲，在集团化及大书城书店的模式管理上，尚存在许多矛盾和问题。

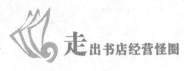

目前，国内书业尚处在探索和创新阶段，加之国内书业正处于新旧矛盾碰撞与磨合期，在现代书业管理的连锁模式及超级书店管理上，一些国外图书业已经探索和实践了连锁业，及超级书店的管理运营方法和模式。比如：欧美国家图书连锁业普遍采用"外部形象、卖场格局、采购进货、仓储配送、营销管理、经营核算和系统网络统一管理"。实现了产业规模和品牌模式的不断进步和发展。

三是从经营管理上看，从管理模式上讲，围绕现代书业的市场化、效益化、人才化、营销化、系统化管理的要求，目前国内书业集团、超大书城、独立书店及连锁书店的管理和运营，尚处在"模式的消化，管理的进化，营销的活化，人才的选化"的调整境况，还需要下大力气引进和吸收国外书业的先进经验和做法。与此同时，用横向的学习和纵向的实践，对国内书业 30 年改革开放的经验作进一步的继承性的优化和修正，从而整合国内书业的人才优势、资源优势、规模优势及市场优势。一句话：集中人、财、物优势，从实际出发认真研究国内集团化、规模化、现代化、产业化发展模式，从市场战略角度出发，理清发展思路，确定发展步骤，研究发展项目，推进多业实践。坚持经营小项目、盘活中项目、打造大项目。从而使国内书业在现代企业制度及图书产业链发展上培养新的产业集团争取更多的市场份额。为中国图书产业的发展参与图书市场竞争打下良好的基础。

（二）书店模式管理

如何借鉴零售业成功案例的模式和方法，图书零售业应从商业零售业中学习、借鉴商业模式，优化吸收、去粗取精，应从商业管理上学习和借鉴经营模式、精细管理、物流成本、市场营销、规范服务，以提高图书业的经营能力和管理水平。同时要考虑书业的人、财、物实际状况；要考虑现有书业的规模、市场、品种的实际情况；还要考虑地域文化习惯及消费者购买心理等。按照经济规律分析本地区的读者活动倾向，如何在图书市场环境下就图书进、销、存、退产业链的信息收集、采购管理、物流配送、规范服务、营销管理等，进行系统化改造和借鉴，将对国有书业零售起到强大的推力作用，同时也将会大大地促进书业的进步和经济效益的提高。

（三）书店营销思考

多年以来，新华书店作为书业国企的第一品牌，而始终固守传统思维，在计划经济条件下，按照国家行政体制分别在国家、省、市、县布局建店，为文化事业的发展和进步起到了促进作用。随着时间的推移，在书业中"大企业病"也同样影响和阻碍书业的发展和进步。管理不善、忽视人才、资源浪费、不计成本、盲目发展的现象时有发生。一些书店出现亏损甚至恶性倒闭，虽然存在许多不确定因素，但可以从中发现一些矛盾和凸显的问题：一是领导力不够。领导缺乏对市场的研究、对管理的研究、对服务的研究、对经营难题的研究等。究其原因主要是领导能力弱，决策能力低，管理能力差等原因造成的。二是长期以来干部老化、队伍老化、不再适应市场，其中问题是多方面的，也是复杂的，但究其原因应该是企业学习能力弱，实践能力低，破解难题差等原因造成的。三是管理老化，品种老化，流程老化。一些市、县级国有书店面临倒闭的危险，但主要还是经营者的因素。一些国有管理者多是行政干部或机关干部充实基层，身子沉不下去，不学习经营管理，造成企业混乱的现象时有发生。其实管理者自身的素质影响和决定企业的发展，实际上最终取决于企业命运的不是管理者的能力和水平，如果一个企业没有科学的管理理念，没有一整套市场运作的商业模式，使得时间、机遇、资源在不对称环境下错过商机，使企业失去了获得利润的最佳机会。总之，如果不创新管理体制，不改革管理机制，不建立有效措施和管理模式，任何企业都将在市场竞争中，最终走向滑坡甚至倒闭的危险。在调查中发现一些书店只顾眼前利益，将企业利润吃光、分光、花光，不顾长远利益，在资产投入及书业改造上不肯花钱，造成企业发展缺乏后劲，当企业面临危机时显得束手无策，无力回天。如果从书业集团及书店发展的角度出发，必须下大力气进行"老书店"改造，进一步对传统书店进行"改造型"管理，就必须从困难矛盾入手，从资源结构上考虑，从人才战略上考虑，从队伍状况出发，从资产状况研究，采取行之有效的方法才能使书业突破传统，走出误区。一是加快企业机制转变；二是合理分流人员；三是采取科学营销方法；四是加大市场研究力度；五是重塑企业品牌；六是运用科学民主管理；七是注入商业零售理念；八是培养梯式人才。新华书店是全国优秀品牌，如果能建立大采购、大物流的连锁体系，按照中央、省、市、县品牌化经营模式化运作，如果能更好地发挥"新华书店"国家品牌和国际级品牌作用，将国有大书

城按照超级书店模式管理。一是打造万平方米书店；二是开展免费阅读；三是
打造音乐休闲茶吧；四是打造休闲陶吧；五是打造卡拉 OK 录制吧；六是打造
读书人俱乐部酒吧；七是文化体育休闲吧；八是打造棋类休闲体验吧。形成读
书、休闲、娱乐为一体的"超级书店"的中国模式。逐步把国内书业做强做大，
同时将进一步参与国际市场比拼和竞争，使中国书业产生国际级品牌，最终实
现"创品牌、扩市场、走出去"的宏伟战略。

走
出书店经营怪圈

第二章

人才资源优化第一方略

第一节 东方择人睿智

（一）先哲论人

在人类历史长河中，从古至今在选人用人上有许多开悟智慧和经典韬略，古人云："得人才者得天下，失人才者失天下。"《淮南子》说：智慧超过万人的叫做"英"，超过千人的叫做"俊"，超过百人的叫做"豪"，超过十人的叫做"杰"。《淮南子》说：有什么本事就给他什么职位，有什么能力就让他做什么事情。力量足够，做什么都不重，能力足够，做什么都不难。《鬼谷子》说："有智慧的人用人家长处，而不用人家短处。"孔子说："不患人之不己知，患不知人也。"历来人们都认为，帝王之德，莫大于知人。如果一个国君，有贤不知，知而不用，用而不任，这是一个国家三种不祥之兆的表现。唐朝皇帝李世民讲"以铜为镜可以正衣官，以史为鉴可以知兴替，以人为镜可以知得失"。纵观圣哲先人的古训，在用人上可感悟有三：一是要因人任事，长矛短剑各有所用；二是因才任事，偏才当正用，将能力发挥极致；三是奇才任事，文武兼备必当重用，遇大事治天下。

（二）古语用人

早在南北朝时期出了本《处世悬境》一书，先哲对于人的研究比较透彻：识之（即：大收获的前提是真知卓见），明之（即：聪明睿智用愚笨来调解，在行之前要考虑这个问题），藏之（即：锋芒太露不仅容易伤人，而且容易引起他人忌妒，成熟的谷穗应当是下垂的），忍之（即：时间是解决一切矛盾的钥匙，善忍者赢），舍之（即：如果什么也不想放弃，那么最后就什么也得不到）。先哲们的做人精髓无不为之感叹，一是"藏之"，深藏不露，蓄势待发；

二是"忍之",忍者为高,退一步海阔天空;三是"舍之",明辨取舍,舍就是得,得就是舍,只有小舍才能够大得。

(三)大夫选人

在三国时期诸葛亮谈为官者八大蔽病:一是对财务需求永远不满足,贪得无厌;二是对有才能的人忌妒;三是听信谗言,轻信能说会道,巧言献媚的小人;四是只能分析敌情,却不能正视自己的实力;五是遇事犹豫不决;六是沉滞于酒色而不能自拔;七是为人虚伪奸诈而自己又胆怯;八是狡猾巧辩又傲慢无礼,不按制度办事。从用人蔽病上看古已有之,可借鉴之:一是贪得无厌者不可用之;二是巧言献媚者不可不防之;三是虚伪奸诈者不可不拒之。

(四)圣哲论才

东方圣哲智者姜太公将人分为几种类型。一是喋喋不休,恶言恶语,整天揭别人的短,连睡觉都不停下来,让大家讨厌的人。这种人可以让他管理街巷,探查坏人坏事。二是爱管杂事,晚睡早起,任劳任怨。这种人只能领导老婆孩子。三是见面先打听隐私,什么事都要指指划划,平时实际上言语很少,有饭大家吃,有钱大家花。这种人可领导十个人。四是整天忧心忡忡,一副严肃认真的样子,不听劝说,经常使用刑罚,用刑就一定要见血,六亲不认。这种人可以领导一百人。五是争辩起来总想压倒别人,痛恨坏人,喜欢用刑来惩罚他们,希望把大家统一在一起。这种人可以领导一千人。六是外表很谦卑,说话很合乎时宜,知道人的饥饱冷暖。这种人可以领导一万人。七是谨小慎微,能让人懂得什么是气节,说话不傲慢,忠心耿耿,这种人能领导十万人。八是温柔淳厚,有长者之风,用心专一,遇到贤能的人能够举荐,执法公正。这种人可以领导百万人。在用人问题上,古人树立了经典范例,从古至今人的能力有千差万别,各有所能,各有专长,关键是选人者一是要有识人的眼力;二是要有非凡的阅历;三是要有宽容的心力,才能够选出偏才、奇才、贤才。

（五）史观选才

在《吕氏春秋·论人》书的篇章中有"八观六验和六戚四隐"之说。所谓"八观六验"，用白话文来讲，其大意是，凡要识别一个人，看他在仕途顺利时对什么人示以尊敬；显贵时和什么样的人往来；富有时集什么样的人在他周围；不但要听他说，还要看他怎样做；在他空闲时要看他的爱好是什么；当和他熟悉了之后要看他的言语是否端正；看他穷困时不接触什么；贫贱时看他不做什么；当他高兴时看他是否失态；快乐时看他有什么不正之举；发怒时看他是否能自我克制；恐惧时看他能否自持；悲哀时看他能否自制；困苦时看他志向是否坚定。所谓"六戚"，是指他的父母兄弟妻子。"四隐"是指他的朋友、故旧、邻里和左右之人。一个人如果爱他的父母兄弟妻子，说明他是一个有情有义的人，如果他真诚善待他的朋友、故旧、邻里和左右之人，说明他能尊敬和爱护别人。所以用八观六验加上六戚四隐的方法对别人的真伪、善恶进行考察，就没有看不清的了。从"八观六验和六戚四隐"的看人经验，可以得出如此道理：一是从生活上观察人的七情六欲的奢望；二是从生活上观察人对柴、米、油、盐、酱、醋、茶的偏用；三是从生活上观察人的喜、怒、哀、乐的表现，就可以看出由表及里，从内心世界反映到举止言行。

（六）大师用才

当代佛学大师南怀谨说"做人的心障"，第一种有"心障"的人是与别人比较，比别人的脸蛋，比别人的爸爸，比别人的妈妈，比别人的收入，等等；第二种"做人的心障"是按照别人的方式来评价自己；第三种"做人的心障"是按照境遇来评价自己；第四种"做人的心障"是按照幻想来评价自己；第五种"做人的心障"是按照过去的经验来评价自己。有五种朋友不能交：第一种是债主式的，这种人总是觉得别人欠他什么，想不到别人给他的好处，只想到自己给过别人什么；第二种是过于望己，这种人你对他做过多少帮助他都记不

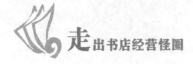

住，总是想到自己的利益之处，却想不到别人的不利之处；第三种是出卖感情的朋友，这种朋友最危险，这种朋友多半是喜欢占别人全家以牺牲别人利益为代价的；第四种是"有奶就是娘"，只要有人给恩典，他会马上下跪认人为娘；第五种是坏蛋型朋友，所谓"物以类聚，人以群分"，即使你是个好人，长期与这样的坏人在一起也会受到坏的影响。

第二节　典故择人传说

（一）典故选人

远古用人典故中有一个国王在临出门的时候给三个仆人每人一锭钱让他们去做生意，并告诉仆人们等他回来的时候要检查他们的各自成果，几日后当国王回来向三个仆人询问结果时，第一个仆人回答："我用您给的钱赚了三倍的钱。"国王说："那好，我再奖励你二套庄园"；第二个仆人回答国王说："我用您给的钱赚了一倍的钱。"国王说："我奖励你一个庄园"；第三个仆人回答国王说："我没舍得花掉您给我的钱。"于是国王就命令第三个仆人，把他的钱全部拿来送给第一个仆人。由于选人者方式不同、目的不同、希望不同，因此被选择人的命运、前途就会出现失望和遗憾，如果被选择者体悟了选择者的目标、方法和希望，那结果将是愿望和理想的吻合。

（二）故事选人

在日常生活中有讲用人的故事：一家食杂店招聘员工，该店老板问一名前来应聘的小伙子："假如我雇佣了你，你能保证完全听我的吩咐吗？"小伙子回答说："我非常乐意服从你的吩咐。老板，我保证我是一个好员工。"老板又问："如果我告诉你白糖质量上乘，但它实际上却含有杂质，你会怎么对待客户呢？"小伙子回答说："我会告诉客户，白糖质量上乘，并说服他购买。"老板说："嗯，很好。如果告诉你咖啡是纯净的，而里面却掺杂大豆，你又怎样向顾客推销呢？"小伙子说："很简单，我会告诉他本店一向重义守信，绝对不可能卖掺了大豆的咖啡。"老板问："如果我告诉你黄油是新鲜的，而事实上它们已存放了一个月之久，你又怎样将黄油卖出去呢？"小伙子说："这批黄油是昨天刚进的货，绝对新鲜。"老板满意地点点头，拍拍年轻人的肩，

笑容满面地说："你真是个聪明的小伙子。"说罢又问："小伙儿，你希望你每月得多少钱？"小伙子说："我不是一个贪婪的人，你每周只需付我一万美金，我就感到相当满意。"老板说："什么？每周一万美金？"老板大吃一惊："难道你认为我会付给你这么高的薪水吗？"年轻人冷冷地说："一流的骗子需要一流的价钱，如果你雇用我在这里当骗子，你就必须付给我每周一万美金。如果你想聘请一名优秀的店员，我每周只要一百美元就够了。"在这种情况下，这个老板感到十分惭愧，他说："小伙子，你就在这里工作吧，我每周给你一百美元。真见鬼，因为你这个坏蛋，我也许改变经营方式了。"从此例说明，凡做生意者必先做人，否则小店就会关业，理想的大店永远会变成泡影。如果做人能够坚持诚信不欺，任何生意都将不断的收获和壮大。

（三）传说选人

有一位中国夫人移民到美国，在一个市场里摆摊卖菜，好像她从来没有烦心事，每天和和气气照顾所有的顾客，总是有喜气洋洋的笑脸，心情非常好。因此她的菜卖得非常快，每天不到下班时间菜就卖光了。其他的小商贩对她非常忌妒，由于忌妒，他们便每天有意无意地把扫地上的垃圾往这位老夫人的摊床上扫，想给这位老夫人造成一点不开心。谁知道，这位中国的老夫人对这种事毫不计较，别人家的垃圾扫过来，她就高高兴兴地扫进自己家的垃圾筐里，好像捡了便宜似的。别的摊主对这位老夫人的行为感到很奇怪，不明白她为什么还会高兴呢？终于有一天，有一个人忍不住好奇心问她："人家故意把垃圾往你这里扫，你为什么不生气，反而还开心呢？"中国的老夫人回答："在我们国家过年的时候把垃圾往家里扫，不往外边扫，这说明每年赚的钱越来越多，现在大家送钱给我，我当然开心。"此后，再也没有人往老夫人面前扫垃圾了，而她的生意仍然比以前更好。这位老夫人用勤劳和善良打动了周围的人，感悟有三：一是善良是人的本源，勤劳加善良将会赢得最后的美誉；二是忍者为上，忍一忍风平浪静，退一步海阔天空，忍者将是最后的胜利者；三是从不计较是人的最大美德，难得糊涂是聪明人的最高境界。

第三节　经验择人诠释

（一）名人选人

台湾著名实业家王永庆讲：合理化用人，必须先具备下列三个条件：第一要能刻苦耐劳，虽然吃苦耐劳是一种肉体的负担，但正由于体力的磨练而注入精神意志，是一种由外而内的激发。一种外在的激励，其忍受程序视精神力的坚韧如何而定，必须倚仗精神意志的支持，方能吃苦而不以为苦，耐劳而不以为劳，从而养成一己的信念。第二是知识，即是来自学校教育的传授，纯学术性的，纯理论的，如果懂得这些知识，而不懂得消化、利用，充其量只是一个书生，一个书呆子，知道也是死的，没有用的。必须懂得事的道理，才会融会贯通，启发智慧，所以教育的方法及教育的政策极为重要。第三是经验，必须是刻苦耐劳，踏实地磨练出来的心得才有用，如果只是走马看花、参观性质、客串性质，只能称为经历，称为经过，所谓过来人并不能说就有经验，时间并不等于经验，这点是要分清楚的。

（二）巨商选人

日本著名实业家堤义明讲："聪明人在一个企业当中如果用不好的话就会毁坏一个企业。一个企业很少情况下会因为没有办法而使用庸人，一个企业倒多半是因为'聪明人'和'小聪明人'给搞垮的"。并很痛苦地说"我不愿意用聪明人"，可能与这有一定原因。他还说"文凭是一张废纸"，这是因为许多人拿着自己的文凭好像是上方宝剑一样到处去炫耀，那是毫无用处的。其实学历不等于能力，有文化的人不一定是有用的人，因此在人才的选择上应因人而异，择才任事，扬长避短，才能在人的能量最大化上发挥其特长，为人的才华施展提供更好的环境和空间。

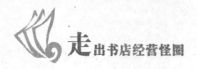

（三）案例选人

世界著名学者杰克·韦尔奇提出经济学的"二七一定律"理论与我们过去所谈到的理论很相近：即在十个人当中有二个人是最聪明的人，有七个人是相当于既聪明又易出现错误的人，还有一个是智商偏低的人。同时，他将这一定律用一弧线图表示出来，图中的弧线包括三大方面：20%的人潜力巨大，70%的人潜力一般，10%的人潜力有限。他还将奖励差别用的一个方图来进行分析，方图当中有三个面，其每个面分别表示的奖励比率为50%、25%、5%，在方图的底面以70%、20%和10%的比率同时进行了分布。对于占20%的潜力最大的人应当得到的是50%奖励，占70%的潜力一般的人应当得到的是25%，占10%的潜力有限的人应得到的是5%的奖励。

（四）实证选人

世界上有一条"科希那定律"，这是一条数学定律，该定律中讲，二个人挖一条水沟要用二天时间，如果四个人合作完成这项任务需要多少天。这个问题的答案可以有多种：可能是一天，可能是四天，也可能永远都完不成。原因是由于人的合作能力不同，学识有高下，或者由于有人工作偷懒而造成各自用力不同等，所以会表现出不同的结果。法国工程师格雷曼为了验证"科希那定律"而做了一个"拉横"实验；该实验应用一个固定的100%值的拉力器，分别以一个人为一组、二个人为一组、三个人为一组、八个人为一组的方式对拉力器进行拉行测验，从而得到了不同的测验结果。其中以一个人为一组的实验者测试出的拉力数值最低，以二个人为一组的拉力总和值达到了95%，以三个人为一组的拉力总和值达85%，以八个人为一组的拉力总和值为49%。这个实验说明：在一个团队中二个人的团结合力是非常重要的。由此我们可得出最佳省力用人的方法。

第四节　体悟择人实践

（一）探索选人

在用人经验和智慧上古有传承，今有发展。如今随着时代的发展和变化，选人用人的方法也有所不同。现代企业选人用人的标准是德、能、勤、绩，其中德是首位，因为道德决定干部的思想品德，决定工作的执行力，俗话说"干部迈什么步，群众走什么路"。但在不同的企业岗位上，由于全才少偏才多，必然要求企业领导者要结合实际，因地选人用人，对所用之才在使用上侧重点也有所不同。因此应围绕"三懂"："懂经营、懂业务、懂管理"原则选人用人；应围绕"三干"："能干、会干、实干"原则选人用人；应围绕"三好"："口碑好、业绩好、人缘好"原则选人用人；应围绕"三点"："勤点、实点、守点"原则选人用人。从实践中感悟：第一，人要特别能够吃苦。第二，人要能够努力学习。第三，人要干什么钻什么，只有这样才能在机遇面前被选用、被重用，才能成为事业有用之人。

（二）观察选人

选拔人的重点是考测人，考测人关键是要懂得把人与人之间的关系弄明白。只有了解了人才真实情况，才能够把选人用人的工作做好。第一了解人才的"口碑感"，需要选用品质好的人，也就是说要了解口碑好的人在特定岗位的做人、做事的评价情况；第二了解人才的"潜规则"，生存能力人际关系也就是了解工作环境中与同伴的协调、配合的适应情况；第三了解人才的"实践力"、吃苦能力、表率作用，也就是说人在专业岗位技能、创新的贡献情况。同时应当对人的知识能力、判断能力、业绩成果进行认真的审视和评价，从而认清人才的含金量。因此选人一定要在广学、博学、专学的基础上去综合地选人，在勤

劳、实干、守信、诚信的基础上去综合用人，只有这样才能够把该选的人选到重要的岗位上。

（三）判断选人

斯大林对他的秘书说："我虽然是国家领袖，但是我有些水平不如你。"他还说："领袖也是人，领袖的知识也是有一定的偏激性，也有一定的主观性，也有一定的片面性。" 任何人的思想都存在主观性、偏激性和片面性，只不过要看主观性是否影响了现实的本质。而主观性时常是自以为个人思想独特，总认为自己是对的，别人是错的，而片面性是对客观事物的一种单一的注释，而实际上造成了奇才、偏才的误用。偏激性的人往往由于自己偏激也误以为别人偏激。如何克服主观性看人、偏激性待人和片面性选人，中华圣人孔子说：人有五种恶劣的行为，是小偷偷不走的。一是心大而险恶，二是行为怪僻而固执，三是说假话而强词夺理，四是记恨的人太多，五是邪道越走越深。如今许多有经验的人，在选人用人问题上还总结出"八大失误"现象：第一是任人为亲，第二是疑而不信，第三是以性举人，第四是以言举人，第五是嫉贤妒能，第六是求全责备，第七是印象取人，第八是职不当任。在选人和用人问题上应慎重，做到客观公正。首先要客观的分析人文原因、矛盾和环境，不是主观意断凭想当然选人用人。要针对人的学识、能力、勤勉、为人等因素进行综合评价。其次选人用人者要学会豁达看人，要学会宽厚待人，要学会大度容人，只有这样才能够选出事业需要的人。如果一个人没有健康的心理素质就不会有好的发展，要干好工作首先要学会做人，只有做人做明白了，你事业的发展才会是前途无量的。无论在哪一个岗位都有一个做人的问题，无论是干部还是普通人都要学会看见别人的优点，而不要总是看到别人的缺点和不足。再次任何时候我们都要有公正意识，如果大家都说某个人好，那么他一定是个好人，如果大家都说某个人不好，那么这个人的身上一定会有这样那样不同的"毛病"，不管是什么类型的干部或什么样的人都存在这一问题。在选人用人方法上应当是：第一看人的勤奋能力；第二看人的学习能力；第三看人的互助能力；第四看人的德行能力；第五看人的实践和政绩；第六看人际关系如何。在任何时候懒惰、自私和忌妒都将会影响人的成长进步，也影响到你与家人、朋友、同志的和谐相处。总之，现代企业的管理正在向规范化、标准化、制度化、约束化方向发展。无论任何人谋求生存都应当入乡随俗，都要记住企业发展需要什么样的人、需要什么样的素质、需要什么类型的专业，只有这样你才能够按照现代企业管理的思路去学习、去再造、去服务、去合作，只有这样才能把我们的工作做得更有成绩和特色，才能更有效地发挥自己的才能。

（四）明辨做人

　　在反思用人的同时主要还应该注重自己做好人，一是每个人都有优点和缺点，在一个企业或团队当中只要多学习人的长处，多看人的优点，那么自己才能有发展，朋友自然就会多，人际环境自然就会好；二是要好好处事，好好为人，要检点自己的缺点，反思自己的错误，人的成长过程当中时常会是坎坎坷坷的，因为人的智商是有限的，一个人的行为举止不可能让所有人都满意。一个人的成长过程如果不注意自己的言行，比如上班时间总是迟到，做事总想占别人的便宜视别人于不顾，总认为自己应该是突出的，那么你的缺点和错误就会越集越多，你当然就会在民意测试当中被老百姓投更多的反对票。三是不论是领导者还是普通人都应当记住，交人交友要学会先吃亏，后得利益。不要因为一点小事与人斤斤计较，在与人交往过程中要学会赞美别人，要学会向别人学习，要学会关心别人。任何人都不是十全十美的，在单位每个人都存在小聪明、小动作、小心眼等问题。无论在同志相处还是与读者接触都是要以诚信为本、友善待人，才能够选好人、用好人。

出书店经营怪圈

第三章

科学管理推动书业实践

第一节　市场化管理的效用

（一）市场博弈竞争

在 21 世纪的今天，图书业已进入了文化服务的时代。国有书店的经营与服务必须适应读者需求，读者不断对图书的内容选择、质量选择、开本选择度越来越高的需求，相应地对目前书店的服务能力、服务水平、服务标准，提出更高的要求。做为书业的经营者和服务者，必须把读者的感受和欲望当做头等大事来认识，并在实践过程中努力实现读者的最终要求"优质服务"。一是国有图书业与民营图书业，在激烈的图书市场竞争中博弈，优则胜、劣则败，是图书业如今乃至今后的永恒话题。从图书市场的竞争上分析，出版社将与民营工作室在品种上相互竞争。国有书店与民营书店，在市场竞争中相互争取客户。国有书店的服务与民营书店的服务，在不断的竞争中赢得读者或失去读者。由此，而产生了"品种竞争"、"品牌竞争"、"服务竞争"态势和局面，就"服务竞争"而言是所有竞争中最关键的竞争话题。二是图书市场的竞争就必然对服务能力、服务技巧、服务水平提出更高的要求。服务竞争，这一概念在 20世纪 90 年代逐步确立的。在科技水平日益发达的今天，在图书品种差异性逐渐缩小的情况下，行业的竞争形式将更加严峻。出版社和民营机构在选题能力、出版能力、发行能力上各显神通。国有书店和民营书店在资源的选择上、在行业的管理上、在图书的质量上各显神通。三是在全国市场和地域市场在价格和折扣的博弈上，竞相登场，各显神通。一些读者已经不再满足于一般文化的需求，在阅读兴趣、阅读习惯、阅读追求、阅读品味上，对书业人提出了更高的文化需求。面对读者差异化、多角度、多层次需求提供更多的便利。特别是在人文精神及文化环境中接受服务和尊敬，这是图书业认真研究的文化服务的新命题，也是图书业应当十分重视的文化经济的新思考。

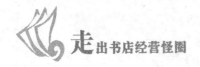

（二）提升服务功效

如今"以读者为中心"、"读者永远是对的"、"一切为读者着想"的书业服务理念正在逐步兴起。美国商界有句名言"零售业唯一的差别在于对待顾客的方式"。世界零售巨头"沃尔玛"以"尊重顾客、满足顾客、服务顾客、善待顾客、超越顾客期望"的服务理念是它成为世界零售业霸主地位的原因所在。其实读者永远是对的，这句话是伴随着中国市场经济的迅速发展、读书活动的空前活跃而提出的。从某种意义上看显得有些绝对化，因为读者也是人，人非圣贤，孰能无过，读者在接受服务的过程中，也不可避免地会说错话，做错事，也就是说读者不可能"永远"是对的。但是，我们倡导的"读者永远是对的"这种服务理念，其内涵显然不是从具体的一时一事角度来界定的，而是从具体服务概念上来界定的。

其实在为读者服务的过程中，书店作为服务者，为读者提供更好的服务，是书店的职责和应尽的义务。这里所说的"读者"也不是指单个人具体的人，而是把读者作为一个整个群体来看待。书店为读者提供优质服务，是天经地义的，因为如果没有好的服务就不可能赢得读者，就不可能有好的社会效益，就更不可能有好的经济效益。所以，倡导"读者永远是对的"主要目的，就是提高书店对读者服务的自觉性、主动性和创造性，从而对书业经营的发展，提供更多的服务及管理的支撑和助力。

（三）打造优质服务

在书店日常服务中，开展特色服务能够进一步树立企业品牌，能够通过各种服务吸引广大读者。一是细节服务，也就是说图书品种的细节、图书册数的细节、图书单价的细节、图书包装的细节等，都要从日常优质服务上得到实现。二是分类服务，根据读者消费习惯和特点，除专业分类同时，还应当进行性别的分类、年龄的分类、职业的分类、阅读的分类、兴趣的分类、品味的分类等。为了做好服务工作就必须抓重点、抓特点、抓难点，使分类工作做到既考虑一般性的分类又考虑特殊性的分类，从而使分类工作满足不同人群、不同读者的需求。三是营销服务，也就是说图书的经营活动，应当围绕营销重点活动开展，将营销工作分为：市场营销、卖场营销、媒体营销、团购营销、读者营销等。从经营理念上适应市场的需求，适应读者的不同需求。四是品种服务，品种服务包括：低幼类品种服务、少儿类品种服务、小学类品种服务、中学类品种服务、高中类品种服务、大学类品种服务、成人类品种服务、科技类品种服务等，为了实现上述品种服务，就必须掌握品种动态，了解品种需求，把握品种变化，满足品种需求。五是增值服务，具体地说：是适时增设服务项目，公用电话、电子存包柜、购物车、老花镜、放大镜、免费复印证件、凭票退书、总经理信箱、服务承诺等项服务，进一步提升优质服务的影响力，推动特色服务的感招力，以满足读者需求。六是品牌服务，具体内容包括：预订服务、邮购服务、电话服务、送书服务、代发服务等，通过品牌增值服务，提高读者对书店的忠诚度，同时也提升书店的信誉度，在最大的增值服务范围内满足读者需求。

第二节　经验化管理的适用

（一）"三管法"管理

在书店日常管理中，因书店城区地域店面分布及店内楼层面积分布，多年以来形成了条块化、多项化、复杂化的管理矛盾。为了规范书店管理，提高管理能力，将复杂化管理矛盾用简单化方法加以改进，将条块化矛盾用具体化方法加以调整，将多级化管理矛盾用层次化方法加以改进。第一，采取"三巡查"的走动法。可以解决工作中存在的冷、硬、顶、跑、冒、漏等问题，具体方法是：查一查、看一看、转一转。在查、看、转的方法中，查重点、看难点、观热点，使日常管理中发现的各类问题能够及时有效地得到解决。第二，采取"三关注"的经验法。可以解决工作中存在的"也许、可能、差不多、麻痹、疏忽、大意""软、懒、散"等问题，具体方法是：关注问题、关注现象、关注变化。在问题、现象、变化的表象中，通过问题看本质、通过现象看矛盾、通过矛盾看变化，使日常管理中发现的各种特殊问题能够在实际工作中得到妥善解决。第三，采取"三确认"的实证法。可以解决工作中存在的脱岗、漏岗、缺人、换班、请假、病假等问题，具体方法是：抓得准、找得对、查得实，在抓、找、查的管理中，抓问题、找目标、查原因，使日常管理中出现的各种矛盾问题能够在管理中得到有效解决。

（二）"四问法"管理

在书店日常管理中，各种问题时常出现，各种情况时常发生，特殊矛盾时常反映，因此要求书店管理者必须采取切实可行的方法，以解决日常管理中出现的各种问题、情况和矛盾。为了能够适度化解矛盾，及时解决问题，应采取具体问题具体分析。特殊情况特殊解决，重大问题理性破解的方法加以管理。

第一问情况，可以解决工作中存在的打架、吵嘴等突发性问题；第二问原由，可以解决工作中存在的缺勤、旷工等临时性问题；第三问危害，可以解决工作中存在的盗窃、犯罪等特殊性问题；第四问行为，可以解决工作中酗酒、吸烟等一般性问题。在情况、原由、危害、行为弄清楚的情况下，说明情况、分析原由、讲清危害、判断行为，使日常管理中出现的各类矛盾问题能够一对一、一对十地得到妥善的处理和解决。

（三）"四常法"管理

在书店日常管理中，一是常出现的各种矛盾和问题的调整，比如图书品种、册数、单价、码洋、畅销书、常销书、滞销书、库存书的图书品种内容等，应采取常调整、常规范、常见章、常管理的方法，解决工作中的问题；二是对规范管理相关问题的调整，比如图书采购、储运、销售、承付等管理链问题，应采用沟通、协调、议事现场研究的方法解决营销环节的进、销、存、退、调、付等问题；三是常管客户订书、图书录入、图书分送、图书补货、图书上架、图书分类、图书分析、图书盘点等问题；四是对各种不规范的行为进行调整，比如数字不准、问题不清、时间不对、码洋不实等问题，经常对照、经常计算、经常复核、经常检查，使日常管理中出现的各类问题，能够在规范制度下得到妥善的管理和解决。

（四）"四寻法"管理

在书店日常管理中，一是寻找，围绕门市服务管理中存在的行为、习惯、做法有针对性地采取抓典型、抓案例、抓苗头，对随意性、个别性、特殊性存在的问题进行重点研究和管理；二是寻看，围绕门市服务管理中存在上岗难、土话多、懒找书、闲唠嗑等问题进行重点研究和管理；三是寻问，存在推荐难张嘴、答疑难面对、服务难迈腿等服务老大难问题进行重点研究和管理；四是寻查，对管理不到位、执行不到位、落实不到位等问题进行重点研究和管理。具体方法是：寻找、寻看、寻问、寻查。在找、看、问、查的管理实践中，找典型、看不足、问关键、查规范。使日常管理中出现的各种问题，能够通过灵

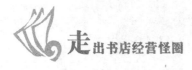

活有效的方法得到妥善的处理和解决。

（五）"二七一"管理

在书店日常管理中，围绕团队管理存在的队伍大、人员多、问题特等问题进行科学综合管理。根据团队管理中不同群体、特殊群体存在的难、奇、特矛盾现象进行群体归纳分类，这种方法能够剥离矛盾，区别对待、分隔管理、发挥优势、稳定队伍，通过多年实践采取群体智慧潜力 100%公式，集中优势人才，带动普通人才，分离个别人才，推进人才合理配置和人才优化管理。首先将 20%优秀员工作为单位的主力员工看待，因为优秀员工在忠诚、敬业、能力、合作、勤奋、心态、习惯、品质等方面十分突出，是不易犯错误的群体；其次将 70%的普通员工作为单位的助力群体看待，因为普通员工技术、职责、功效比较稳定，多属于默默无闻、无私奉献的群体，是犯错误机率较低的群体；再次将 10%的特殊员工作为单位的省力群体看待，因为特殊员工，性格不够稳定、业务不算精通、合群性不好，属怪才、奇才类员工，是经常犯错误的群体。如何管理好团队就必须采取抓两头带中间、抓主要带其他。使优秀员工更为优秀，使普通员工逐步向优秀看齐，使后进员工逐步改进。让模范带优秀，让优秀帮普通，让特殊管落后。从而给"典型、优秀"创造工作环境，同时将对"特殊、落后"分派一定环境。既要给"先进"的人施展才能的机会，又要给"落后"的人安排适当的工作，要彻底解决"一条鱼腥一锅汤"的问题。其实团队管理工作就是抓主要矛盾、抓主要人、采取区别对待的方法。一是任务分解法，将书店年初任务计划分解到部门、柜组；二是执行落实法，按书店规范管理制度要求实施绩效考核，采取公开、平等、竞争、民主的方式推进工作任务的完成和效益的评估；三是检查整改法，将日常检查按日、月、季、年，定期和不定期检查，采取随机抽查，随时检查，及重点检查的方法，以保障人均劳效、规范服务、图书营销、图书配送、后勤保障、工资薪酬等制度的全面贯彻执行，与此同时对员工素质、岗位职责、管理流程、规定标准、奖惩制度等认真贯彻执行，随着书业的发展和进步对以往的规定和制度还要不断地建立和修订，从而使书店科学化管理、流程化管理、规范化管理得到进一步的提高。

第三节　系统化管理的应用

（一）模块连接

在书店系统网络管理上，如何改造计算机系统管理已成为当务之急，随着计算机管理的格式化、流程化、系统化、测试化科学方法的普及和应用，国有书店应结合实际对传统经验管理，进行一次科学流程化的改造，围绕"大零售、讲需求、多功能、重服务"，通过对计算机软件硬件的升级，满足书店业务不断增长的需求，同时优化数据库数据结构。满足越来越大的信息查询量。在最大限度的满足需求的同时，对数据库的安全性提出了更高的要求。计算机管理应以努力实现和提高客户满意度为首要任务，在最大限度的系统数据库范围内进行拓宽和提升，使系统模块功能不断升级，以提升计算机效率和功能的作用。图书零售系统管理应以"客户满意度"为前提，逐步推进流程化模式的有效控制和管理。国有书店工作流程大体情况是"八大模块"，其内容包括：

1. 客户订货

业务人员审核内部报订单，并根据分店、团购部门要货信息汇总报出。

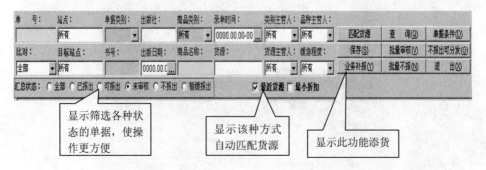

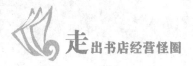
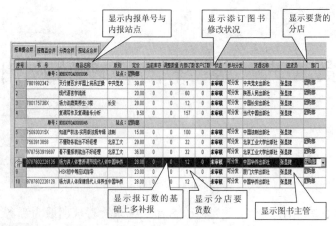

显示内报单号与内报站点　　显示添订图书修改状况　　显示要货的分店

显示报订数的基础上多补报　　显示分店要货数　　显示图书主管

2. 预订到货查询收货

界面如下：

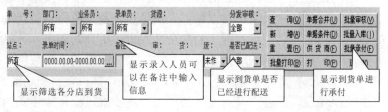

显示筛选各分店到货　　显示录单人员可以在备注中输入信息　　显示到货单是否已经进行配送　　显示到货单进行承付

3. 图书录入

界面如下：

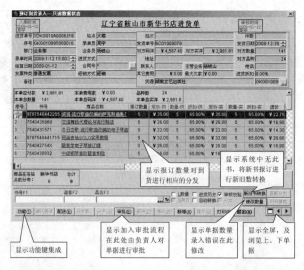

显示功能键集成　　显示加入审批流程在此处由负责人对单据进行审批　　显示单据数量录入错误在此修改　　显示全屏，及浏览上、下单据

显示报订数量对到货进行相应的分发　　显示系统中无此书，将新书报订进行新旧数转换

4. 到货单打印、显示

界面如下：

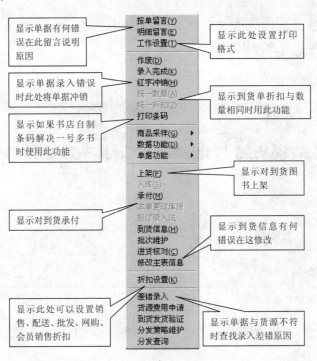

货	分发标志	打印次数	红字冲单	审批状态	进货单号	录单时间	入库时间	货源名称	对方单号	对方发货日期	进货数量	进货品种	进货码洋	进货实洋	折扣额
100%	是	0	否	无审批	YDKG010A0006281	2009-01-11 0	2009-01-11 08	华东师范大学出版社	200901000	2009-01-01	26	5	¥731.60	¥454.68	¥276.92
100%	是				0A0006268	2009-01-10 1	2009-01-10	北京大学	10K120090	2009-01-04	5	1	¥140.00	¥100.80	¥39.20
0%	否				0A0000935	2008-07-29 0	2008-07-29 0	电子工业出版社	1	2008-07-28	0	0	¥0.00	¥0.00	¥0.00
100%	是				0A0006282	2009-01-11 0	2009-01-11 08	华东师范大学出版社	200901000	2009-01-04	104	13	¥2,448.00	¥1,485.30	¥962.70
100%	是	0	否	无审批	YDKG010A0006269	2009-01-10 1	2009-01-10 16	北京大学	10K120090	2009-01-04	21	5	¥735.00	¥499.80	¥235.20
0%	否	0	否	无审批	YDKG010A0000077	2008-07-01	2008-07-10 13	二十一世纪出版社		2008-07-02	0	0	¥0.00	¥0.00	¥0.00
0%	否	0	否	无审批	YDKG010A0000310	2008-07-15	2008-07-15 09	科学数学与研究出版社	LN0491532	2008-04-10	0	0	¥0.00	¥0.00	¥0.00
100%	是	0	否	无审批	YDKG010A0006294	2009-01-12	2009-01-12 09	中华书局	060400205	2009-01-06	307	35	¥12,083.00	¥8,071.54	¥4,011.46
100%	是						2008-12-31		10K120080	2008-12-31	108	5	¥3,376.00	¥1,856.80	¥1,519.20
100%	是	0	否	无审批	YDKG01 A0006280	2009-01-11 0	2009-01-11 08	外语数学与研究出版社	800801417	2009-01-04	50	1	¥300.00	¥150.00	¥150.00
100%	是	0	否	无审批	YDKG 73	2009-01-10 1	2009-01-10 16	北京大学	10K1209	2009-01-05	12	4	¥1,176.00	¥799.68	¥376.32
100%	是	0	否	无审批	YDK		2009-01-04	北京大学	10K12009	2009-01-04	49	4	¥1,135.00	¥771.80	¥363.20
100%	是	0	否	无审批	YDK		0.00	机械工业出版社			20	2	¥88.00	¥68.64	¥19.36

- 显示到货单的打印次数
- 显示货物是否全部到货
- 建立审批流程显示负责人员及进行审批
- 显示供货商到货单号

5. 录入界面功能与到货单功能

界面如下：

- 显示单据有何错误在此留言说明原因
- 显示此处设置打印格式
- 显示单据录入错误时此处将单据冲销
- 显示到货单折扣与数量相同时用此功能
- 显示如果书店自制条码解决一号多书时使用此功能
- 显示对到货图书上架
- 显示对到货承付
- 显示到货信息有何错误在这修改
- 显示此处可以设置销售、配送、批发、网购、会员销售折扣
- 显示单据与货源不符时查找录入差错原因

菜单项：
按单留言(Y)
明细留言(E)
工作设置(T)
作废(D)
录入完成(K)
红字冲销(H)
统一数量(A)
统一折扣(Z)
打印条码
商品采样(G)
数据功能(D)
单据功能
上架(F)
入库(G)
承付(M)
本单更改库房
报订录入法
到货信息(H)
批次维护
进货核对(C)
修改主表信息
折扣设置(K)
差错录入
货源费用申请
到货发货验证
分发策略维护
分发查询

6. 图书分送、分发配送打印

新书录入完成后点击配送，弹出该窗口使录单员对单据进行最后的检验。界面如下：

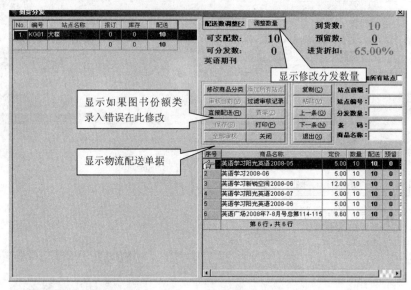

7. 直接配送打印单据，随书进入卖场

该单录入完成，界面如下：

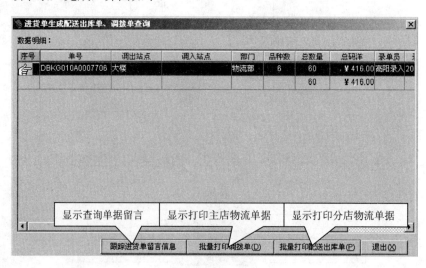

8. 图书零售统计查询

（1）查询条件选择界面

（2）小票条件

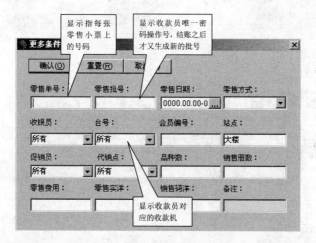

（3）数据输出显示界面

| 单据明细 | 商品品种 | 商品类别 | 单据类别 | 站点类别 | 零售分析 | 货源分析 |

（4）单据明细查询

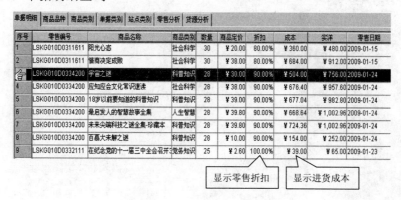

（5）图书品种查询

序号	商品名称	交易比数	商品定价	数量	总库存	平均折扣	均价
1	在庆祝神舟七号载人航天飞行圆满成功大会上的	2	¥1.60	2	41	100.00%	¥1.60
2	在纪念刘少奇同志诞辰110周年座谈会上的	2	¥1.60	2	26	97.50%	¥1.60
3	在北京奥运会残奥会总结表彰大会上的讲话	2	¥2.10	2	7	100.00%	¥2.10
合	在全国抗震救灾总结表彰大会上的讲话-20	3	¥2.10	3	8	100.00%	¥2.10
5	在纪念党的十一届三中全会召开30周年大	43	¥2.60	88	237	99.77%	¥2.60
6	中共中央关于推进农村改革发展若干重大问	2	¥2.70	2	15	100.00%	¥2.70
7	中国共产党党章	2	¥2.80	2	1381	100.00%	¥2.80
8	中国共产党第十七届中央委员会第三次全会	7	¥3.80	7	20	100.00%	¥3.80
9	科学发展观学习读本	2	¥6.00	2	161	100.00%	¥6.00
10	超级全景霸王兵器-超级战车	1	¥7.80	1	1	100.00%	¥7.80
11	超级全景霸王兵器-超级战船	3	¥7.80	3	1	100.00%	¥7.80
12	道教知识读本	1	¥8.00	1	4	100.00%	¥8.00
13	世界名枪-机枪	1	¥9.95	1	12	95.00%	¥9.95
14	金字塔未解之谜	7	¥10.00	7	1	100.00%	¥10.00

（6）商品类别查询

单据明细　商品品种　商品类别　单据类别　站点类别　零售分析　资源分析

二级分类　业务员　供应商　版社全称　ISBN分类　重点书　语言类别　类A　出版年月　商品属性　开本　所属商品
三级分类　一级分类　定价段　系列书　版社简称　营业类别　品种所属　销售方式　类别B　价格区间　建档年月　远畅标志　作者　是否经销

序号	商品类别编号	品类别	品种	交易笔数	数量	均价	折扣	码洋	实洋	折扣额	品种百分比	数量百分比	实洋百分比	累计实洋百分比
1	01010101	党务知识	16	64	134	¥6.56	99.76%	¥879.50	¥877.43	¥2.02	0.89%	2.36%	0.51%	0.51%
2	01010102	时事政治	15	28	30	¥29.67	96.11%	¥890.10	¥855.44	¥34.61	0.83%	0.53%	0.50%	1.00%
3	01010103	军事知识	19	39	42	¥33.56	99.37%	¥1,409.40	¥1,400.55	¥8.80	1.05%	0.74%	0.81%	1.82%
4	01010104	政治军事	85	131	177	¥43.16	98.28%	¥7,639.65	¥7,508.05	¥131.55	4.72%	3.12%	4.35%	6.17%
5	01010201	人物传记	145	382	494	¥36.50	97.75%	¥18,029.30	¥17,623.71	¥405.58	8.05%	8.72%	10.21%	16.38%
6	01010202	人生智慧	159	355	443	¥32.32	97.79%	¥14,317.70	¥14,001.87	¥315.78	8.82%	7.82%	8.12%	24.50%
7	01010302	成功励志	88	258	280	¥26.95	98.50%	¥7,544.90	¥7,431.98	¥112.87	4.88%	4.94%	4.31%	28.81%
8	01010303	哲学思想	45	112	129	¥30.60	97.69%	¥3,947.50	¥3,856.35	¥91.10	2.50%	2.28%	2.24%	31.?%
9	01010304	心理学	70	203	219	¥30.69	98.87%	¥6,720.20	¥6,644.04	¥76.11	3.88%	3.86%	3.85%	34.89%
10	01010305	社科综合		597	743	¥27.89	97.51%	¥20,724.80	¥20,207.91	¥516.84	9.82%	13.11%	11.71%	46.60%

显示四级分类

显示各分类
占总销售的
百分比重

（7）单据类别查询

单据明细　商品品种　商品类别　单据类别　站点类别　零售分析　资源分析

站点　库房　经手人　批号　台号　零售方式　代销对象　年　月　周　日　时　折扣　促销员　库房地址

序号	分名称	品种	交易笔数	数量	均价	折扣	码洋	实洋	折扣额	品种百分比 累
454	2009-01-01 16:58	4	3	4	¥19.55	100.00%	¥78.20	¥78.20	¥0.00	0.00%
455	2009-01-01 16:59	4	2	4	¥22.53	100.00%	¥90.10	¥90.10	¥0.00	0.00%
456	2009-01-01 17:00	3	3	4	¥15.83	100.00%	¥63.30	¥63.30	¥0.00	0.00%
457	2009-01-01 17:01	2	2	2	¥113.50	100.00%	¥227.00	¥227.00	¥0.00	0.00%
458	2009-01-01 17:02	3	1	3	¥31.27	100.00%	¥93.80	¥93.80	¥0.00	0.00%
459	2009-01-01 17:03	1	1	1	¥25.00	95.00%	¥25.00	¥23.75	¥1.20	0.00%
460	2009-01-01 17:04	2	1	2	¥29.80	100.00%	¥59.60	¥59.60	¥0.00	0.00%
461	2009-01-01 17:05	3	2	3	¥11.27	100.00%	¥33.80	¥33.80	¥0.00	0.00%
462	2009-01-01 17:07	4	1	4	¥17.40	100.00%	¥69.60	¥69.60	¥0.00	0.00%
463	2009-01-01 17:08	6	3	6	¥9.05	100.00%	¥54.30	¥54.30	¥0.00	0.00%
464	2009-01-01 17:09	3	1	3	¥13.67	100.00%	¥41.00	¥41.00	¥0.00	0.00%
465	2009-01-01 17:10	2	1	2	¥22.50	96.33%	¥45.00	¥43.35	¥1.60	0.00%

（8）站点类别查询

供应商编号	供应商名称	品种	交易笔数	数量	均价	折扣	码洋	实洋
GKG0112060	大连开卷书店	150	6693	11738	￥14.92	98.45%	￥175,109.80	￥172,394.81
GKG0110120	北京金星书业文化	137	5610	8992	￥15.72	98.52%	￥141,366.60	￥139,276.78
GKG0117770	北京人教教育中心	75	4779	9060	￥8.99	99.96%	￥81,482.00	￥81,446.67
GKG0100001	辽宁文史书刊发行有限公司	373	2296	3390	￥22.92	98.24%	￥77,703.40	￥76,335.67
GKG0112300	人民卫生出版社教材部	53	571	1321	￥55.41	99.34%	￥73,195.00	￥72,715.00
GKG0102620	北京师范大学	93	5653	9119	￥7.73	99.88%	￥70,534.67	￥70,450.15
GKG0102380	外语教学与研究出版社	634	3889	6448	￥10.88	98.26%	￥70,173.45	￥68,953.62
GKG0100290	机械工业出版社	925	1825	2421	￥26.09	98.48%	￥63,174.20	￥62,213.74
GKG0111340	沈阳华章（万象思维）	251	3251	5337	￥11.05	98.55%	￥58,951.40	￥58,095.36
GKG0110260	辽宁友联书局	292	3341	3997	￥12.53	98.29%	￥50,069.00	￥49,213.82
GKG0101330	浙江少年儿童出版社	373	1990	2845	￥14.25	98.38%	￥40,540.10	￥39,882.90
GKG0130100	四川新华文轩（沈阳）	282	971	1120	￥33.77	98.67%	￥37,825.30	￥37,323.35

（9）零售单据统计

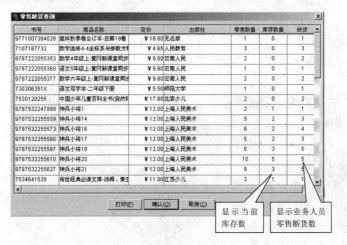

显示当前库存数

显示业务人员零售断货数

（10）库存查询

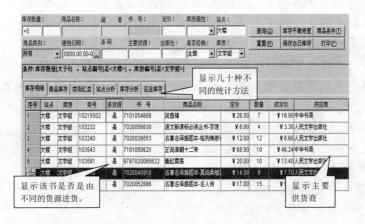

显示几十种不同的统计方法

显示该书是否由不同的货源进货。

显示主要供货商

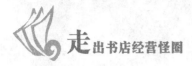

9. 会员管理

鞍山市新华书店会员卡管理制度

一、会员卡办理程序

凡在鞍山市新华书店营业大楼购书的读者，持当日购书的"零售现金销售凭证"和身份证复印件到新华书店营业大楼一楼总服务台索取《入会申请表》，填写个人真实资料，即成为鞍山市新华书店书友会会员，可办理"贵宾卡"一张。

原新华书店会员可自愿申请免费办理新会员卡，依 2004 年 1 月 1 日至 2005 年 9 月 30 日的会员卡积分转成新会员卡相应级别，享受相应待遇，同时原有积分归零。

二、会员待遇

1. 可在新华书店营业大楼购书享受优惠折扣。依会员级别不同，享受的优惠幅度不同。

2. 可在总服务台、收银台、会员服务部等处免费索取新书资讯。

3. 可参加新华书店《书友会馆》组织的各种活动，如读者沙龙、专家讲座、签字售书、书店论坛及各种联谊活动等。

三、会员升级条件

1. 贵宾卡消费金额满 500 元，可更换银卡。

2. 银卡消费金额满 1000 元，可更换金卡。

3. 金卡消费金额满 5000 元，可更换水晶卡。

4. 水晶卡消费金额满 10000 元，可更换钻石卡。

5. 会员卡有效期一年。自办理各种级别的会员卡之日起满 365 天（升级换卡及挂失补卡不顺延时间），一年内会员卡中消费金额归零，自行转为贵宾卡，重新累计消费金额、升级、换卡。

6. 会员在购书中如取得升级资格，原会员消费金额将自动归零并停止使用，换卡后享受新的折扣待遇。如本次消费升级金额（本次消费升级金额=原有消费金额+本次消费金额-当前级别升级定额）小于或等于升级后消费升级定额的 5%，则本次会员消费折扣按会员当前级别折扣计算。

四、各级别会员享受的优惠幅度

1. 贵宾卡会员享受 9.5 折。

2. 银卡会员享受 9 折。

3. 金卡会员享受 8.5 折。

4. 水晶卡会员享受 8 折。

5. 钻石卡会员享受 7.5 折。

各级别会员在新华书店营业大楼内购买无促销活动的任何原值图书，均可享受优惠价格。

五、会员卡的挂失

会员卡不慎遗失，持卡人可到鞍山市新华书店营业大楼一楼总服务台办理挂失及补卡手续。挂失及补卡时须出示办理会员卡时所用证件，并缴纳 10 元工本费。补卡后，原卡作废，原卡消费积分可转至新卡，级别不变。

六、会员卡使用注意事项

1. 特价超市、音像制品、中小学课本（二楼教学音像和三楼科技音像制品）及参与各种促销活动的图书不能持会员卡消费。

2. 会员卡不能与其他代金券、折扣券同时使用。

3. 会员卡只限于会员的现金消费。

4. 对百元以上的会员卡消费，书店只出具户名为"个人"的发票。团体购买请到新华书店市场开发部办理相关手续。

5. 会员因图书质量问题办理退书须出具购书时的"零售现金销售凭证"，退书金额将从会员卡积分中自动冲减掉。

6. 结帐时请主动出示会员卡。会员未出示会员卡则视同普通消费，不享受优惠，也不补算已往消费余额。

7. 凡人大代表（政协委员）到本店购书时，须持代表（委员）证，书店赠送的金卡方可有效；如代表（委员）证、金卡转借他人，此卡无效。

注：会员卡使用的最终解释权归鞍山市新华书店。书店将根据实际情况调整会员卡的使用形式及会员的权力内容，届时以新华书店"公告"为准。

鞍新华书店

（1）会员卡式样

金 卡

银 卡

钻 石 卡

（2）会员入会申请表

姓名：

身份证号		职　　业	
民　　族		单位邮编	
学　　历		传真号码	
出生日期		单位电话	
年　　龄		单位名称	
手机号码		职　　务	
住宅电话		城　　市	
寻呼号码		住宅地址	
住宅邮编		送货地址	
EMAIL		兴趣爱好	
开启发票		会员级别	

申请人：　　　　　　　　　　　　　　申请日期：

经办人：

（3）益华会员管理系统主界面

益华系统非常重视会员的管理,在子系统中专门设立一项会员管理子系统,如下图所示,其中包括会员信息的查询与设定,会员基础数据的定义,其他会员信息的导入,积分奖励,会员销售查询等。

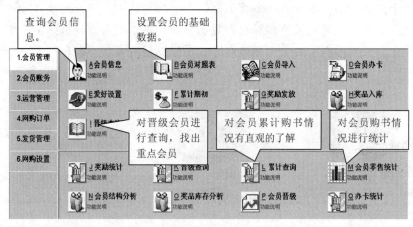

（4）鞍山新华书店现在分五级会员制度。各级别会员享有不同的折扣标准,如下图所示。

级别编号	级别名称	级别折扣方法	折扣	工本费	折上折1	开始
0001	贵宾卡	固定折扣	95.00%	￥0.00		0000-00-0
0002	银卡	固定折扣	90.00%	￥0.00		0000-00-0
0003	金卡	固定折扣	85.00%	￥0.00		0000-00-0
0004	水晶卡	固定折扣	80.00%	￥0.00		0000-00-0
0005	钻石卡	固定折扣	75.00%	￥0.00		0000-00-0

（5）会员晋级标准，各级别会员在购书实洋到达晋级标准后，系统会为会员自动进行升级，在会员下次购书时我们会为其更换下一级别的会员卡，同时享受更高的折扣标准。

序号	原级别	进入级别	进入条件	备注
01	贵宾卡	银卡	￥500.00	
02	银卡	金卡	￥1,000.00	
03	金卡	水晶卡	￥5,000.00	
04	水晶卡	钻石卡	￥10,000.00	
05	钻石卡	钻石卡	999,999.00	

（6）会员查询：会员信息填得越全面越能准确把握每名会员的购书习惯，然后加以区分对待。

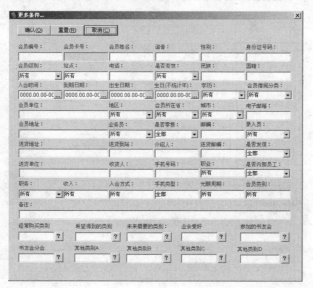

（7）会员查询补充条件：该界面提供了更为详细的条件。

（8）会员累计查询

会员编码:	会员姓名:	谐音:	会员级别:	积分:		
王新			所有		查　询(Q)	本期累计置算(L)	设置累计日期

其它码洋累计:　码洋累计:　实洋累计:　购物次数累计:　起始累计日期
0000.00-0000.00.00

重　置(Z)　历史累计置算(H)　强制奖数(Q)
会员条件(M)　全部累计置算(A)　积分奖励(P)

条件:会员编码[等于MM01000038122]

会员累计积分。

序号	会员编码	会员级别	会员姓名	性别	所属站点	入会日期	联系电话	起始累计日期	本期累计实洋	本期累计码洋	本期积分	累计购买次数
合	MM01000038122	银卡	王新	女	大楼	2008-02-14		2008-09-15	¥221.20	¥245.78	221	4
									¥221.20	¥245.78	221	4

（9）查询会员信息

序号	会员编号	当前卡号	会员姓名	起始累计日期	会员级别	所属站点	手机号码	会员电话	性别	出生日期	身份证号码	入会时间	到期日期
1	MMKG010A1018588	1000054938	邢霸	2009年1月29日	贵宾卡	大楼		13065428855	男	1979-07-10	210302197907100617	2009-01-29	2010-01-29
2	MMKG010A1018571	1000054922	吴俱晨	2009年1月29日	贵宾卡	大楼		13810139363	男	1981-05-13	210311198105130911	2009-01-29	2010-01-29
3	MMKG010A1017215	1000053576	霍广酥	2009年1月3日	贵宾卡	大楼	13504124553		女	1953-10-04	210303195310040369	2009-01-03	2010-01-03
4	MMKG010A1017217	1000053574	赵笙	2009年1月3日	贵宾卡	大楼	2246416		男	1970-04-15	210302197004151253	2009-01-03	2010-01-03
5	MMKG010A1017204	1000053561	靳昵娥	2009年1月2日	贵宾卡	大楼		6562482	女	1971-11-13	210303197111132724	2009-01-02	2010-01-02
6	MMKG010A1018555	1000054906	崔嫂波	2009年1月29日	贵宾卡	大楼	13314128369		男	1983-11-20	210381198311204714	2009-01-29	2010-01-29
7	MMKG010A1017201	1000053557	白岩	2009年1月2日	贵宾卡	大楼		13050037955	女	1980-04-10	210303198004100027	2009-01-02	2010-01-02
8	MMKG010A1018586	1000054937	付壮	2009年1月3日	贵宾卡	大楼	15998023385		男	1949-08-24	210304194908240215	2009-01-29	2010-01-29
9	MMKG010A1017228	5000003589	杨桂苓	2009年1月3日	银卡	大楼	13898032222		女	1983-09-30	210319630628382	2009-01-03	2010-01-03
10	MMKG010A1017192	1000053549	王楼	2009年1月2日	贵宾卡	大楼	13941239742		女	1965-02-02	210302196502020923	2009-01-02	2010-01-02
11	MMKG010A1018596	1000054910	胡晓峰	2009年1月29日	贵宾卡	大楼		13050030966	女	1965-05-04	152801196505040625	2009-01-29	2010-01-29
12	MMKG010A1017225	1000053582	周永生	2009年1月3日	贵宾卡	大楼	15942210032		男	1951-08-13	210304510813081	2009-01-03	2010-01-03
13	MMKG010A1018589	1000054920	张丽爱	2009年1月29日	贵宾卡	大楼		13188015177	女	1972-04-19	210311197204190200	2009-01-29	2010-01-29
合	MMKG010A1017	1000053553	刘永明	2009年1月2日	贵宾卡	大楼		15998059829	男	1968-12-27	21030219861 1227031X	2009-01-02	2010-01-02
			郭云彤			大楼		13050010606	男	1979-11-25	210302197911251821	2009-01-29	2010-01-29
		1000053598	王楼	2009年1月3日	贵宾卡	大楼	13464918338		女	1976-02-02	210381197602020224	2009-01-03	2010-01-03
		1000053589		2009年1月3日	贵宾卡	大楼	15084074898		男	1983-11-14	210302196511142445	2009-01-03	2010-01-03
		1000053590		2009年1月3日	贵宾卡	大楼	13898000868		男	1974-09-27	210319197409271015	2009-01-03	2010-01-03
		1000054940						15841239331	女	1988-07-18	210303198807180622	2009-01-29	2010-01-29
		1000054919						6726555	男	1934-12-29	210302341290215	2009-01-29	2010-01-29
		1000054894						13942255686	男	1966-05-03	210321196605030611	2009-01-29	2010-01-29
22	MMKG010A1018582	1000054933						15124115278	男	1984-08-08	210302198408081217	2009-01-29	2010-01-29

会员编号为会员在系统中的唯一编号。

当前卡号为会员卡上的编码。卡号与编号一一对应。

（10）会员基础信息

（11）会员销售统计查询

| 单据明细 | 商品品种 | 商品类别 | 单据类别 | 会员类别 | 零售统计 |

○ 站点　○ 单位　⊙ □　○ 性别　○ 光顾周期　○ 入会方式　○ 职业　○ 类别　○ 省　○ 出生年　○ 入会年　○ 入会周　○ 到期年　○ 到期周　○ 主管业务
○ 会员　○ 卡号　○ 学历　○ 民族　○ 收入水平　○ 手机类型　○ 职务　○ 地区　○ 市　○ 录入员　○ 入会月　○ 入会日　○ 到期月　○ 到期日

序号	级别编号	级别名称	品种	数量	折扣	码洋	实洋
1	0001	贵宾卡	37407	116332	95.00%	¥ 2,385,137.85	¥ 2,265,782.72
2	0007	人大卡	18491	44072	80.01%	¥ 1,030,178.84	¥ 824,221.51
3	0002	银卡	18907	35950	92.42%	¥ 860,787.64	¥ 795,531.08
4	0003	金卡	7924	12140	88.18%	¥ 328,055.84	¥ 289,293.77
5	0004	水晶卡	1496	1932	83.77%	¥ 49,488.82	¥ 41,455.99
6	0005	钻石卡	1262	1636	80.53%	¥ 33,975.72	¥ 27,359.67
				212062		¥ 4,687,624.71	¥ 4,243,644.75

（12）会员分析

　　根据下图显示，会员增长已经由06、07年的高速增长趋于平稳，书店会员工作也由高速发展会员，转型为稳步增长会员同时为现有会员提供高质量服务。

（13）会员人数变化曲线图

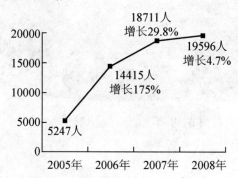

（14）根据下图显示会员销售册数也出现高速增长。

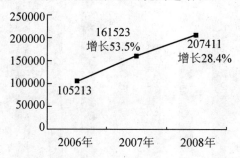

（15）会员增长趋势图

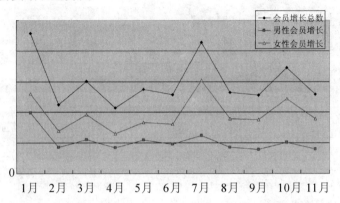

（16）各级会员所占比重

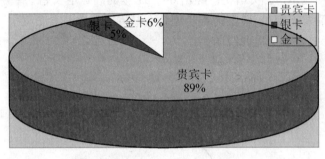

（17）各级别会员各月销售情况图及同期对比

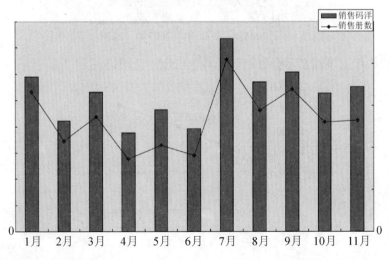

（18）各级别会员主要购书类型（金卡）

统计项目	品种	同期对比	册数	同期对比	码洋（元）	同期对比	实洋（元）	占总码洋（%）
少　儿								
初中教辅								
社会科学								
教学音像								
小学教辅								
古典文学								
高中教辅								
外文图书								
西　医								
经济管理								
中　医								
文教工具								

（19）第一季度各级会员消费对比

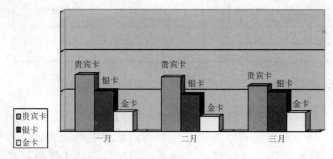

（20）贵宾卡会员消费统计（按年龄段与性别）

年龄段	性　别	册　数	交易码洋	交易实洋	交易笔数
20-30	女				
	男				
30-40	女				
	男				
40-50	女				
	男				
50-70	女				
	男				
合计					

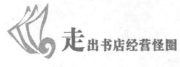

（21）贵宾卡集中消费表（分类）

类　别	交易笔数	品　种	册　数	交易码洋	交易实洋
美　术					
生活百科					
高中教辅					
外文工具					
书　法					
西　医					
经济管理					
建筑装修					
文教工具					
外国文学					
中国文学					
幼　儿					
外文图书					
社会科学					
古典文学					
教学音像					
小学教辅					
初中教辅					
少　儿					

10. 货源档案管理

原有新华书店采用货源时间管理方法，按到货的先后顺序将所有货源的单据放在一起，在与出版社对账时经常找不到、退货单据造成无法与货源进行对账，影响到书店与出版社承付信誉。货源档案化管理结束了以往新华书店到货单混乱的局面。为每一家货源制作专门的档案，将货源的物流单据放入相应的货源档案中。在货源发来对账单能及时准确地与货源对账并及时完成付款。同时采用了益华公司的图书销售系统与用友财务软件实现了单据对接。结束了以前原始的财务单据体外循环的历史。

货源档案目录式样

货源名称	到货单据	到货时间	图书品种	承付时间
机械工业	×××		资本的雪球	
冶金工业	×××		现代薄膜技术	
人民卫生	×××		小儿诊法要义	
金盾	×××		数学三十六计	

（二）模块调整

　　书店软件系统的使用范围，包括独立系统模块和连锁系统模块。从独立店和连锁店的实际运用和需求来把握，从软件开发角度和系统模块使用角度来理解，是数据库的流程基础，如何正确处理开发与需求尚存在许多矛盾问题。一是作为书店管理者和应用者，应以掌握软件系统模块操作程序需求为重点，进一步熟悉和掌握新的软件系统模块的各种功能的管理和使用。二是应从软件系统模块内部系统相关需求，及关联需求的始点和终点的操作和使用。三是通过熟练掌握的系统模块的使用方法和分析方法，通过每道程序使内部操作的流程、界面、功能、计算、分析、查重等更加便利。比如，书店工作流程中的进、销、存、退、调、付六大环节相关连接和使用，应进一步实现书店日常销售中软件系统模块的服务功能，不断完善系统模块功能的实用需求和关联需求，是系统功能需求关键。

（三）模块改造

　　在书店系统软件模块管理功能中，由于软件系统模块的需求原理、模块程序、使用范围、操作步骤、规范流程，都不同程度地作用于书店内部的零售系统管理科学有效的使用。在实际工作中从"先模拟后操作"的角度考虑系统模块的熟悉掌握，然后再从"先测试后并网"的办法进行系统模块的实际运用。为了使软件系统模块更加实用化和操作化，应改造开发思维方式和改造需求思维方式，将软件系统模式开发与书店经营模式紧密结合。比如改造书店系统模块的市场分析方法，一是"二八原则"模块；二是"四六比率"模块；三是"三七运算"模块；四是"流程档案"模块等。按照实用需求开发出对书店零售市场分析，各类图书品种把握，图书细分市场研究，对书店图书零售规律的认识和把握，将起到积极的作用，使软件系统开发结合书店需求，不断提升和改进图书零售服务功能，都将起到事半功倍的效果。

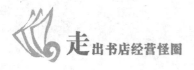

（四）模块创新

书店所使用的软件系统模块管理，从数据库的建立到数据模块的连接使用，始终存在应用需求与开发能力的矛盾。一是书店实际使用者，通过系统模块管理程序的培训学习，不断加深对系统模块管理的了解和认识。特别是对系统模块管理的复杂性、繁琐性和操作性都需要认真地学习和掌握。二是应在实际运用中从初步操作到习惯使用逐渐提高对软件系统模块的简单化、便捷化、快捷化、数据化的操作、运用和掌握。三是对已掌握软件系统模块存在的实用专业需求，提出修改补充建议，从而使软件系统模块功能，达到书店零售业各项管理功能的要求。四是针对软件系统模块的开发存在模式化的推广问题，应提出一切从实际出发，为用户想方设法满足实用需求。已往一些开发软件的公司多数按照已开发成的系统软件，对用户单位进行推广和普及。开发科学的软件系统模块，必须从客户专业需求和实用需求的角度来开发，特别是要考虑书店零售业的系统模块管理方式，应结合民营书店微观操作系统模块功能，同时也要结合国有大书城的宏观操作系统模块功能，并在综合"民营"、"国营"软件系统模块优化的前提下，进行不断地改造和升级。也就是说，软件系统模块程序的实用操作方法，应与软件程序的规模操作模块相连接。应经过多方实践和运用，开发出更好的科学系统模块，使书店的软件系统模块能够满足书业需求。

第四节　精细化管理的作用

（一）门市管理

按照规范化管理目标及精细化管理的要求，坚持以诚信为本、读者至上、服务为重、品牌第一的原则。实行微笑服务，以图书上架、图书陈列、图书推荐为重点，全方位开展便民服务，推动和提升书店社会效益和经济效益的增长，进一步提高精细化管理水平。一是门市早会：①传达书店有关人事、工资、福利、活动、制度等。②考勤在岗员工迟到、早退、事假、旷工等。③检查柜组、货架图书陈列，仪容仪表、岗位制度等。④台账管理、错架管理、星级评比等。⑤沟通图书资讯、推荐方法、接待服务、柜组难题、到货情况等。⑥图书宣传、读者设诉、硬件服务、设施环境、讲述心得、合理建议等。

二是环境卫生：①每日对部门分担区域的楼梯、走廊卫生进行日常清理打扫。②对柜组区域的地面卫生、书架卫生、后库卫生进行清理。③发现破旧污损的图书及时下架清理。④发现图书品种与分类牌不符的图书及时调整。⑤检查地面是否有纸屑、口香糖。⑥检查书架是否有倒架及缺书现象。⑦及时调整错架图书，控制丢书。⑧做好柜组台账，每天随时补充调整。

三是开店前准备：①兑换当天所需要的零钱。②检查电脑、验钞机、银联收款机等收款设备是否工作正常。出现异常及时通知网络。③打开收款台后的电视，进行循环播放。④检查查询电脑是否正常。⑤打开电视进行循环播放。⑥收款员到财务取收款包，确认包号并登记。⑦收款时唱收唱付。⑧耐心解答读者的询问。⑨进行男女比例的统计及各年龄段所购图书品种的统计。⑩适时推荐。⑪装好钱袋，准备到财务结帐。⑫查看销售数据。⑬认真填写日结单。⑭帐款相符。⑮核对底金。⑯做好收款程序的转换。

四是营业事项：①各小组对到货后图书认真核对，签字验收。无特殊情况当班上架建号，上架时注意类别归属和重点宣传。②翻阅重点新书目录，了解简要内容。③观察读者，适时推荐。④发现畅销动态，及时向读者了解情况上报经理。⑤读者预订时认真登记并于 1 个工作日内与业务联系，回告后 1 个工作日内回告读者，到货后 1 个工作日内通知读者。⑥沟通到货及上架情况。⑦沟通订书情况。⑧沟通销售情况。⑨将非本组图书送回。⑩将错架图书复位。⑪将卖空货架补至丰满。

五是门市经理：①到储运科了解当天到货品种及数量。②如有应急品种到货，与储运沟通快录快送。③如有新书及畅销书到货，通知员工预留展示位置。

六是关业工作：①铃响后各组拖地。②检查读者遗留物品及安全防火。③开 5 分钟业务例会，沟通当天销售情况及有关事项。④关闭电脑、电视、电子屏幕，检查有无留存人员，确认后关门停业。

七是柜组退货：①根据退货计划安排图书下架。②做好一书多号及丢失图书的收益报损。③对所有错架图书归位。④处理欠条及书券。⑤破旧污损书提前清退。⑥磁带或光盘的品种分放保管。⑦成套图书品种应确保系列配套。⑧退货分单存放，做好柜组台账管理。

八是货架盘点：①提前清理欠条及书券。②提前收益报损。③相同品种集中存放，避免同一品种重复盘点。④合理分配盘点设备，尽力保证工作量均衡。⑤安排人员跟进复核，纠错误定时盘点。⑥盘点结束迅速将图书复位，保证第二天正常营业。

九是周会汇报，每周一参加例会：①汇报销售笔数（同期对比）。②会员销售情况。③排行榜情况。④销售情况（品种、数量、册数、实洋等）。⑤同期对比并分析升、降原因。汇报管理情况。⑥陈列、卫生、宣传、推荐执行情况等。⑦每周与财务进行两次零钱兑换，以备收款使用。

十是部门核查：①员工有无迟到早退现象。②察看录像，有无违规现象。③有无不符合店内规定的现象（如陈列、宣传等方面）。④如遇特殊事件（如读者投诉、发现缺书等）部门解决不了的问题，了解情况后及时上报主管领导。⑤每月末根据员工本月的具体表现情况，提名星级员工候选人，并参加考评。

（二）安全管理

一是安全保卫，应坚持"抓制度、常检查、抓规范、常落实"的方法。①坚持守岗有责，长抓不懈、规范执勤、巡岗巡察、轮岗值班、干部值宿，防隐患、查漏洞、堵死角，确保安全。②死看死守，经常检查。对用电设备、电器开关、电线线路、消防器材、安全通道等应采取早上看一圈，晚上查一遍，进行经常性检查，防止隐患发生。③要看好门、防丢书、书封袋、查册数、盖印章、做纪录、严监控，做到警钟长鸣。

二是岗前准备：①密封胶条、塑料袋、印台、纪念章、打开报警器、清空存包柜、对讲机通话检查。②提前5分钟到岗，着装整洁、佩戴胸卡、正确站姿。③做好收款、结账的安全保卫工作。④检查小票、核对数量、加盖纪念章、装袋封口。

三是上岗巡查，坚持每小时巡查一次，①内容是检查偷书、抄书、堵塞通道、换书券等违规行为。②对不文明行为是否及时制止。③主动介绍会员卡制度及促销活动。④及时提示读者将购书小票保管好。落实主管部门公安、消防布置的检查。

四是日常检查：①及时沟通信息，配合查处各类案件，认真接待读者投诉。②周日轮岗正点交接班、交换纪念章、检查卫生、清点伞架、检查消防岛。③下班时放好卷帘大门、检查有无读者滞留、检查防火隐患。④收回对讲机及时充电、收回大门钥匙、收回印台及纪念章。

五是押送管理：①负责每日对书店销货款实行保卫押送。②按班轮岗，专人押送。③随时变换押送路线。④佩戴警用电棍。⑤确保书款押送安全。

六是门卫管理：①每日值宿做好交接工作。②负责车场室、内外卫生。③分发报纸及信件。④接听咨询电话。⑤车场、店内安全管理。

七是应急处理：①遇有突发事件，必须做好现场维护，并及时通知110、120紧急处理。②发现可疑分子活动，应立即报告当地派出所，将根据情况及时向领导汇报。③发生偷窃、换券等事件及时处理，同时保护好现场。④当公安管理人员处理事件时，保卫人员应积极配合，真实提供情况。

八是消防管理：①认真落实安全防火规章制度。②做好死看死守各项消防工作。③对在岗员工进行防火培训，特别是对三懂三会进行教育学习。④熟悉店内的消防设施（灭火器材、火灾报警、消火栓等装置）的分布位置。⑤定期购置、更换消防器材。⑥由保卫科、物业、市场进行每日联合检查。⑦配合公安消防部门的安全检查工作。

（三）储运管理

配送管理，坚持收、发、存、管的原则，以配送服务为重点。一是按照流程管理的要求核对单据、进货点收、回告差错、移交货单、图书入库、图书出库、退货验收、保价发货的办法。二是按照制度管理要求，回收破旧污损、缺页倒装图书，对精装书、高价书塑封、音像制品安装磁条等。三是按照库房管理要求，对新到图书及时拆包，及时录入，适度调剂库房图书，做到及时、准确、快速质量出库，以实现图书销售增长。

一是货站提货：①设专人接听货站通知提货电话。②制表登记接到通知的时间、提货的货站名称、货站联系电话和到货件数，电话接听人签字。③本着先远后近原则安排行车路线到货站提货。④提货时检查到货件数与运单上件数是否相符。⑤提货时检查每件包头，包件是否与货单相符。⑥提货时检查包件包装有无破损及湿潮脏污。⑦破损及脏污包件开包查验，登记损失明细并要求货站出具书面证明。⑧与货站协商解决损失。

二是图书拆包：①对提回的货进行登记。登记内容包括提货日期、货站、票号、件数、发货方及差错情况。②按照小的分工指定专人拆包。③拆件时先拆启包头有"发单在内"字样的包件，找出货源发货清单。④检查发货清单与件数是否相符。⑤拆件时如发现非本店图书当场通知提货人员，1小时内反馈货站。⑥对同一货源不同发货清单的不同批次，做好备查登记。⑦到货清点，根据到货品种及数量，核对定价。

三是提取样本：①用铅笔在书的背面写清到货册数。②音像书店到货后先插防盗磁条再提样本。③一套多册的品种提取带有条码和定价的分册作为样本。④到货品种、数量或定价出现差错时在发货清单差错品种旁注明差错情况，并按实际情况提取样本、标注数量。⑤到货出现破旧污损图书按差错处理，在发货清单差错品种旁注明破损数量并在样本背面写明到货总数及破损数量。⑥样本提完后在发货清单表头上方签字并复印发货清单。⑦把发货清单夹样本中送到录入室。⑧根据卖场急需程度对到货优先拆件提样。

四是图书分发：①将录入室录完的样本、到货清单及调拨单进行库管登记。②到货清单复印件指定专人送交档案室存档。③根据调拨单将取回的样本按部门和小组分开存放。④图书分发按部门分组管理。⑤分管各部门的小组按调拨单核对样本并提取相关品种，清点无误装筐分送门市。⑥音像制品样本录完后先打价签，然后清点装筐分送门市。⑦门市验收无误后在调拨单上签字，一式二份，小组和库管员各存一份。

五是图书库管：①淡季末与门市沟通将反季图书下架入库空出货位。②旺季到货量大时与门市沟通确定配送量，超过门市需要部分入库留存。③对库存书实行每周五、节前备货出库，以满足周末、节假日图书数量和品种。④对旺季库存随时监测，发现库中留存品种前台数量不足时提醒门市出库。⑤教材到货时到课本验收预订教材，保存好课本发书清单，并统一对帐调单。

六是图书退货：①按照退货计划进度表确定货源收货批次。②按收货批次打印货源退货下架单。③在收货下架单上注明收取退货时间并送达门市经理。④各储运分管小组在规定的时间到门市收取退货。⑤收取退货时按实数验收，不同图书不能相互充抵。⑥验收结束并双方在收货下架单上签字确认。⑦在库房退货专区内划定待退货源的货位，各货源货位分界明显并张贴标识。

六是收回退货，统一整齐码放在该货源的指定货位。①库管员根据收货下架单上标注的实际退货数量按照货源生成正式退货清单。②按批次货源收取退货，全部收齐后统一按照货源单位打包。③按照货源清点退货件数，按件数的包头标签贴于包件两端。④将退货送到配货站。保价、制运单发货。⑤运单复印，原件到财务报销做帐，复印件留存备查。⑥制表登记货源名称、退货日期、退货件数、运单编号等信息，一式两份，一份留存备查，一份转给业务。

七是帐目管理：①库管员每月25日查询系统数据，确定当月进货、销售、调拨、退货及库存。②库管员每月初与财务核对上月进、销、存、退帐面数据，抄写走帐单号及凭证号。③根据财务核对的单号抽单记帐。④库管员每月26-30日与各小组核对进、销、调、退、存帐目。⑤专人负责调拨调剂操作，准确制单，一式四份，调出、调入和财务各一份，自己留存一份。⑥收回退货后根据实数准确制出退货清单，一式四份，门市和业务各一份，自己留存一份，另一份打在退货包中随货同行。⑦盘点前两天与财务核实即将盘点门市或部组的帐面；盘点当日营业结束准确确认盘点门市或部组的帐面并与系统数据核对，记录相关数据。

（四）企划管理

按照图书销售的需要，坚持重点品种策划，定期安排活动的原则，做好店内、店外宣传，以企划营销为突破口，采取"小企划、大活动，抓品种、重促销"的方法，实现书店社会效益和经济效益全面增长。

一是内容事项：①每月一期的书友会馆报纸的编辑工作。②对各楼层图书宣传牌、楼梯内侧宣传牌、店内所有宣传海报和店外广告内容的定期更新、更换。③对各部门电子显示屏和大厅电子显示屏宣传内容的更新和检查。④各楼层收款台上方电视宣传新书内容的定期更换。⑤早上 8：10 负责打开店内各楼层电子显示屏的电源，便于网络部提前检查显示屏是否正常工作。

二是开业提前 5 分钟播放上午背景音乐，1 点更换下午音乐，下班前 5 分钟更换关业曲。①负责店内的各项广播宣传，如寻人信息等。同时根据新书宣传的需要，定期编辑更新广播内容。②每日关注报纸、影视等媒体信息，让宣传活动与社会时事保持同步。③收集并保存书友会馆各期报纸和所有关于书店的媒体报道。④在规定时间内完成策划文案规定工作，安排活动等。

三是企划内联：①与营业部联系，及时了解新书到货情况，并提供样本策划宣传。②与网络联系，将样本交与网络进行宣传品的设计制作。③与物业联系，将制作好的宣传品进行悬挂，并摘掉原有挂牌。④与市场营销部联系，了解出版社促销活动情况及接收相关促销品。⑤征求门市部对连载书目的意见，保证连载书目备货充足。

四是企划外联：①定期为本地晚报提供连载书目。②每周定期向本地周报、日报、电台专题栏目、电视购物频道提供新书书讯。③定期与各媒体沟通，确定缴费时间。④从报纸、杂志了解相关信息，及时与出版社联系沟通，落实活动具体情况。⑤参观、学习同行业（如其他书城）以及跨行业（如大商场）的策划活动情况。计划性工作主要是本部门根据一年中的各大节假日而制定的宣传活动计划。如签售、公益讲座、出版社节假日礼品促销、书画工艺品展、征文活动、才艺展示等。

五是企划活动：①制订、组织、实施活动方案。②策划方案注意的内容：活动主题、活动目的、活动时间、活动地点、活动主办承办方、活动内容、实施办法及人员安排。③跟踪计划方案的执行情况，发现问题及时调整方案。④活动结束后，及时总结评价方案，吸取不足，完善改进。

六是部门沟通：①与保卫科联系，负责活动现场的保卫工作。②与网络联系，负责活动现场的照相、摄像以及投影仪使用工作，以备存档保留。同时设计制作活动宣传品。③与营业部联系，根据参加活动的人员到会情况，确定设置售书台数量，负责活动现场售书。④与物业联系，负责活动现场的布置。⑤与电工组联系，负责活动现场的音响设备和麦克调试。⑥与业务科联系，做好相关图书的备货工作。⑦与办公室联系，提前了解会场使用情况，以便调整活动时间，避免活动撞车。⑧财务部门协商活动经费，提前安排活动事项中心、具体内容、项目经费计划、请款等。

（五）部门流程

书店门市工作流程图

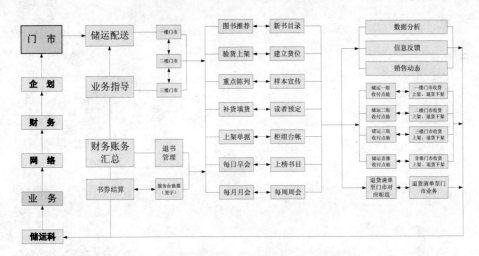

书店营销工作流程图

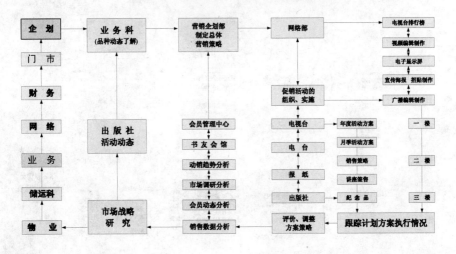

书店业务工作流程图

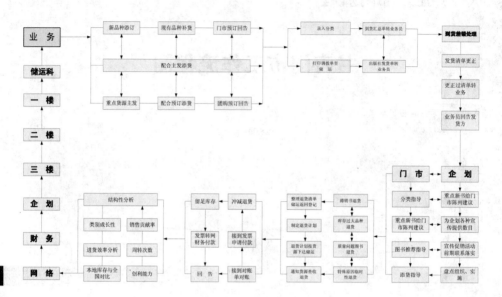

书店储运工作流程图

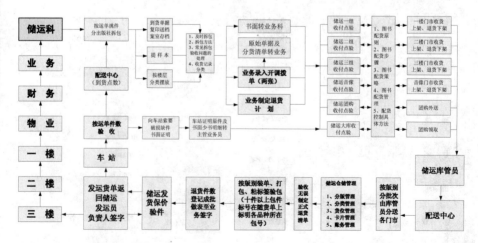

第五节　制度化管理的运用

（一）早会管理

日常早会是书店管理的一项重要工作。主要目的是规范管理制度，落实管理事项，检查执行情况，培养员工素质，提高管理能力。一是信息交流：①通报，书店有关的图书市场动态及前一天的图书品种、册数、码洋、销售比等情况。②沟通，图书市场信息、重点图书资讯以及读者补货、缺书登记、销售情况反馈等。③讲解，畅销书、常销书、新书的作者、版别、定价、内容、影视同期书以及到货情况、上架情况、库存情况。介绍前一天报刊、电台、电视台发布的有关图书出版消息和书评动态、读者反映等。二是检查事项：①合理安排人力、物力。根据当天人员出勤情况、任务情况及重点事项并布置当天工作。②收款处检查。对每天营业中使用的发票、零用辅币、收款单、计数纸、复写纸、复印纸、计算器、圆珠笔、剪刀、书绳以及购书纪念图章。③设备设施检查，电脑设备情况、广播设备情况、电视设备情况、防盗设备情况、各种电器开关、消防器材情况等，确保正常和安全使用。三是规范存货：①重点项目检查，包括图书上架品种，图书出库陈列，柜架清洁卫生、后库台帐管理、服务标志佩戴、安全保卫工作。②检查缺书登记，处理读者投诉等。③加强闭店管理，当闭店铃响过后，营业员也必须耐心接待好最后一位读者，撤离店堂时要对所在部门的门窗、地面、书架、收款台等进行安全检查，防止发生事故。④坚持闭店检查，应采取书店负责人带队，由人力资源部、保卫部、物业部、网络部，各部门负责人参加对各项工作进行综合检查，确保书店管理按照规范化、经常化、制度化规定管理运行。

（二）服务管理

在书店服务规范管理中，坚持以人为本，便民服务，以书为本，满足需求

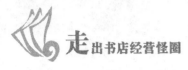

的原则。为了规范服务纪律、约束服务行为，采取"六不计较"、"四不准"、"六要求"以提高和规范服务水平。一是采取"六不计较"的方法能够促进书店的管理。①主动与读者打招呼，读者不理睬不计较；②读者询问时，使用称呼不恰当不计较；③读者选购商品、举止不文雅不计较；④读者性情急躁，语言不妥不计较；⑤读者提意见不正确不计较；⑥接待繁忙而得不到读者谅解不计较。二是采取"四不准"的方法约束服务人员的行为标准，以此能够大大地提高服务能力和水平。①不准在柜台内吸烟、吃东西、照镜子、梳头、剪指甲、干私活和酒后上班；②不准聚堆聊天、嬉闹或大声喧哗；③不准在柜台内会客长谈；④不准在柜台内看书、看报、哼歌曲。三是"六要求"：①要求员工上岗后，禁止私人物品存放在店堂内和货柜后；②要求员工在日常结账、结款、点货时，要认真负责确保账务相符，账实相符；③要求员工守时、守则、认真执行劳动纪律并做到微笑服务；④要求图书陈列，坚持规范陈列和双重陈列，不准坐着接待读者；⑤要求图书推荐采取个性推荐和多元推荐的方法，以满足读者需求；⑥要求严格遵守职业道德，文明服务，礼貌服务，质量服务。通过"六不计较"和"四不准"、"六要求"贯彻执行，能够进一步规范书店管理工作行为，提高服务管理水平，加快书店规范化管理的步伐。

（三）仪表管理

仪容仪表是服务管理中的主要内容，加强仪容仪表管理是提高和改进服务管理水平的重要环节。同时，仪容仪表既体现书店内在员工素质，也体现书店整体服务品牌的外部形象。一是仪容仪表是书店优质服务的特征，应采取行之有效的方法推进仪容仪表服务的贯彻执行。①营业员上岗一律穿工作服；②营业员都要将服务号章佩戴在胸前方；③未穿工作服不准上岗；④禁穿袒胸服、透明服、背心；⑤在岗不允许系围巾、戴口罩、穿拖鞋。二是规范仪表仪容标准，①营业员上岗前要仪表仪容整洁大方；②男员工头发应前不遮眉，侧不过耳，后不触须；③鬓角不过中耳，胡须要修剪；④女员工可以淡装上岗，修饰打扮不能过艳；三是规范营业人员卫生标准，应讲究个人卫生，做到"四勤"（勤洗手、勤剪指甲、勤洗澡、勤换衣服），营业时不得吃异味食品（葱、蒜等），从而提高仪表仪容管理水平，对优质化服务奠定良好基础。

（四）接待管理

　　服务接待是书店经营管理的主要职责和任务，服务接待能力的提高决定了书店经营水平的优劣。同时，也影响和促进了书店企业品牌的优化和提高，因此服务接待在经营管理中起到举足轻重的作用，必须把服务接待，当作提高质量，完善服务的重要内容和措施。一是规范接待用语，对读者提出的问题解答不及时，应说"对不起，请原谅"，道别读者时，应主动道别，如说"再见，欢迎您再来"。①营业员上岗后，不允许托腮、抱肩、叉腰、插兜、抖腿；②不准前趴服务台及背靠书架或背朝读者脚蹬书架，围堆唠嗑等；③在店堂内不允许面对读者打哈欠，打喷嚏、咳痰，向外吐痰等。二是规范售书行为，①读者询问图书品种时应如实介绍，做到百问不厌，多看不烦；②要熟悉所售图书内容提要、版别、作者、定价等；③耐心帮助读者挑选，当好参谋。三是规范接待方式，①读者需要购买的书暂时缺货，不能回答"没货"，应告诉近期预计到书时间；②还可将读者的姓名及电话号码留下来，登记在缺书簿上；③待货到时通知读者。四是规范接待标准，①图书打包时，要当读者面点数，包扎，做到包扎美观牢固，便于携带；②读者购买品种较多时要主动代包扎在一起。五是规范接待程序，①收款时要唱收唱付，应说"您这是××钱"，找零时说"找您××钱"，不准摔扔并请读者当面点清。遇找错款时，应冷静回忆，查明证据，诚恳、认真的解决，确属营业员责任时，除主动更正外，要表示歉意取得谅解，如一时责任分不清，应将读者让到经理室；②由部门经理出面认真解决，不得在店堂与读者争执。营业员要遵守图书退换货制度，符合政策规定的，就热情给读者退换；③不允许为难读者，发生疑难矛盾，应及时请部门经理出面解决。六是规范接待咨询，①当读者询问经营部位、办公室、厕所等地方时，要有礼貌地回答，并耐心指点方向；②在店堂内搬运图书要轻推慢行，避免碰撞读者，禁止大声吆喝、或使用粗野语言；③一时走不开，要有礼貌地请读者让路。七是规范接待投诉，①读者对营业员的服务不满意或提出批评时，要正确对待，虚心接受；②发生误会要耐心解释，解决不了的应及时到经理室请经理出面解决；③严禁在店堂内喧哗。当遇到个别读者购书不文明时，要正确对待、耐心服务，宁可委屈自己，不损害书店信誉。

（五）卫生管理

在书店日常管理中，建立店堂卫生制度，规范检查执行是非常重要的。一是实行分区包干责任制，随脏随扫，每周五为卫生清扫日，早八点必须到店堂打扫分管的卫生区域，应坚持每天一大扫，早晚拖地，每小时一小扫。二是保持门窗、地面、书架卫生，日常做到书架、灯具无灰尘，地面无纸屑，包装物及时清理。这样，可使营业员在营业时间内集中精力为读者服务。否则，会影响工作秩序。三是对读者随意乱扔的碎纸、水瓶、废物等进行清理和调整。营业员个人卫生，剪指甲，工作服要干净整洁，时刻保持区域环境卫生干净整洁。四是地面卫生，①对地面污渍、烟头、纸屑、泡泡糖，地面与墙角连接处污渍，进行定期清理。②墙壁及附属物（电话、宣传板、休息椅）灰尘、污垢，进行定期清理。③楼梯扶手灰尘，电梯内灰尘、污垢，每日清扫。④卫生间、蚊蝇、异味、污渍，每 10 分钟冲洗一次，每周硫酸冲刷。⑤橱窗玻璃定期清洁，做到整洁、明亮。⑥餐厅、蒸饭房、车场每天专人清扫，车场不得乱堆乱放。五是清洁用具，①毛巾、拖布等物品要清洗，摆放有序。②营业设备（计算机、验钞机、刷卡机、打印机、空调、消防器材、更衣柜、电子存包柜）要每日清理灰尘。③卖场分类牌清洁、透明无灰尘，各项服务提示清晰，无污损现象。④后库地面清洁，物品摆放整洁，不得存放个人物品。⑤图书、光盘摆放有序，不得乱摆乱放，要实行书盘分离。

（六）陈列管理

图书上架，①及时建立货位号，图书陈列位置与架号相符。②书脊与封面交叉展示图书，厚度不准超过纵向书脊。③展台陈列图书以外边取齐成一直线；展台陈列图书按横向看面，纵向看线，系列分割，交叉摆放；平面展示图书总高度超过分类牌底线。④对重点、热点图书进行"二重"展示；重点图书摆放在突出位置。⑤书架陈列不得有倒架及乱堆乱放现象。⑥备补图书陈列应左右靠边，底大上小，中间对称。

（七）检查管理

日常检查是书店规范管理的主要内容。一是日常检查，能够有效地控制和杜绝制度的缺欠和管理的漏洞。也是规范管理不可或缺的重要职责和手段，妥善安排人力是依据考勤制度严格管理。对营业员的临时岗位调整、吃饭时间、倒休调班、会议活动和柜组添货、结账等事务工作的处理，都要事前安排落实，做到开业前各就各位，有条不紊，对营业员情绪、神态、行为应随时掌握，合理调整，有效配置。三是因岗适用，因才适用。由于书店部门多，按照管理链要求进、销、存、退、调工作目标。①业务（采购）；②储运（配送）；③门市（销售）；④财会（承付）；⑤保卫（防盗）；⑥物业（后勤），六大工作环节必须互相配合，相互协作。四是日常检查可采取"走动式"方法，发现问题及时调整，临时问题现场解决，从而提高人力资源管理的效能作用。

（八）监控管理

监控录像是书店现代管理的重要手段，能够进一步完善和补充人为管理的不足，更重要的是录像监控能进行全方位立体化监控，即可实现环境监控、设备监控，也可实现岗位人员监控、时间监控和周期动态监控。一是对营业厅大厅进行大角度旋转摄像监控，也可在书店楼梯、过道、缓步台实施固定视角摄像监控，以确保书店卖场实施 24 小时全天监控。对财务部门、配电室、消防室的贵重物品专柜、重点图书专架、收银柜、仓库等，实施定点定位监控，以确保立体覆盖式地防火防盗监控。二是监视屏幕情况，①随时报告屏幕上出现的可疑情况。②监视设备系统的操作规程，严格按照规程操作，发现监视设备异常、故障。③密切注意屏幕情况，发现偷书情况，立即定点录像，并做好记录，及时与有关部门联系，抓捕盗窃行为。④交接班时，交班人应将当班时发现或需注意的屏幕情况告诉接班人，接班人检查商场设备的工作和清洁情况以保证设备处于良好的工作状态。三是监控卖场人流情况。①营业时监控员工脱岗现象。②营业时监控在岗人员聚堆说话现象。③营业时监控员工不文明行为。④销售旺季监控营业大厅排队现象，并通知有关部门及时疏散人流。⑤营业时

监控员工出行和离岗现象。⑥周六、周日营业时监控规定休息和用餐的时间（半小时）。

（九）考勤管理

日常考勤是为了规范劳动纪律，加强管理的一项工作职责。也是进一步规范员工行为，明确考勤制度，贯彻落实制度的重要措施。①检查考勤机运转是否正常，有无异常情况。②查询前一天各部门考勤情况，有无迟到、早退、病假、事假及旷工情况。③检查手工签到人员是否按规定时间到人力资源部签到。④对临时签不上到的员工，人力资源部设有专人负责随时处理特殊情况。⑤病假员工诊断书是否及时上交人力资源部。⑥串班、事假是否及时填报"考勤变更申请表"，是否有部门领导签字，是否及时上交到人力资源部。⑦每月核对考勤，编制《考勤月报表》，规范考勤制度，完善考勤管理，以提高全员劳动生产力水平。

（十）绩效管理

绩效考核管理是现代管理的一种有效方法，也是考核业绩衡量效益、规范管理的措施和方法。按照现代企业管理的要求，按照流程化管理的要求，按照人均绩效的要求，坚持以人为本，成本核算，能量核算，贡献核算，业绩核算的办法进行绩效考核。一是充分发挥人的内在潜力和创新能力，实行按劳分配、绩效评定、薪酬定级的办法，推动和完善绩效考核。对以往书店在管理上出台了许多政策和内部规定，随着书店不断发展和进步，要更新制度、规范管理；二是要在实践中不断地修正错误，防止工作中的冷、硬、顶及跑、冒、漏等问题。应适时制订规范行业标准及借鉴零售业标准，充实内部管理规定及相关制度，科学规范，运用公开、公平、公正的原则科学管理书店经营和管理行为；三是书店应以全新的思维推进民主管理。坚持综合考评员工的忠诚度、敬业度、能力度、合作度、勤奋度，以推动书店绩效管理的规范化、科学化、制度化建设和管理水平的提高，进一步加快书店的体制机制的改革和发展。四是考核各部门销售指标完成情况。（1）结合考勤、日常检查、监控、违纪、陈列、卫生等情况对员工进行考核。(2)将推荐名单反馈到基层各部门进行民主测评。(3)将考核、测评结果提交市店星级员工考评委员会讨论。（4）每月到网络部打印各部门当月的销售汇总表。（5）每月与出纳核对各部门当月销售。（6）将当月各部门销售完成及考勤情况经领导批准上报财务。规范业绩考核制度，完善科学管理。

新华书店卫生检查百分制考核标准

部门	检查项目	检 查 标 准	扣分标准 （每项未达标扣5分）
储运	工作区库房	1．地面清洁，无烟头、无污渍、无纸屑	
		2．墙壁清洁，无灰尘	
		3．地面与墙壁连接处无污渍	
		4．玻璃、门窗、洁净透明、无灰尘	
		5．消防器材清洁，无灰尘	
		6．桌椅等办公物品保持清洁，无灰尘	
		7．各类办公物品摆放整齐有序，不得乱堆乱放	
		8．微机、复印机、空调等办公设备清洁无尘	
		9．图书陈列货架保持清洁，无灰尘	
		10．未分发图书保持整齐有序，不得乱堆乱放	
		11．更衣箱保持清洁	
		12．退货图书摆放整齐，不得散乱	
		13．图书拆包后废纸及时清理，不得在室内存放	
		14．衣物、鞋等个人物品放置更衣厢，不得乱堆乱放	
		15．运书用具（小车，塑料筐）摆放整齐有序	
		16．库房地面清洁，无灰尘	
		17．库房门窗玻璃洁净，无灰尘	
		18．库房干燥通风，微机设备无灰尘	
		19．库房无个人用品	
		20．库房图书分类准确，整齐有序，不得乱堆乱放	
总分		共20项	100分

新华书店卫生检查百分制考核标准

部门	检查项目	检查标准	扣分标准（每项未达标扣 5 分）
保卫	工作区办公室	1．地面清洁，无烟头、无污渍、无纸屑	
		2．防盗设施定期清洗，无灰尘	
		3．地面与墙角处无污渍	
		4．墙壁洁净，无灰尘	
		5．电话、休息椅、电梯墙面清洁，无灰尘	
		6．消防器材等清洁，无污渍	
		7．玻璃橱窗洁净透明，无灰尘	
		8．理石台面清洁（定期擦洗、确保清洁）	
		9．封包工作台干净整洁，无灰尘	
		10．电子存包柜清洁（每日擦洗），无灰尘	
		11．休息室干净整洁，无灰尘	
		12．休息室无个人用品、无乱堆乱放现象	
		13．车场地面清洁无垃圾	
		14．车场地面无烟头	
		15．车场门外加强监管，无停放车辆	
		16．车场车辆管理整洁有序，无乱堆乱放现象	
		17．走廊大厅清洁无尘，无蚊蝇	
		18．办公室清洁整齐、物品摆放有序无乱堆乱放现象	
		19．桌椅等办公用品清洁无尘	
		20．消防控制柜确保无尘，无遮挡物	
总分		共20项	100 分

营业员考核标准

考核项目	考核内容
销　售	是否完成当月销售计划
卫　生	分管区域地面是否有纸屑、泡泡糖、垃圾
	工作区域内是否有灰尘，书架、展台、空调、分类牌、计算机、后库等
	个人物品及拖布、扫帚是否放到指定位置

考核项目	考核内容
图书陈列	图书陈列是否按"二朝二适""三从三到"文字大小色彩对比陈列
	展台陈列是否横向看面，纵向看线，系列分割，平面书脊，交叉摆放陈列
	平面展示图总高度应不过分类牌，备补陈列左右靠边，中间均放，底大上小
	重点、热点图书是否二重展示，平架在眼前，中架在上边，高架在中间
	图书陈列是否做到每天一动、每周一调、每日一换、每季一退
服务规范	是否及时向读者介绍有关书店的促销活动
	是否主动向读者介绍畅销、热销图书
	是否微笑服务；是否使用正确的服务手势；是否热情为读者服务
	是否使用普通话"你好、谢谢、对不起、再见"等
岗 位业务标准	是否熟悉本楼层、销售排行榜前十名图书的版别、定价、内容及适用读者
	缺书登记是否在规定的时间内给读者回告
	是否建立基本读者个人的详细信息资料
	是否按货位上书
	备补书是否有漏品种现象
	是否掌握进、销、存、退、调以及库存帐、营业帐的账务处理
	是否熟悉图书销售、库存、架号、库存调拨等项目的查询操作程序
仪容仪表	是否按规定着装上岗
	服装上是否有褶皱、污渍或掉扣
	服务标志牌是否佩戴在左胸前
	员工头发是否扎束、指甲是否清洁、首饰佩戴是否符合标准、是否穿黑色或深色鞋
表扬奖励	是否提合理化建议；是否有突出贡献
	是否有好人好事；是否乐于助人

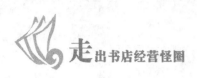

走出书店经营怪圈

收银员考核标准

考核项目	考核内容
销　售	是否完成当月销售计划
卫　生	个人物品是否放到指定位置
	空调设备是否有灰尘
	计算机、打印机是否有灰尘
	验钞机、刷卡机是否有灰尘
	收银台是否有灰尘
	工作台内地面是否有纸屑、垃圾
服务规范	是否及时向读者介绍有关书店的促销活动
	是否主动向读者推荐介绍畅销、热销图书
	是否未销服务；是否使用正确的手势；是否主动与读者打招呼
	接待读者是否使用普通话"你好、谢谢、再见"等
岗　位 业务标准	是否及时接听读者咨询电话
	是否了解本楼层重点图书的陈列位置
	收银处温馨提示牌是否醒目，有无破损现象
	是否因工作失误而影响正常收款
	是否提示读者将购书小票保管好
	是否及时向读者推荐书店的促销活动
	是否主动向读者介绍会员卡制度以及发票开据地点
	是否及时结帐；是否及时清点底金、封袋送交财务
	是否掌握预收款、IC 卡、银联卡的使用
仪容仪表	是否按规定着装上岗
	服装上是否有褶绉、污渍或掉扣
	服务标志牌是否佩戴在左胸前
	员工头发是否扎束、指甲是否清洁、首饰佩戴是否符合标准、是否穿黑色或深色鞋
表扬奖励	是否提合理化建议；是否有突出贡献
	是否有好人好事；是否乐于助人

84

走出书店经营怪圈

储运科星级员工考核标准

考核项目	考核内容	考核分数 100 分
卫　　生	地面是否清洁、无烟头、无污渍、无纸屑	24 分
	地面与墙壁连接处无污渍	
	玻璃、门窗是否有灰尘	
	消防器材是否清洁、无灰尘	
	桌椅等办公物品是否保持清洁、无灰尘	
服务规范	微机、复印机、空调等设备是否有灰尘	8 分
	是否使用普通话"你好、谢谢、对不起、再见"等	
岗位职责标　　准	是否主动为营业服务	40 分
	是否及时拆包提样本	
	是否及时按图书版别分包	
	问题图书是否向业务及时回告	
	是否正确提取样本	
	来货无单图书是否及时向业务回告	
	是否及时复印原始单据并及时存	
	核对准确是否及时转入业务录入	
	是否将当日到货图书送达门市	
	月末是否及时与财务对账，差错是否及时处理，账目不符是否及时提交财务调剂	
	是否将当天到货图书送达门市，送货人、验货人是否及时签字	
退　　货	是否将营业退货收到储运	12 分
	是否及时打退货单；是否及时在退货单上签字	
	是否将退货及时打包；是否按业务规定时间将退货发出	
仪容仪表	是否按规定着装上岗	8 分
	服装上是否有褶绉、污渍或掉扣	
表扬奖励	是否提合理化建议；是否有突出贡献	8 分
	是否有好人好事；是否乐于助人	

保卫科星级员工考核标准

考核项目	考核内容	考核分数 100 分
卫　　生	工作区域地面是否有纸屑、泡泡糖、垃圾	20 分
	工作台是否有灰尘	
	个人物品是否放到指定位置	
	地面与墙角处是否有污渍	
	防盗设备及消防器材是否有灰尘	
服务规范	接待读者是否使用普通话"你好、谢谢、再见"等	16 分
	是否微笑服务；是否使用正确的服务手势	
	是否及时回答读者咨询	
	是否提示读者将购书小票保管好	
岗位职责标准	是否做到一小时巡视一此	40 分
	对读者购买的图书是否及时验票核对、盖章、封袋	
	是否做好收款、结账的安全保卫工作	
	对突发时间处理是否及时	
	是否熟悉一、二、三、四楼经营类别及租赁项目	
	是否做好安全防火安全，是否熟悉消防"三懂三会"	
	是否及时提示读者将购书小票保管好	
	是否做好防偷、防盗工作	
	是否及时制止吸烟和不文明行为	
	是否在开业前将印台、章、绳、塑料袋准备好	
仪容仪表	是否按规定着装上岗	16 分
	服装上是否有褶绉、污渍或掉扣	
	服务标志牌是否佩戴在左胸前	
	员工头发是否扎束、指甲是否清洁、首饰佩戴是否符合标准、是否穿黑色或深色	
表扬奖励	是否提合理化建议，是否有突出贡献	8 分
	是否有好人好事，是否乐于助人	

走
出书店经营怪圈

第四章

研究读者需求突破瓶颈

第一节　读者需求规律认识

（一）读者心理

读者心理的研究和了解始终是书业人的永恒主题。"为好书找读者，为读者选好书"是书业人的共同愿望和最终目的。为了方便读者购书，就必须了解读者的需求。读者的阅读能力和购买能力，决定了书店的经济效益的最终实现。对于书店来讲首要任务是认真研究读者心理，就是指研究读者的阅读心理习惯和购买心理动机等有关活动及活动规律。

从经营实践中观察 90%以上的读者都有求新的心理，由于图书作为超必需品所具有的文化价值和资讯价值，一是从读者对图书的求新心理反映对图书品种的心理需求，对时尚文化的心理需求，对新知识、对新科技、新信息的心理需求。二是绝大多数读者在日常消费中存在"跟风"心理，由于一些读者的"跟风"心理主要表现在从众心理反应上，而为了实现"跟风"心理满足，形成"众人消费我也消费"的习惯，对畅销书产生了强大的拉动现象。三是许多读者存在季节性消费心理和周期性消费心理，由于人类的活动过程受空间、环境、季节影响，同时也由于读者消费周期的变化而存在波动式消费。四是大多数读者普遍存在节日消费心理，由于中华传统民俗习惯以及人们参与文化市场活动等，在重大节日中喜欢购物，满足节日消费需求。五是普通消费者都存在方便消费心理，由于图书行业服务能力与商业零售服务水平存在一定的差距和不足，在许多日常服务中管理滞后、服务欠缺，所以要在许多方面提供"三米微笑"服务及便民服务措施，给广大读者提供方便服务，以满足读者的消费方便心理。六是在许多消费者心理需求上普遍存在实用性心理。无论从性别上区分，还是从年龄上观察，还是在读者选购不同图书品种上考虑，都应从实用性消费上研究读者心理，以满足广大读者的需求。比如生活类、旅游类、社科类、经济类

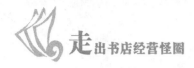

等图书，能实现中青年及老年人对生活方式、旅游活动、社会问题、经济问题的心理需求和满足。与此同时，还应该考虑由于图书动态需求而对读者产生的内在心理影响，应充分考虑读者的阅读习惯、购买愿望、价格因素的影响等才能满足读者的知识、思想、精神、价位等方面的需求。

1. 市场调查问卷汇总

本次活动共收集调查问卷 500 张，其中男性读者 216 名，女性读者 284 名。

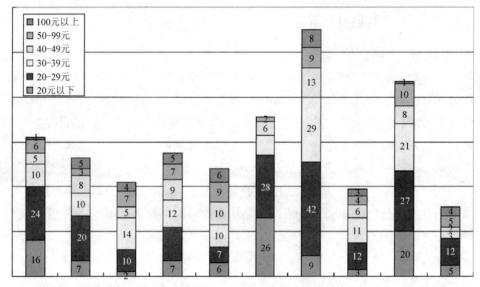

年龄	男					女				
	15-19	20-25	26-30	31-40	41-50	15-19	20-25	26-30	30-40	41-50
15-19	16	7	2	7	6	26	9	3	20	5
20-25	24	20	10	15	7	28	42	12	27	12
26-30	10	10	14	12	10	9	29	11	21	3
31-40	5	8	5	9	10	6	13	6	8	2
41-50	6	3	7	7	9	2	9	4	10	5

2. 读者购书因素

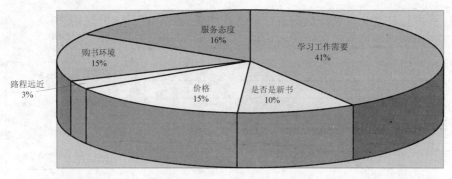

3. 读者心理需求

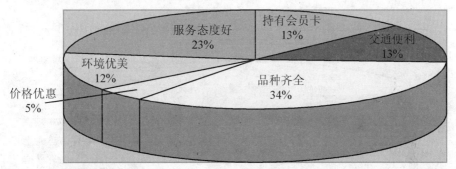

4. 影响读者因素

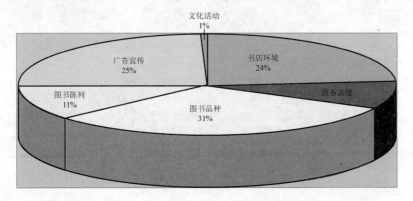

5. 不同年龄读者单次购书消费（元）和购书册数（册）

根据与开卷公司统计数据进行对比，统计出我店在读者单次购书花费与购书册数的平均值与全国平均值的差异。

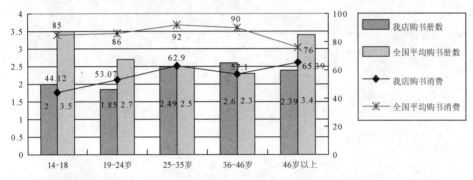

6. 读者对盗版书的质量问题看法

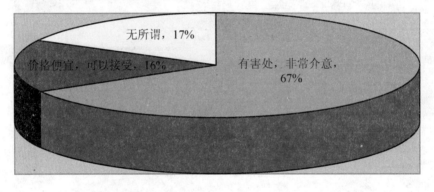

7. 读者对图书的偏好

根据 2008 年销售情况分析读者购书情况，即将男、女读者的总购买力分别设为 100%，观察各个类别占到男、女读者总购买力的比重，例：女读者总购买力中购买教辅类为 39.64%，少儿类为 18.65%，外文类为 9.59%，而购买其他类图书只占到总购买力的 32.12%。

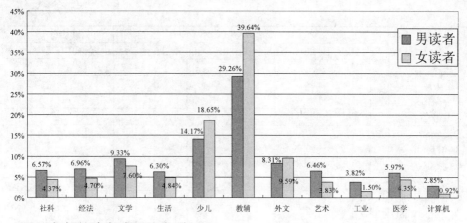

8. 各年龄读者购买的类别

该图是根据读者购买各类别图书的情况占该年龄段读者购书总册数所占的比重制成。即 14-18 岁读者购买教辅类图书所占比重接近 60%，购买文学类图书比重接近 13% 而购买其他类图书所占比重为 27%。

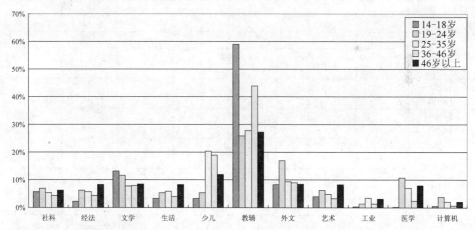

9. 畅（常）销书销售追踪调查表（样板一）

部门：××分店　　调查区间：××××年1月1日-1月31日

书　　名	销售册数	性别		读者年龄					会员		读者学历			
		男	女	25下	25—35	35—45	45—55	55上	是	否	小学	初中	高中	大学
老天会爱笨小孩														
神气女生祝如愿														

书　名	销售册数	性别		读者年龄					会员		读者学历			
		男	女	25下	25—35	35—45	45—55	55上	是	否	小学	初中	高中	大学
魔法诱惑														
超级小小鼠														
货币战争														
从头到脚说健康														
奥巴马大传														
明朝那些事儿-陆														

10. 热点图书《于丹论语心得》销售情况追踪调查表（样板二）

时间	总人数	男读者	女读者	20以下			20—30岁			30—50岁			50岁以上		
				男	女	合计	男	女	合计	男	女	合计	男	女	合计
9:00—10:00															
10:00—11:00															
11:00—12:00															
12:00—13:00															
13:00—14:00															
14:00—15:00															
15:00—16:00															
16:00—17:30															
合计															

11. 新华书店读者流量调查表

时间	性别	年　龄　结　构									合计	总计
		6-11	合计	12-18	合计	19-35	合计	36-60	合计		
9:30	男										
	女										

时间	性别	年 龄 结 构																合计	总计
		6-11			合计	12-18			合计	19-35			合计	36-60			合计		
11:30	男																		
	女																		
	男																		
	女																		
11:30	男																		
	女																		
	男																		
	女																		
13:30	男																		
	女																		
	男																		
	女																		
15.30	男																		
	女																		

总人数： 　　　　其中男： 　　人　　　　女： 　　人

年　月　日

95

第四章　研究报告撰写与成果表达

（二）读者行为

　　如何把握读者始终是图书销售中的主要问题，也是困扰书业人管理与营销的重点难题，必须认真研究、重点分析。一是下大力气观察读者的感知行为过程。读者走进书店，就会对店容店貌、图书陈列、图书宣传等产生不同的印象和感知，他们无论是购买图书或是浏览图书，均属于一般情形的行为表现，特别是当发现读者寻找到适合自己需要的图书时，其行为过程就会得到吸引和触动，从而诱发其购买欲望。二是下功夫分析读者对图书的认知行为过程。当读者对图书进行初步浏览了解后，即对某几种图书封面、书名引起注意，经过翻阅内容，开始产生阅读欲望，当进一步确认图书的用途以及装帧、设计、插图、开本、单价等过程时，然后对所需图书品种产生购买行为欲望。三是加大力度研究读者对图书的购买行为过程。读者一旦确认需求动机时，对实用性、时尚性、实效性、专业性图书品种进行认真的选择和确定。其实读者对图书的感观过程、认知过程、购买过程并不是彼此孤立的，而是相互联系、互相影响的。如果图书陈列吸引眼球，宣传刺激行为，服务推动销售的话，感观行为过程产生需求，认知行为过程刺激需求，购买行为过程实现需求。因此感观行为、认知行为、购买行为相互作用，相互渗透，相互影响，是认识和掌握读者行为过程的有效途径。

（三）读者动机

　　读者动机掌握是复杂多样的，读者购买动机有许多表现方式：一是工作型读者购买动机。由于生产、科研、管理、经营、教学等工作的需要，引起广大读者对理论学习、职业教育、经营管理、工业生产、农业技术、学术专著等图书品种的需求所引发的购买动机。这类读者比较稳定，容易形成稳固的读者群及忠诚客户。二是求知型读者购买动机。读者为了提高、充实、更新自己的文化知识、道德修养和学术水平等方面的目的所产生的动机。其中与启蒙教育、学校教育、外语教育、职业教育、家庭教育、计算机教育、健康教育等方面，对儿童、少年、青年、中年、老年读者因不同求知愿望和文化需求所产生的购书动机。三是生活型读者购买动机。指读者为了某方面的生活需要，而引起的购买动机。随着人民生活水平的提高，各种家庭装修、汽车保养、金融投资、育儿保健、健康体育、家庭厨艺、旅游指南、人生励志等图书将进入千家万户，由于社会的发展和进步，人们不满足已知的或已掌握的生活常识和知识，对新生活的向往有着更高的要求，同时也是为了改善生活质量提升生活水平，由此对新生的知识文化和生活技能而产生购买动机。四是阅读型读者购买动机。为了丰富精神文化生活，获取文化享受为目的而引起的购买动机。读者对现代文学、青春文学、古典文学、草根文学、精英文学等需要都属于这一类型，这类购买动机比较稳定，形式内容随着阅读兴趣的逐步提高而增加图书品种，而产生购买动机。五是时尚型读者购买动机。读者对社会文化潮流，特别是对音乐酒吧的调酒技能、特色茶吧的茶道文化、慢摇吧、迪吧、网吧的娱乐形式、台球娱乐、保龄球娱乐的赛技形式、KTV娱乐、电影娱乐、麻将技能等时尚文化的需求，这类购买动机是随着文化时尚的波动性变化而产生需求。六是流行型读者购买动机。读者对社会焦点问题的关注程度，其中包括：农民工问题、住房问题、就业问题、法律问题、社会问题等受社会上各种思潮影响，反映社会不同阶层社会矛盾的热点问题，导致了各种图书流行热。因此应该根据不同读者需求，引进采购流行类图书以满足读者全方位、多角度流行性的购买动机实现。

（四）读者习惯

在日常销售中，每天都会遇到各种各样的读者，不同的读者有着不同习惯特点。从读者对图书需求上观察，有许多因素影响读者购买特点是：（1）图书内容简介；（2）书名；（3）出版社名气；（4）作者；（5）装帧设计；（6）开本大小；（7）厚薄；（8）价格；（9）店员推荐；（10）熟人推荐；（11）图书排行榜；（12）媒体资讯和书评；（13）图书广告等因素都会直接或者间接地影响读者购书行为。在观察读者的时候，要从读者的语言信号和行为信号上去观察，一是非购买型读者。一般情况下这类读者进到书店后东张西望，无目的、无愿望，也可能是等人、也可能是无意闲逛，这类人群既不是读书人也不是购买人；二是寻觅型读者。这类人群属于书虫类读者，不仅看书而且还十分专业，有相当程度的读书经验，在图书品种选择上有独到的专业知识和图书的选择能力，自主性强，阅读能力更强；三是阅览型读者。这类型读者只看不买，具备

相当程度的阅读能力，习惯似的将书店视为公益型图书馆，一有时间就到书店阅览新书，对自己有兴趣的读书进行深度阅读。因此，在观察读者特点，应根据读者习惯特点、行为特点、表现特点而定，要从读者的举止言行特点上、语言特点上、行为动作特点上去观察读者特点。从而能够进一步了解读者、把握读者和掌握读者的特点需求。

12. 各年龄段读者购书类型图

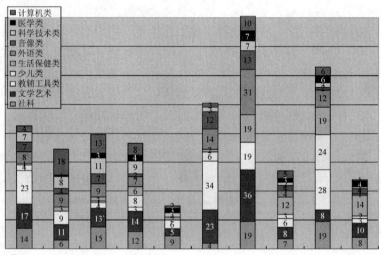

各年龄段读者购书类型表

	男					女				
	15-19	20-25	26-30	31-40	41-50	15-19	20-25	26-30	30-40	41-50
社科	14	6	15	12	9	4	19	7	19	8
文学艺术	17	11	13	14	5	23	36	8	8	10
教辅工具类	23		4	3	6	34	19	6	28	3
少儿类	4		1	8		6		3	24	2
生活保健类	1	3	3	6	2	2	19	12	19	14
外语类	8	9	9	7		14	31	4	12	1
音像类	7	4	7	2		12	13	4	2	4
科学技术类	7	8	11	9	3	3	7	2	3	1
医学类		1	3	4	3		7	3	5	4
计算机	4	18	13	8	2	3	10	5	6	1

13. 被调查读者平时购书习惯

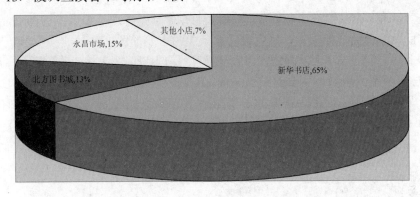

其他小店,7%
永昌市场,15%
北方图书城,13%
新华书店,65%

（五）读者年龄

　　从图书市场需求角度来看，应对读者年龄的差异化做进一步的划分，同时应科学的划分、理性的划分和实际需求的划分：一是普及阶段，0岁至1岁为婴儿启蒙阶段；1岁至3岁为低幼阶段；3岁至8岁为学龄前阶段；8岁至14岁为小学阶段；14岁至17岁为初中阶段；二是提高阶段，17岁至20岁为高中阶段；20岁至24岁为大学阶段；20岁至25岁为工作阶段；三是深度阶段，25岁至30岁为婚龄阶段；30岁至40岁为创业阶段；35岁至45岁为事业成长阶段；四是提升阶段，45岁至60岁为成熟阶段；60岁为退休阶段。其各阶段年龄都有不同程度的需求和特点：从早期教育阶段特征来看，1岁至3岁为低幼阶段，以低幼的识字图片、积木识图为主；3岁至8岁为学龄前阶段，以玩具类、图画类、剪纸类、文字类、故事类、智力开发类图书为主，这一时期主要是家长为教育孩子购买图书。因此我们提供这类图书品种的目的，是以满足家庭教育为内容。从基础教育阶段的特征来看，8岁至17岁需要阅读的图书，要符合学校各年级学龄成长过程的课本、教辅类图书内容。从高中教育阶段的特征来看，17岁至20岁是高等教育的预备阶段，以外语课本、教辅练习类、课外阅读类图书内容为主要图书品种。从高等教育阶段来看，20岁至24岁，以课本、专业用书、课外阅读的自主学习类图书内容为主要图书品种。前四种阶段的消费均属于家庭支出型消费。从成人教育阶段来看，20岁至30岁的读者，这部分人收入水平偏低，以实用技术、励志成长、培训学习、就业选择内容为主要图书品种，同时包括时尚类图书、流行性图书、文学类图书为主要的图书

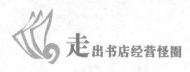

品种。从终生学习阶段来看，30 岁至 45 岁读者，这部分人收入水平较为稳定，以经营管理、企业管理、人员管理、财经管理、金融管理等为主要的图书品种，同时包括消费类、健康类、休闲类、旅游类为主要的图书品种。其中 45 岁至 60 岁读者，这部分人收入水平偏高，以健康保健、医药卫生、营养健康、名人自传、管理案例图书为主要的图书品种。其中 60 岁以后退休读者，以营养食品、健康保健、休闲生活类为主要的图书品种。这部分人员收入较为稳定，对图书有稳定性需求。

14. 读者受教育程度调查

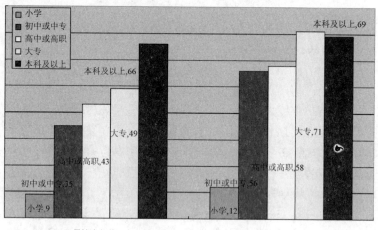

15. 读者年龄的差异情况

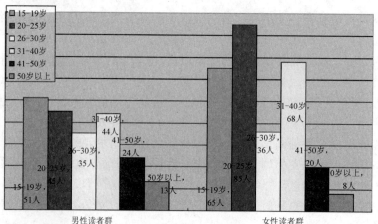

第二节　读者需求行为了解

（一）读者信号

读者需求信号应当因人而异、因年龄而异、因品种需求而异，主要应把握读者语言信号、动作信号和眼神信号，在动态变化中加以了解。一是语言行为。当读者反复询问图书品种信号的时候；当读者重复某一出版社或某一作者、某一书名信号的时候；当读者对某一种流行文化图书品种特别感兴趣的时候，或对一种热点文化品种特别关注的时候，或很想找到某种图书的时候，我们应要在第一时间做出及时反馈和应变。二是动作信号，当读者仔细地观察某一种图书的时候是发现商机的最佳时期；当读者仔细翻阅重点图书的时候，是与读者交流最好的契机；当读者与营业员近距离翻书的时候，应是了解读者的需求最佳时机。三是眼神信号，当读者明显表现出犹豫不决的眼神的时候，应上前热情服务，此时很容易创造商机；当读者倾听你介绍的时候，他点头表示意见相一致的时候，要迅速把握深度推荐，满足读者需求；当读者长时间把眼神盯在某一区域内或者来回左右翻动图书的时候是满足需求促销的最佳机会。

（二）读者类型

读者需求有许多类型：①求实类型；②求廉类型；③求新类型；④求美类型；⑤求名类型；⑥模仿类型；⑦求趣类型；⑧求速类型。经过不同类型读者的分析和归纳，从而进一步对读者类型做进一步的分析和研究。我们按照读者的类型特征，并针对不同的类型读者需求采取不同的方法，满足不同人群的需求。

（1）"理智型"读者表现特征为：喜怒不形于色；听完或者看完图书简介后不立即反应；选购图书不会受他人意见左右；关注著名出版社、书名、作者，比如：社科类、经济类、哲学类、科技类、法律类等图书，读者购买前独立思考时间较长。应对方法为避免多次催问，给读者独立思考时间。

（2）"挑剔型"读者表现特征为：心思缜密，善于观察；关注图书品种细节、价位、封面、书名等；对书店现场环境布置、服务员态度反应比较敏感；害怕吃亏上当；应对方法为小心谨慎，主动热情服务；对图书价格、图书内容应主动推荐介绍；征求读者意见。

（3）"慷慨型"读者表现特征为：对图书价格不敏感；看名社名人精品图书；对服务质量要求高。应对方法为服务周到；在介绍图书品种时要注意推荐精装书、套书、名著等；满足读者的阅读品味和消费需求。

（4）"专业型"读者表现特征为：有丰富的文化知识；不轻易接受营业员的意见；常以专家自居；对图书品种较为挑剔；应对方法为：少建议，多让读者自由选择；充分了解图书品种的知识性、专业性、科技含量，介绍图书时要显示出专业性。从而提高读者对书店的图书品种，以及营业员的专业能力和可信度的了解和认知。

（5）"随和型"读者表现特征为：容易交往，愿意同营业员交流；对图书品种和价格不十分计较；有时候较为犹豫，难以做出购买决定。应对方法为：不因对方好说话而不屑一顾；在沟通中要适时推荐实用性、时尚性、生活性、文化性图书品种；为读者选购做出适当建议。

（6）"谦逊型"读者表现特征为：态度和善；喜欢向营业员请教问题；不轻易表露自己的真正态度。应对方法为：亲切热情，以礼相待；察言观色，探知读者的言外之意；认真仔细介绍图书名人、专家的名作、精品。让读者满意而归。

（7）"防备型"读者表现特征为：戒心强，担心上当受骗；小心谨慎；不表露对图书品种的喜爱；喜欢挑三拣四。应对方法为：耐心细致；推荐新书、畅销书、常销书；尽量满足读者需求。

（8）"犹豫型"读者表现特征为：选书时瞻前顾后，对想买的图书品种往往由于价格原因犹豫不决，对图书品种缺乏了解；购买时受他人影响较大。应对方法为满足其观望要求，不指望一次就能达成交易；如果发现读者对某一图书品种的兴趣，立即帮助其做出购买决定；介绍上榜新书、影视同期书等，介绍图书品种时应用较为肯定语气。能够尽快地促进读者的购买过程的结束和实现购书结果的实现。

（三）读者跟踪

在日常销售中，读者和购书人通常我们很难区别，"读者"和"读书人"

其实是两个概念，"读者"通常是只看不买，"读书人"首先是买书然后进行愉快阅读。就书店而言，"读者"是通常在卖场给我们"捧场"的，他不是纯粹意义的消费者，但这些读者是非常需要的，如果没有他们，我们的图书卖场就缺少了"人气氛围"。而"读书人"是先占有图书，然后才阅读，这种人才是我们需要面对的。我们的工作重点是对那些"真"买书的"读书人"进行跟踪。一是跟踪读者要根据市场的感觉和经验，来进行卖点跟踪、热点跟踪、重点跟踪、难点跟踪，对封面、内容、腰封、价位进行重点展示和推介。二是跟踪读者应根据市场需求变化和市场分类变化，跟踪图书品种册数、价格、码洋的需求做好补货备货，对一般读者跟踪关键是要把握好畅销书、常销书市场销售变化。三是跟踪图书市场档期品种，关键是要把握一般畅销书的第一次印刷数量，因此要跟踪读者行为动态、购买动态、需求动态，特别是跟踪读者 90 天的畅销档期消费情况和常销书年度生命周期和市场变化。

（四）读者特征

读者需求行为应根据不同的时段需求、不同的品种需求、不同的价位需求产生不同的需求行为。①时效性需求；②替代性需求；③多样性需求；④大众性需求；⑤时间性需求；⑥流行性需求；⑦现实性需求；⑧时尚性需求；⑨引导性需求；⑩诱导性需求。应注重过程消费需求的特点、重点和难点，从读者选书到把书拿到收款处，最终实现瞬间消费需求。在这一过程中，如果想把过程变成结果，就需要掌握读者需求行为：一要把握好"度"，行为需求要让读者觉得可信，学会用简单准确的语言与读者交流。在读者选书后犹豫不决时，使其行为需求在表扬中产生购买欲望。二是初次行为需求。如果一位新读者初次购买了很多本图书，我们就要将其作为需求目标，留下他的电话号码等联系方式，以便以后与他保持联系。关注读者的初次消费，如何让初次消费的读者变成重复需求的读者，这就需要我们对这类读者做到忠实读者更加重视和关注。三是经常性行为需求。有的读者经常光顾书店，他们对于书店有一种频于光顾的行为习惯心理。重复消费的读者首先是因为对于购买图书有"瘾"，为了收藏和阅读需求等原因。要在实践当中研究读者消费的习惯，更要了解读者的行为需求。

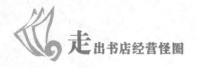

第三节　读者消费市场观察

（一）消费性习惯

在日常销售中应把读者消费习惯当做头等大事来认识，这是把握消费市场动态重要的环节因素，我们应把握读者的不同习惯特点，有针对性地进行观察，①生活型读者习惯；②阅读型读者习惯；③虚荣型读者习惯；④体验型读者习惯；⑤情绪型读者习惯；⑥获利型读者习惯；⑦品牌型读者习惯；⑧工作型读者习惯。由于读者习惯的多样性、多重性，其消费习惯也表现不一：就虚荣型读者消费习惯来分析，在日常生活中这种类型的读者看书和购书是为了增长知识，丰富文化内涵，但有时与别人交谈时炫耀自己的知识点和信息源，以实现个人虚荣心的满足；而体验型读者消费习惯特点是，这种类型读者从自己的文化价值观上体验看书、购书的文化理念和价值，习惯于从众文化心理需求，对现代生活方式接受能力比较强，同时在与人交往中，能够将已获得的文化体验乐于传播他人，并与之同享文化乐趣；从获利型读者消费习惯特点来分析，这种类型的读者喜欢购书带礼品或让折，能够在消费习惯中实现"占便宜"的心理满足；而品牌型读者消费习惯，这一类读者喜欢到大书店、精品店购买图书，对图书质量和品牌服务都有特殊的要求，比如图书包装、封面设计、售后服务都应当享受特例服务，对书店的可信度来讲会提出更高的要求，因此图书销售应满足或侧重于品牌型和体验型读者的消费习惯，提高观察读者的消费习惯、购买行为、动态变化的能力，从而全面提升经营能力和市场营销水平。

（二）被动性消费

在日常销售中，把握读者的消费时机其实就是把握购买商机。当读者选择了多本书到收款台交款的一瞬间，就是准确把握读者消费时机的最佳时机。但此时可能会出现以下几种情况：一是当收款员报价的时候，读者可能会因为书价太高而想要放弃购买其中的几本书，这时候收款员可以对读者说："您挑选了这么多书很不容易，这些书都很好，如果您这次不方便全部购买的话，可以帮您收好余下的几本，如果方便的话请留下联系方式以便下次购买。"这种方法能够促进销售，同时培养读者忠诚度。二是读者在交款的时候确实因为袋中钱款不购而无法购买，这时收款员就无需再极力劝导读者进行购买，而是要征求读者意见，询问读者是否愿意保留这些书以便下次来购买，如果读者不愿意的话就应该即时转移话题，否则会影响读者购买情绪。三是读者口袋钱款欠缺，对于图书价格的估计不足，这时应帮助读者推荐其中较好的图书品种，以使读者在有限购买前题下同时心里得到安慰，最终达到使读者满意而走的结果。四是注重把握商机的同时还应注意服务工作恰到好处，要选择最佳时机与读者对话，要学会观察读者的表情，观察读者的消费动机，观察读者的消费习惯。在日常实践当中体会和感悟销售商机，应不断地进行总结、分析、研究、体会读者购买商机规律，从而不断改进服务方式，以满足读者需求。

（三）主动性消费

从经营角度出发，研究读者购买兴趣是非常必要的：一是作为营业员或收款员，应经常性审视卖场的读者行为，因为大部分读者是盲目性的，只有少部分读者是理性的。如果我们不把握出版社新的品种，不把握好图书的内容，那么我们就无法掌握读者兴趣，在观察读者的时候，应注意普通读者的行踪，一旦发现读者走进自己所管辖的区域就应当主动接触，锁定目标，重点引导，使其阅读兴趣转为购买行为。二是要区别不同年龄和性别读者，并判断出读者是来买书的还是来闲逛的。只要读者走进了重点区域，就应当运用微笑服务，热情招呼，咨询服务，不管是买书的还是逛街的，都应当给读者宾至如归的服务，促使其产生购买欲望。三是发现读者翻阅图书，驻足观看，应选择适当时机，把最新畅销书递给读者同时，还要注意读者否愿意接受，如果读者无意翻看的话就不要再打扰读者，否则我们的服务是途劳无功的。

（四）方便性消费

缺书登记是书店常用促销方法，其实还有许多方法值得运用。一是登记"询问法"。可随时询问读者："你在读什么书"，"你想选什么书"，"你认为市场上什么书是你喜欢读的"。通过询问法就能捕捉到读者的阅读目标、阅读兴趣、阅读种类，然后再了解读者每周、月、季来书店的情况，读者喜欢哪个图书区域，这样基本上就能够掌握读者是浅阅读快餐式的还是深阅读中餐式的阅读规律。二是登记"提示法"。可以提示读者"最近有一些新书大家反映很好，而且是上榜图书，你可以看一看，特别是《狼图腾》每天都有许多人来买，不防翻一翻"，这样一下子就能把读者吸引住。三是登记"引导法"。可直接把畅销书拿给读者，推荐给读者阅读。四是登记"举例法"，因为读者要求登记的图书品种一定是非常想读而且十分需要的，这类读者只要按登记图书的信息及价位趋势进行举一反三地介绍重点书，可激发读者的购书热情，并对好书新书产生购买欲愿。

走
出书店经营怪圈

第五章
图书推荐方法实践模式

第一节　图书推荐手段

（一）选择推荐

选择性推荐图书，其实也是一种有针对性地推荐图书的一种方法。具体来讲包括：重点品牌选择，系列品种选择，相关品种选择，差异价格选择。通过选择推荐并系统地了解和掌握读者的阅读能力和消费习惯。这些方法在实践中起到了行之有效的作用，其实选择推荐是很简单的推荐方法，但是实际运用时又显得心里没底，无从开始，其中最大的困难是选择推荐当中的心理障碍问题。在选择推荐中不知道如何与读者进行沟通和交流，由于不了解读者的阅读兴趣和要求，而造成营业员在实际销售中所产生的心理障碍是必然的，一是在选择推荐的过程中营业员对图书的专业知识掌握不够，所以在推荐时要心中有数。专业知识来源于平时的读书，但更重要的是应该掌握经营的规律及卖点，还要注重图书知识点、信息点、实用性及可读性，才能够在选择推荐中赢得主动。营业员应该更多地了解图书的书名、前言、内容和目录，主要是要熟记作者及出版社，更重要的是对品牌图书、畅销图书的销售动态掌握。二是营业员应学会微笑服务，因为微笑能带来许多商机。推荐时给读者和蔼可亲的印象是非常重要的，只有用善良的微笑和诚恳的服务，才能推荐优秀图书给广大读者。在初始图书选择推荐时的次数不必过多，要少而精，要在选择推荐的实践中把握时间性推荐和次数性推荐，应把握成功机率，并不断地总结选择推荐的经验，就会坚定信心。三是在总结选择推荐经验的基础上，要掌握图书专业性文化内涵及图书市场价值，要紧密地与读者沟通，多交往有特点、有个性的读者，并随时了解市场需求，了解读者需求。只要每天实践推荐三五本图书，那么就能练出适合读者的选择推荐图书的方法和技巧，将随着岁月的增加，选择推荐图书的能力和水平会一天比一天提升。

（二）观察推荐

观察推荐是分析读者，把握商机的方法，也是了解读者阅读兴趣和购买方式的有效措施，观察推荐对实现对卖场销售能够起到增值效益的作用。一是，在观察读者时，应从不同类型的读者表现形式来分析和研究读者消费类型，而盲目型读者表现行为是"时看时不看，时找时不找"无目的性状态；而随变型读者表现为"翻阅不固定、区域不固定、类别不固定"，处于波动性状态。在阅读方式上喜欢看的翻一翻，不喜欢的看都不看，尽管是畅销图书也无意寻觅。因此我们要认真观察读者类型，把握观察推荐方法。二是，对不同类型的读者采取不同的推荐，其中对盲目型读者要采取指导性观察推荐方法，对随意型读者要采取引导性观察推荐方法，方可取得成效。比如：在读者选定了多种图书的情况下，也许会在最后交款的一刹那，因为收款员的误操作或服务方式不当，而使一些读者放弃购买行为，所以要把观察和掌握读者的个性变化和动态反应，做为工作重中之重，要抓住契机，做好细节服务，提高观察推荐能力。三是要把观察推荐当作主要任务，要特别加强收款员的细节服务，要做好零钱、发票、储值卡，会员卡管理和使用，避免在结款时因上述原因而直接影响读者购书。与此同时还应该注意把握，因价格原因、册数原因而影响读者购书，因此要把握好观察推荐细节方法与读者实际购书的愿望相一致，做好观察推荐是掌控卖场销售环节，注重细节销售的有效途径，所以观察推荐就是不放过任何细节，不错过任何机会，使图书观察推荐工作做实、做细、做好，从而推进书店经济效益的全面增长。

（三）引导推荐

引导推荐是图书推荐方法的一种有效手段。其实读者在选书的过程中有时往往会表现一种茫然状态，就需要我们去引导、帮助、推荐。一是在销售实践中可采取"问一问、说一说、翻一翻"的引导推荐方法，会取得良好的推荐效果。例如一个40多岁的妇女带着一个女孩来买美术类考试书，营业员问她"什么时候考试？"她回答"马上就要考了。"营业员又问："省内报什么专业院校？""八大美院招哪个院校？""对素描感兴趣，还是对色彩感兴趣？"这样提问首先抓住了读者需求的最关键之处，而不是直接去推荐书目，这样可拉近人际关系，同时也消除了读者的怀疑心理。那位妇女说她女儿刚从北京回来，营业员立即问："那你的色彩头像肯定是弱项吧？因为北京根本不练习色彩头像。"她立即回答说："是呀！"营业员："那你应在色彩头像方面需要提高，否则参加考试怎么能得高分呢？你看这些图书品种哪个能达到你的要求？"于是营业员将色彩类的图书推荐给她挑选。这种推荐方式一是体现了专业知识的重要，二是按照读者的需求来推荐。推荐图书首先要锁定目标，不要盲目进行推荐，推荐中要做到自然无为，即有意宣传无意推荐。给读者可信性，给读者亲切、实在、专业的感觉，给读者提供一些信息，让读者觉得他没想到的问题，我们想到了。三是在实践中我们采用引导推荐方法，不仅产生了一定的经济效益，更主要是满足了广大读者对专业性图书及重点图书的需求。在引导推荐中还应不断地总结新经验，采取新技巧，运用新手段以实现书店经济效益的增长。

（四）帮助推荐

帮助推荐是解决读者选书难、找书难的主要问题。一种方法采取什么方式帮助，把握什么措施帮助。是破解帮助推荐的重中之重，因此我们要根据读者的要求和读者的消费习惯以及读者购买商机，来做好帮助推荐工作。一是我们要主动走到读者身边进行近距离帮助推荐，及时了解读者的购书目的，通过沟通和交流掌握读者的阅读能力、阅读情趣和购买心理。作为营业员，应注意搜索卖场读者目标，锁定读者购书行为，实施帮助推荐。二是在与读者进行试探性沟通之前，必须要对重点图书的封面、目录、单价等有大致的了解，然后凭借自己的文化知识底蕴与读者进一步沟通。在与读者交流的时候要注意说话的语气，语调要轻，语速应缓，产生互动话题，按读者兴趣对重点图书品种进行帮助推荐。三是对读者的专业性、技术性图书进行帮助推荐。图书推荐应有职业敏感，在帮助推荐中做到游刃有余。例如：当读者选好书后，将书送到收款处，等候收款员核实册数及销售单价进行交易的一瞬间，这时收款员应当主动向读者介绍自己，并请求读者留下联系方式，以实现帮助推荐的落实。四是帮助推荐，具体方法是：①迅速捕捉目标，②锁定服务方向，③快速沟通交流，④明确帮助对象。在帮助推荐图书的过程中，营业员与收款员还应当做好密切配合，以强化图书推荐的效果。同时实现协同帮助推荐的最佳效果，能够进一步满足广大读者的购书需求。

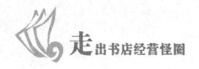

第二节　图书推荐对象

（一）低幼推荐

在低幼读者推荐中应针对低幼儿童具有的"四爱表现"：爱动、爱读、爱听、爱看的特点进行推荐，由于低幼儿童阅读时间短、注意力不集中等情况，根据低幼儿童心理测试了解，低幼儿童看书时间约在 20 分左右。因此低幼儿童的阅读时间短的问题始终是影响儿童阅读提高的主要矛盾，对低幼儿童阅读应采取"启发式"和"互动式"的方法进行低幼读物的推荐。一是采取"两边"方法，即：边启发边推荐，边互动边推荐。应有目的地在卖场中组织小读者开展阅读活动，并采取自愿报名方式成立自愿者书友会，有重点地推荐低幼重点图书。与此同时，组织小读者以自愿者身份，采取游戏的方法对低幼区的图书进行互动陈列摆放，调整以解决低幼类图书乱摆乱放的问题，以实现培养低幼儿童的自主能力和教育低幼儿童公共守则意识的目的。二是采取"四类"方法，即动漫类、卡通类、游戏类、剪纸类的低幼推荐方法，针对低幼类儿童喜欢的重点图书，如儿童诗、卡通画、简笔画、百科书、三字经、国学入门书等进行重点推荐。三是采取"四式"方法，即引导式、交流式、培养式、启发式方法进行低幼推荐。以提升低幼儿童背诵能力为主，以提升低幼儿童听力能力为辅。在低幼图书推荐中始终注意做好提升低幼儿童的阅读能力，注重培养低幼儿童的自主学习能力的提高，在低幼儿童读物推荐中应从低幼儿童年龄阶段实际智力情况出发，组织寓教娱乐的儿童活动，并与图书内容相结合，使低幼图书推荐活动形式多样，丰富多彩。

（二）少儿推荐

在少儿图书推荐中，应结合少儿年龄特点和教育阶段特点进行重点推荐和阶段推荐。由于少年儿童具有爱读书、爱活动、爱娱乐、爱运动等特点，因此应围绕家庭教育、学校教育特别是对少年儿童思想品德、心理健康类图书来进行重点推荐，由于少年儿童处于成长阶段对未知世界经常提出各种问题和各种发现，有些问题是科学方面的，有些问题是教育方面的，因此少年儿童的图书推荐关系到孩子的启蒙教育和素质教育的双重责任。在对少年儿童图书推荐时，应掌握其成长规律和智力发展规律以及心理发展特点。一是，应考虑少年儿童的情绪因素、视觉因素，由于少年儿童判断能力低，选择能力弱，很容易受家庭、老师、同伴等群体的影响，有时也易受不良读物的腐蚀，应根据少年儿童特点推荐优秀图书品种。二是，根据少年儿童不同年龄特征和文化认知度，推荐适合少年儿童喜欢阅读的好书和精品书。比如《少儿百科全书》、《十万个为什么》、《哈里波特》、《淘气包马小跳》、《虹猫蓝兔》等优秀精品图书。三是，根据少年儿童不同的爱好和兴趣推荐喜闻乐见的优秀图书。应围绕少年儿童的娱乐方式推荐适合少儿文化认知成长的简笔画、沙画、剪彩纸画、泥塑游戏等。与此同时随着少年儿童年龄增长和文化程度的提高，对阅读兴趣和爱好会日益露出个性需求的特征。如有的喜爱书法，有的喜爱音乐，有的喜爱文学，有的喜欢科技等，因此应根据少年儿童的不同特点，并注意了解课外阅读情况，有针对性地向他们推荐优秀图书。四是根据读书节、博览会活动及学校社区活动特点，通过组织读书活动，运用电视、广播、招贴等宣传，引起老师、家长的注意，向少年儿童推荐优秀图书。利用各种节日，尤其是"六一"国际儿童节等重大节日，结合少年儿童购买图书的消费特点，应要抓住时机，充分做好备货，精心组织好节日活动，向广大小朋友推荐精美的文化食粮，以实现启迪心灵培养后生的目的。

（三）成年推荐

成年推荐要依据成年读者年龄和心理方面的特征。成年读者的思维比较成熟，图书需求比较稳定。由于成年读者思想比较活跃，观念比较新颖，阅读内容比较宽泛，体现在对图书的阅读范围不断扩大和理解的深入，比如：青春文学、时尚小说、哲学思想、美学著作、心理自助、经济管理、宗教伦理、社会科学等各方面的图书。一是由于成年读者在文化程度上存在不同差异，对图书的需求也存在较大的差别。同时随着成年读者价值观念的形成，独立性的成长，

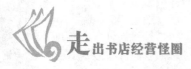

职业理想的建立，恋爱婚姻的发生，就会出现明显的个性文化需求。二是成年读者是图书市场的主要服务对象，应认真了解他们的需求特点，积极做好图书推荐工作。要多从直觉和感情色彩方面向成年读者宣传推荐。三是应在市场营销中，围绕成年读者的选购图书特点，如：易于感情冲动，直觉性情消费。当这类读者看到某种书的封面、插图、装帧、色调等方面具有美的价值和色彩冲动时，往往会把内容优劣放到次要地位，很快会产生冲动性购买动机，并迅速做出购买的决定。因此，我们应在向读者宣传推荐图书的过程中，要努力增强造势气氛，并重点展示畅销书、常销书和动销新书，能引起成年读者感兴趣的书名、封面、插图等以实现形象影响直观刺激，从而达到成年读者购买图书欲望。

（四）老年推荐

老年读者推荐中，应依据老年读者生活习惯和心理特征，随着我国人均寿命的增长，特别是中国已逐步进入老龄社会，由于一些老年读者生活无忧和身体健康，寿命越来越长，据有关资料显示中国人平均寿命已达到 75 岁以上，从读者群年龄分析：目前女性读者已达到 75 岁，男性读者已达到 70 岁以上。随着人们文化生活水平的逐步提高，其老年读者群年龄比例将越来越大。一是由于老年读者生活比较轻闲，阅读时间比较宽裕，但老年读者的阅读倾向比较单一，主要阅读品种偏重于饮食健康和医疗保健。因此图书推荐的范围比较窄，方法也比较简单。二是老年读者比较注重实用性和价格便宜的图书。他们除了专业书外，一般需要养生、防病、治病等方面图书，以及钓鱼、养花知识、古旧小说等。因此在老年读者图书推荐上要符合生活实际，要符合健康实际。三是围绕老年人由于年纪大，行动不便，有的甚至耳聋眼花。应充分理解老年读者的实用需求以及图书心理价位需求。还应理解老年读者爱说、多挑的习惯，同时还应考虑老年读者购买图书有较强的理性消费特点。因此，在老年图书推荐方法上采取，适用好角度，运用好尺度，把握好时机，才能做好老年图书推荐。

第三节　图书推荐技巧

（一）重点推荐

卖场所谓"重点推荐"，是指对畅销图书进行重点陈列，重点宣传，重点推荐的一种方法，这是一种最简单、最常用的方法。一是在图书卖场应对畅销书、常销书、动销书进行重点陈列推荐，可采取码垛陈列、端头陈列等形式进行重点推荐，与此同时利用新闻媒体采取重点图书连载，重点书评等形式进行图书重点推荐。二是在卖场销售过程中采取灵活、机动、主动的办法，有针对性介绍重点书目，可以充分利用各种购买时机，一般来说，只要读者表现出对重点图书购买的信号，此时营业员就可以一边打招呼、一边搭话、一边推荐。三是在团购登门服务时进行重点推荐，并根据团购客户培训进行专业类重点图书推荐，比如：法规类图书、公务员考试、技术性较强的图书进行重点推荐。同时要用感人的语言吸引读者，使团购客户下定购买决心。这种推荐方法最重要的就是要以真诚、恳切的态度与客户谈话，以打动客户的心，以满足客户对重点图书的需求。

（二）特点推荐

所谓特点推荐，是根据读者的需求特点进行推荐的一种有效方法，在卖场中应注意读者行为特点，只要读者手拿一本书或正在翻阅，应当注意图书封面及图书分类是否是新书或常销书等，当捕捉到了这样的目标时，就应该全力以赴地去推荐。在推荐的时候还应注意读者的消费特点，还要把握好推荐的数量和时机，才能做好特点图书推荐。一是，要提高对所推荐的图书品种的专业知识，在推荐时向读者传播、宣传图书内容的主要信息。二是要了解、掌握读者的文化能力及文化内涵。利用简要、热情的语言与其进行沟通。对于有目的的

115

第五章　图书推荐方法实践模式

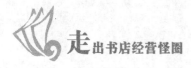

读者要对其所需要的专业常识、专业技能和特点进行推荐。三是，要当好读者的参谋，还要与读者交朋友，同时要提高自身的专业水平和技能。比如：建筑装饰设计类图书区的特点推荐不仅要掌握一些专业常识，还需要向专业设计人员学习，还要到专业市场中身临其境地去体验：要学会看房子、看户型、看面积，了解建筑设计装饰风格等，然后还要到建筑材料市场去熟悉材料，了解各种建筑装修材料的价格等，这就是给读者当好参谋，技巧和方法通过这些增值服务以取得读者的信任，从而提高书店社会效益和经济效益。

（三）适时推荐

所谓适时推荐，是根据具体读者的兴趣、选购时机进行推荐的一种方法，也是依据不同品种分类，不同品种动销状况进行推荐的方法，同时也是选择市场的图书动销比重适时进行推荐的一种有效方法。一是近几年全国旅游假日办推出中国乡村游、俄罗斯游、东南亚游、华东五市旅游活动，情况要做到心中有数，如果适时推荐旅游类图书就应当了解旅游类图书的出版动态，如：地图类、民俗类、古镇类、文化遗产类、世界风光类等。还要了解旅游文化知识，了解旅行社正在组织什么样的旅游活动，要了解旅游市场动态，了解旅游活动特点线路，才能根据读者需要进行适时推荐。二是了解现代文化思潮，对文学类、哲学类、社科类图书市场进行适时预测和把握。对当前社会的突出矛盾的认识和了解，比如：住房拆迁、大学生就业、农民失地、企业职工下岗、社会道德等，这些都是现代思潮中反映的问题，如果不注重这方面学术，动态类图书销售就做不好适时推荐。三是报纸、电视、传媒是反映的社会问题的窗口。作为图书经营者就要知道一些学术问题所反映的社会问题，所以适时推荐图书应适时了解社会各方面动态和信息，否则就不能做好适时推荐图书的目的。

（四）专业推荐

专业推荐是为专业读者提供特殊服务的一种推荐方法，其中包括两个方面：一是专业人员推荐，这种推荐方法要求推荐者具有一定的专业知识和文化水平，同时还要了解和掌握所推荐图书的文化内涵以及技术含量，否则推荐就会出现南辕北辙的矛盾。二是团购客户专业推荐，是根据团体客户的专业技术需求及专业特点需求，进行图书采购和服务的，但同时专业推荐对团购服务提出更高的要求，团购人员要深入机关、厂矿、部队、学校、社区、农户去接触技术人员，了解专业基础知识，以提高专业推荐能力。三是在采矿专业上就要知道有多少个矿山，这些矿山是富矿多还是平矿多等；在机械加工专业上就要知道工艺流程和技术标准，比如：车、钳、铆、电、焊，镗床、刨床、铣床等；在铸造专业上就要知道如何制做模具，了解铁水、铜水、铝水、铅水翻沙技术等；在谈论电业工程时，就要知道高压、低压、强电、弱电、动力电、民用电的专业述语，其中包括 380 电压、220 电压等。总之，专业图书推荐一定要懂点专业常识，不懂专业就无法推荐图书。

走
出书店经营怪圈

第六章
图书四级分类实践模式

第一节　图书四级分类

（一）综合分类

综合分类是图书零售分类的一种方法和手段，图书分类主要依据《中国人民大学图书馆图书分类法》（简称"人大法"）、《中国科学院图书馆图书分类法》（简称"科图法"）、《中国图书馆图书分类法》（简称"中图法"）等。其中，"中图法"名称改为《中国图书馆分类法》。"中图法"是国内书店普遍使用的图书分类方法。一是依据"中图法"的22大类的分类原则的结构体系和使用方法为基础。应从实际出发充分考虑独立书店、连锁书店的类型及规模。由于书店类型不同、规模不同，其图书分类结构体系也有所不同。从规模看，可分为大、中、小类型书店；不同规模的店其图书分类的详略程度要求也不同。应根据书店的经营特点和备货范围确定书店的图书分类。二是在图书分类上应注重基本大类分类及若干子目录分类，使每类图书品种得到有效的细化分类。因此图书分类应当考虑在图书流程管理中的分类作用，特别是采购、分送、上架、陈列、销售、库存、添货、退货、盘点、报废等各个环节上的系统分类管理和实效分类管理。其实"中图法"的主要作用是便于图书馆的分类管理，然而"中图法"用于书店零售分类就显得有些力不从心，更不能得心应手。三是使用"中图法"图书分类必须结合书店营销实际，采取综合分类的方法，既考虑"中图法"的基础分类，又要结合销售实际进行图书市场化分类。才能够最大限度地满足日常书店进、销、存、退分类管理的要求，使图书综合分类实现指导图书上架、陈列、推荐、销售的目的。

中图法，即中国图书馆分类法。"中图法"第2版发行后，广为全国图书馆和情报研究单位所录用，已成为我国通用的综合性图书资料分类法。

"中图法"还另有两个本子：

1. 将"中图法"进一步细分，扩充为《中国图书资料分类法》；

2．将"中图法"缩编为中小型图书馆试用的"中图法简本"。

中国标准书号的组成部分"图书分类种次号"，由图书所属学科的分类号和该类号下的种次号两段组成。规定了分类号由出版发行部门的图书分类开始以"中图法"为依据。

"中图法"共分 22 大类，"工业技术"大类下又分 16 类。

"中图法"基本大类

A	马克思主义、列宁主义、毛泽东思想	X	环境科学
B	哲学	Z	综合性图书
C	社会科学总论	T	工业技术
D	政治、法律	TB	一般工业技术
E	军事	TD	矿业工程
F	经济	TE	石油、天然气工业
G	文化、科学、教育、体育	TF	冶金工业
H	语言、文字	TG	金属学、金属工艺
I	文学	TH	机械、仪表工业
J	艺术	TJ	武器工业
K	历史、地理	TK	动力工程
N	自然科学总论	TL	原子能技术
O	数理科学和化学	TM	电工技术
P	天文学、地球学科	TN	无线电电子学、电讯技术
Q	生物科学	TP	自动化技术、计算技术
R	医药、卫生	TQ	化学工业
S	农业科学	TS	轻工业、手工业
T	工业技术	TU	建筑科学
U	交通运输	TV	水力学
V	航空、航天		

（二）四级分类

图书四级分类是依据"中图法"分类为基础，按照市场化分类的要求，建立图书四级分类体系。围绕一级书目、二级书目、三级书目、四级书目进行分类。一是把一级分类做为重点，把二级分类做了系统归类扩充，把三级分类逐步扩大系统归类范围，把四级分类做为多项细化分类进行多元系统归类，将分类的简表、详表、类目设置、结构体系及使用方法更加规范、更加标准，以满足图书品种类型、规模及数量化分类的要求。随着图书品种的不断变化和增加，还可以增加分类级别，以使图书分类系统归类更加规范。二是按照四级分类的原则，遵循图书分类的系统规律，按逻辑方法原则来设置类目。使图书四级分类反映图书品种的客观实际，将图书按四级分类，从一级向多级过渡，并随着图书品种的市场变化而逐步调整和改善四级分类。采取四级分类方法，能够将图书分类更加系统、更加实用，使书店门市的进、销、存、退分类管理得到极大的改善。三是图书实行四级分类，应考虑图书品种的文化元素和图书品种功能性质，同时还要掌握图书分类在市场的变化及信息的不对称，即要让有关人员掌握四级分类的基本方法，又要及时、全面地对书店图书品种的进、销、存、退情况进行分类和统计，有利于提高图书分类的科学性和实效性，将书店的畅销品种、常销品种、滞销品种和库存品种进行有效的系统分类，才能实现图书分类的类别化、实用化和细分化的目的。

（三）多级分类

图书按多级分类是书业图书分类未来发展的趋势，随着图书市场的不断变化，各类品种的不断增加对图书分类将提出更高的要求，一是图书分类的主要目的是便于分类品种的数据管理，以及卖场图书分类品种的销售管理，更主要的是满足广大读者对图书品种的需求。书店的图书分类要从经营角度考虑。应根据书店内部图书分类的原则和方法对图书类别、周转品种、库存品种、滞销品种、动销品种进行科学的分类。二是在门市图书分类中可采取单品种类别分类或多品种系统分类，比如：图书选题上存在的多元文化元素的图书品种，在录入和陈列上有时就处于两难状况。因此要及时并类、归类和理性正确分类，为了避免图书分类的乱为和不规范分类，也要结合书店销售实际将图书分类临时性、随机性分类管理。三是按照多级分类的原理，依据市场图书品种的动态变化进行临时性分类，其中对特殊品种要进行随机性分类，使图书分类适合于书店进、销、存、退的各个环节的分类实际，应从图书分类的规范性出发，考虑图书实用性分配的目的，从而使图书多级分类更加规范和便利。

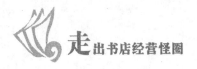

第二节　图书规范分类

（一）分类使用

　　图书分类使用是图书营销管理的重要环节，图书分类使用在书店营销中的作用和效能愈加显得突出。一是图书分类使用就考虑其方法的适用性和有效性，实行一至四级分类或多级分类能够进一步适应图书市场的变化和品种多元变化的需求，将进一步解决图书分类中的错误现象和错误行为。二是因为图书分类使用是要解决图书分类中的分类矛盾和问题，采用系统分类、数量归类对图书的科学分类将起到十分重要的作用。要使图书分类真正做到科学、准确、细分和标准是非常不容易的，由于图书的文化元素不同，特别是图书品种在选题过程中存在许多相似的文化元素，也由于出版社在选题过程中跟风选题，造成了图书品种的分类困难，由此造成图书分类与文化元素两者之间的图书品种难分和不易分的现象。这种现象的产生对书店销售过程中的图书分类，造成了许多困难和问题。三是必须采取有效的图书分类方法，让图书分类更加系统化和多级化，从而提高图书分类效率和图书归类的目的，既要考虑图书品种跟分类相对应，还要考虑到图书分类的实用性和专业性。既要解决图书分类的"指鹿为马"，又要防止图书分类"张冠李戴"。采取有效措施，运用科学方法，做好科学分类。

（二）分类应用

　　图书分类应用是图书营销管理的有效方法，分类应用从某种意义上讲就是在经营管理中应用科学分类的方法。一是对图书品种实施了解和掌控，但是在图书分类应用上，还存在许多不到位的地方。比如：在图书分类中，医学类只是简单地分为外科（脑外、胸外）、中医（中药、针灸、骨科）、内科（心脏、神经、心血管）等类别，实际上仅针灸类的分类还可以再分为手工针灸和电加热针灸等多种类别。图书分类要与图书品种相结合，要经常调整分类，尽可能做到分准、分实，分得恰当。二是对图书新品种到货时就应该做好录入分类，特别像生活类图书的分类要将生活健康与医用健康的类别分清楚，要下功夫进行专业化系统分类；在分类过程中要考虑到读者的需求，如读者买医药类图书的目的，是为了通过看书研究病情以节省费用。为了做好医学类图书分类，必须对专业类医学院校、医院、药店进行充分调研，了解到了医学院校各个方面的信息（包括老师情况、学员情况、学校课程进度及教材情况等），三是从解决图书错误分类入手着重处理销售中由于分类不准、不专带来的矛盾及问题。应用市场化专业分类的方法，才能使图书分类应用到图书进、销、存、退的各个环节，以实现专业性细分和分实的问题。

（三）分类效用

图书分类效用实际上就是图书分类效果在营销中的具体体现，分类效用还体现在图书市场进行细化分类。一是应围绕本地区产业发展项目、产业技术类别以及上、中、下整个企业链的工业元素进行图书分类，与此同时围绕学校的小学、初中、高中的整个教育链的教育元素进行图书分类，做到一环扣一环，这样分类一目了然。还要深入社会，深入工厂，深入机关进行进一步的调研和分析，并围绕相关的专业部门工作性质及行为特点进行图书分类，对满足读者需要将起到很大的作用。二是在图书效用发挥的的问题上仍然存在一些问题：①图书分类仍然停留在"中图法"老的模式和分类误区；②图书分类与使用仍然存在"中国法"与实际销售相互矛盾问题；③图书分类仍存在"图书馆化"的分类现象，应从市场需求角度改进图书分类。三是在分类过程中，应考虑书店与读者的实际情况进行分类。以解决分类工作出现的误导分类现象发生，既要控制规范分类又要防止分类乱为，要想解决分类实践当中的困难和问题，就要下大气力改进图书分类的效用问题。

（四）分类作用

通常图书分类作用体现在系统分类的各个环节。一是应充分发挥图书分类在营销中的作用，同时还应注重动销状况下的图书品种有效分类，应注意系统

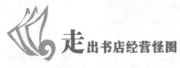
模式的分类方法的指导作用，更应当做好每天图书录入的正确分类，防止和控制图书分类的错误行为，如果录入分错就会造成图书上架错误分类，以致增加滞销书库存。二是应在正确录入分类的基础上认真把好图书上架分类关，防止错误分类发生，为了做好图书分类管理还应当采取定期或不定期检查图书分类的办法，以杜绝图书分类的错误而影响图书销售。三是在市场不断波动变化中去调整图书分类，改进图书分类，使图书分类的作用能够得到进一步的促进和提高。如今的市场节奏在加快，品种动销频率在提速，图书分类在图书市场销售中的作用显得尤为重要。

第三节　图书疑难分类

（一）重点分类

图书重点分类是图书分类重中之重的一种诠释，由此可以说明对图书实行重点分类是促进图书销售的有效途径和方法。一是对图书在总体上应该按照年龄的变化进行分类，从低幼到少儿的整个卖场区域的分类要按照年龄段进行重点分类，使得低幼儿童和少年儿童的图书经过重点陈列实现吸引眼球的目的，而低幼类重点分类应按低幼成长过程进行重点分类。二是对小学、初中、高中依次排列进行系统重点分类，这就形成了以年龄变化、图书内容品种变化、成长心理变化、阅读能力变化进行重点分类。三是调整图书分类的结构，应强化卖场细化分类。其实实际卖场分类与数据库分类还有很大差别，从低幼到少儿，再从少儿到小学、初中、高中等依次按照年龄及阅读习惯进行科学分类，此外还应根据小学、初中、高中类学校的教学进度来进行分类，比如初中、高中的书架端头要突出重点中考和高考类图书分类，要以读者需求分类为重中之重，四是固定分类和动态分类的区别变化。如果遇到多家出版社同时出版一种选题图书，要将重点分类图书进行区别分类摆放。再如宗教类图书应该把各种教和一些大师的著作尽可能按照佛教、道教、伊斯兰教等进行重点分类。但是不需要分得过细，因为分得过细就会显得杂乱，所以图书重点分类是日常图书销售中的重要环节之一。

（二）特点分类

图书特点分类是根据图书新品种的变化而进行图书特点分类的一种方法，采用特点分类能够有效地指导日常图书的销售。一是从目前图书分类的一级类上了解和把握，按照畅销书和常销书进行特点分类，在图书录入过程中把好分类关，如何来控制和解决分类中出现的问题。二是抓好特点分类是解决图书销售中的重点矛盾和问题，要把书店的分类牌和宣传牌的数量统计出来，使其结构化、类别化、数字化，并将平架、中架、高架的分类数量分别进行统计区分，并在此基础上要进行具体类别的特点分类。三是要按照专业分类的原则，以及实践效果进行特点分类。比如，学校教育类的图书，从类别上我们是按照小学、初中、高中的类别来划分，品种是按照教育进度进行划分的。针对文学类图书，可以请专家指导，探讨如何分类。对于分类分得少的区域要研究如何增加，对于分类也要进行调整。在卖场要尽量充分发挥书架中间放置作用，要突出特点进行类别品种，将品种少、数量少的类别放在一边。四是还要结合本地区的阅读特点进行分类。比如：对于冶金类和化工类图书进行特点分类，就必须把地域的企业生产流程弄清楚，了解采矿、选矿、烧结炼铁、炼钢直至生产工艺流程。图书是市场信息元素，市场有什么项目，就应该提供图书信息资讯，应根据市场需求引进合适的图书品种。要注意特定专业、特定市场进行特定的特点分类，方能满足本地区类别图书的市场需求。

（三）难点分类

　　图书难点分类应是用特殊方法解决难点图书的分类方法。要想做好难点分类就必须学习专业、了解行业、破解难题。一是以提高书店分类水平和能力，比如：医药类图书难点分类要研究各医院病理科目的设置方法，还要研究药店的分类方式，更要了解读者购书习惯。二是在分类当中应将分不明白的图书及时请示和汇报，由专业人员帮助解决。比如教辅类图书分类，主要是中考和高考两个阶段的品种要进行难点区分，对于这部分图书的分类，就要到学校请学校的校长（特别是教研组组长），让他们对我们的难点分类提出建议。过去我们的分类只是凭感觉，现在要注意是否与学校的教学相吻合。我们目前中考和高考的图书品种都齐全，但是分类却不够清楚。三是要让所有的家长和孩子对系列分类品种一目了然，一找即得。就需要根据教辅特点进行分类，可以按照学校开学所学的课本及教辅内容和每学期所学内容、进度安排情况等进行及时分类。由于我们不知道图书品种与学校和幼儿园的教育是否相符合，所以我们要通过教委指定学校和幼儿园了解其教育水平和教学的进度情况，才能做到难点分类品种与本地市场需求相吻合。四是针对法律类图书进行难点分类，就要对各种律师事务所和公、检、法部门的诉讼材料和审判案例，以及劳动局当前应用的相关法律法规等进行了解，要深入各有关部门进行调研。总之，我们现在的图书特点分类要与市场接轨，否则我们的分类就存在盲目性，如果将特点分类做好了，必将推动书业特点分类的有效实施。

(A) 社科	社会科学 1	政治军事	党务知识
			时事政治
			军事知识
		人物传记	人物传记
		社会科学	人生智慧
			成功励志
			哲学思想
			心理学
			社科综合
		科普知识	科普知识
		家庭教育	家庭教育
		宗教文化	宗教文化
	社会科学 2	人事考试	公务员考试
			党政领导干部选拔考试
			其他人事考试
		个性素质提高	应用文写作
			人际交往与口才
			信息传媒
	经济	经济管理	经济理论
			经济考试
			企业管理
			经济人物
		个人理财	股票投资
			其他投资
		财会商贸	财务会计
			金融商贸
	法律	法律	法律条款
			法律指南
			司法考试
(B) 文学	中外文学	中国现当代文学	学生阅读
			青春文学
			中国现当代小说
			成人幽默漫画
		外国文学	世界名著
			外国现当代小说
		诗歌散文	诗词曲赋
			现当代诗歌
			现当代散文
			文艺理论
	古典文学	国学书院	四大名著
			诸子百家
			国学综合

续表

（B）文学	古典文学	学术文化	朝代史
			帝王学
			专家讲坛
			历史典籍
（C）少儿	幼儿读物	幼儿教育	幼儿启蒙
			幼儿故事
			学前教育
		幼儿百科	智力开发
			幼儿艺术
			幼儿百科知识
		幼师用书	幼师用书
	少儿读物	少儿教育	儿童文学
			国学启蒙
		少儿综合	少儿百科
			卡通漫画
			少儿其他
		连环画	连环画
（D）生活	体育	棋牌	棋牌
		拳械	拳械
		其他	其他
	旅游	地图	地图挂图
			地图册
			地球仪
		旅游	旅游指南
			旅游文化
	生活百科	大众健康	生活养生保健
			孕产育儿
		生活情趣	美容美发
			健美塑身
			服装饰品
			手工制作
			生活窍门
		饮食文化	烹饪美食
			茶道酒艺
			食品加工
（E）语言	汉语工具	汉语字词工具	汉语字词工具
	对外汉语	对外汉语	对外汉语考试
			对外汉语学习
	外语工具	英语工具	英语工具
		小语种工具	小语种工具
		外语专业工具	外语专业工具

			新概念系列
（E）语言	外语图书	英语学习	剑桥英语系列
			少儿英语
			新标准英语
			大学英语
			专业行业英语
			其他英语学习
		英语阅读	英语期刊
			英语名著
			外研书虫
			休闲英语
		英语考试	大学英语等级考试
			公共英语等级考试
			硕士博士入学考试
			境外认证英语考试
			其他英语考试
		小语种	日语
			韩语
			俄语
			德语
			法语
			其他小语种
			日语
（F）教辅	小学	小学阅读	小学阅读
		小学作文	小学作文
		小学同步	1年级同步
			2年级同步
			3年级同步
			4年级同步
			5年级同步
			6年级同步
		小学工具	小学工具
		小学课本	1年级课本
			2年级课本
			3年级课本
			4年级课本
			5年级课本
			6年级课本
		小学奥赛	小学奥赛
		小学综合	小学综合
		小学教师用书	小学教师用书

（F）教辅	初中	初中阅读	初中阅读
		初中作文	初中作文
		初中同步	7年级同步
			8年级同步
			9年级同步
			中考同步
		初中工具	初中工具
		初中课本	7年级课本
			8年级课本
			9年级课本
		初中奥赛	初中奥赛
		初中综合	初中综合
		初中教师用书	初中教师用书
	高中	高中阅读	高中阅读
		高中作文	高中作文
		高中同步	高一同步
			高二同步
			高三同步
			高考同步
		高中工具	高中工具
		高中课本	高一课本
			高二课本
			高三课本
		高中奥赛	高中奥赛
		高中综合	高中综合
		高中教师用书	高中教师用书
（G）教育音像	外语音像	英语听力音像	初中英语听力音像
			高中英语听力音像
			大学英语听力音像
			其他英语听力音像
		英语口语音像	英语音标音像
			口语自学音像
		英语学习音像	英语教材音像
			少儿英语音像
		小语种音像	日语音像
			韩语音像
			俄语音像
			德语音像
			法语音像
			其他小语种音像

（G）教育音像	教辅音像	小学教辅音像	东田小学教辅音像
			其他小学教辅音像
		初中教辅音像	东田初中教辅音像
			其他初中教辅音像
		高中教辅音像	东田高中教辅音像
			其他高中教辅音像
（H）艺术	书画艺术	书法	硬笔字帖
			名家碑帖
			书法理论
		美术	美术高考
			美术设计
			绘画技法
			艺术摄影
			美术理论
			艺术家
	音乐	音乐	音乐理论
			器乐
			戏曲
			歌曲
	文物历史	考古	考古
		收藏	玉器
			瓷器
			铜器
			家具
			古玩其他
（I）工业	机械	机械冶金	机械
			冶金
			技工培训教材
		化学工业	化工工艺
			环境保护
		电子工业	家电维修
			其他电子技术
		交通运输	汽车
			其他交通工具
	建筑	建筑考试	建造师考试
			监理师考试
			造价师考试
			咨询师考试
			其他建筑类考试
		建筑工程	建筑施工
			园林景观
			城市规划
		建筑装修	室外装修
			室内装修

（J）医学	专业医学	西医	专业西医
			执业考试
		中医	专业中医
			非专业中医
	医学常识	医学常识	常见病
			医学养生保健
			医学音像
（K）农业	农业技术	农业种植	果树种植
			农作物种植
		农业养殖	特种养殖
			家禽饲养
			花鸟鱼虫饲养
		农用医药	兽医兽药
			化肥农药
	农业音像	农业音像	农业音像
（L）计算机	计算机	应用技术	图形图像
			辅助设计
			办公自动化
		程序设计	数据库
			程序语言
		网络技术	网络安全
			其他网络技术
		计算机考试	计算机等级考试
			计算机认证考试
		基础及硬件	计算机基础
			计算机硬件
		信息技术其他	信息技术其他

走
出书店经营怪圈

第七章
图书陈列盘点细化模式

第一节　整体陈列展示

（一）设计创意

陈列设计原则，就是为了读者在有限的空间范围内，应围绕着"吸引读者眼球"来宣传和创意。图书陈列设计应根据书店卖场空间、书架面积以及图书的种类、开本等进行有效设计。图书陈列设计应充分结合卖场的平架、中架、高架、面积、环境和特点来进行陈列设计，能在有限的展示面积基础上充分发挥陈列展示作用，主要目的是为了便于读者能够翻阅及查找各类图书。同时要突出图书陈列重点区域、重点位置，将畅销书、常销书陈列设计在"黄金展台"上，使图书陈列设计能够实现局部陈列和整体陈列展示的目的。

（二）陈列展示

陈列展示是技巧化、艺术化手段相统一的展示方法。在一般情况下，书店图书陈列是按照门店、楼层分区分组展示。其中包括社科、文学类；教学、教辅类；科技、文化类等进行分区、分柜组陈列。图书陈列多采用按读者需求进行展示。比如：少儿类图书陈列应分低幼书陈列、学龄前书陈列；美术类陈列包括初级美术陈列，学校美术陈列，成人美术陈列等。其实图书陈列方法包括多种展示形式。

（1）集中陈列

图书集中陈列就是把精装书、套书、系列书、重点书进行集中陈列，是最为常见的方法，其实图书集中陈列要围绕图书的生命周期来进行，图书处于引入期阶段应当是单品种少册数集中陈列；图书进入动销期阶段应当是多品种多册数集中陈列；图书进入热卖期阶段应当是多品种成批量码垛集中陈列；但是图书进入衰退期阶段应采用多品种少册数陈列。从而使图书集中陈列作用得到充分展示，发挥卖场每平方米的集中陈列的功效。

（2）整体陈列

图书整体陈列可以给读者一种整体的品种、面积的册数堆放式的感觉。其目的是运用大面积、大空间来陈列单一图书品种或系列图书品种，多采用大面积端头、堆头陈列摆放等。在书店卖场中开辟一定的空间和面积作好图书陈列，目的是将重点图书品种，在有限的时空内进行图书陈列，从而提升读者的注意力和购买力，同时也检验图书陈列方法的功效及作用。整体陈列还包括按平架的尺寸确定图书开本大小，将图书整齐地排列摆放。图书整体陈列应突出图书的体积感，从而造成卖场整体陈列丰富的效果。整体陈列的图书品种，是书店日常销售的重点品种、因季节需要大量销售的图书品种，以及读者购买频率高的图书品种。整体陈列的书架一般安排在店堂的平架上或岛式、端头、架式展台，关键是图书整体放量陈列，能够增加美感和观感，最终实现整体陈列目的。

（3）端头陈列

端头陈列法，就是利用读者流量大的平架的两端进行图书陈列。以图书品种高码洋为主；以陈列名社、名人品牌图书为重点；最好采用双重或三重图书陈列方式，使读者能够随机发现、随时翻阅以实现图书陈列的最终目的。

（4）岛式陈列

岛式陈列，是利用方体展台或架式展台来进行图书陈列的有效方法。利用通道进行岛式陈列，将出版社主发的多册数图书品种进行重点陈列，同时将备补书一同陈列，从而实现堆放性、体积性陈列的目的，给读者一种大批量、多册数的感觉，造成岛式陈列的目的，从而吸引和影响读者的图书购买欲望。是一种把某种图书品种放在主要通道或者促销区进行量化陈列的方式。这种陈列方法的最大特色是由于大量堆积而产生一种庞大的气势，刺激读者感官，引发购买。

（5）关联陈列

关联陈列，将不同出版社出版的同类图书品种，或是具有相关联的图书内容分别摆放在一起。要注意图书内容之间的关联性、有效性、趋同性和普遍性特点，能够在关联性陈列中得到具体的体现和实现。比如教辅类图书，语文、数学、物理、化学等可以与英语、日语、法语、德语的图书相关联，同时还要考虑到不同出版社，出版的相近、相同、相似的时间、版别、内容等进行关联式陈列，从而推动关联图书品种的展示效果。

（三）模式陈列

　　模式陈列是图书陈列手段规范和完善的陈列方法，在图书展区内使图书陈列方法呈现规范性、特殊性、整齐性、标准性、美观性陈列效果，比如在店堂平架区，可以综合运用"集中陈列法"、"端头陈列法"、"关联陈列法"。在店堂中架区可综合运用不同手段、不同式样的图书陈列方法，采取两朝两适、书脊朝外、书名朝上、从左到右、从大到小、从厚到薄、底大上小、系列分隔，于此同时按陈列要求横向看线、纵向看面、交差摆放、色彩区别、文字大小区别，充分运用色彩、灯光等手断来营造不同的购书氛围，形成模式化、标准化的陈列效果。

第二节　陈列环境营造

（一）环境布置

　　书店卖场环境的优劣，对于读者的影响是不言而喻的。卖场环境一般情况下应从以下几个方面入手：一是书架设计，要考虑到适合图书不同的开本、薄厚等，同时要考虑图书的摆放的有效空间利用，最好采用可调节式的书架隔版，以便陈列展示不同开本的图书，在有效的空间内得到陈列展示。二是环境布置，为了满足广大读者对环境的需求，要着手考虑，将文化元素注入空间美化。比如：将精美瓷器、石膏艺术品、花草盆景装点书店环境，可提高环境氛围，给读者以家庭书房的感受，从而提高书店环境的美誉度。三是是环境灯光，为了营造卖场的光照环境，可采取设计精美的灯罩来美化环境空间，同时采取聚光投射的办法，并使读者从外部日照环境下转入店堂光照环境下，调节读者的视觉亮度，上暗下亮不刺激读者眼球，使读者逐步在和谐的灯光下阅览图书及选购图书。

（二）环境营造

　　一般情况下环境营造是设计理念的表现形式，从色彩环境、感觉上考虑书架色彩，应以古典茶色为基本色调，在分类牌上考虑，以海蓝色吸引眼球，在重点图书宣传牌上考虑，即达到宣传目的又能够进行色彩区别，从而能够有效调节卖场的色彩环境，使读者能够在和谐的色彩环境下得到美的享受。在环境色彩营造，首先是红色，其次是黄色，再次蓝色。这三色就是色彩当中的三元色，电视机的色彩就是根据这三元色来设计的。因此我们要把"注意力经济"关注在图书品种的封面色彩上与书架色彩的环境关系：一是环境色彩营造，要把眼花缭乱的图书封面色彩变成有规律的色调环境；二是环境色彩营造要注意抓三元色对比色彩的作用；三是环境色彩营造要注意小的字体和大的字体的不同色彩对比形式；使色彩营造在有限的卖场空间内，实现美化店堂营造环境的目的。

（三）环境灯光

书店卖场照明环境，从一般意义上讲，较好的灯光照明能够增强图书陈列效果。在一般照明的采用。就是确保卖场获得正常营业所需要的能见度的照明，比如天花板上的荧光灯、吊灯应均匀照明，确保一定的亮度，以保证正常营业为宜。应注重重点照明卖场，就是为了突出卖场图书的封面、包装、档次，将光线集中在需要重点照明的品种上，最好能呈现一定的完美、具有冲击力的视觉效果。应注重装饰照明的选用。装饰照明就是色调为了营造某种氛围，常见灯光的装饰照明灯具有霓红灯、孤形灯、筒型灯等，照明灯具的选用要考虑卖场整体色彩环境的协调性、风格性、完整性，使卖场照明环境能够实现美化环境空间的作用。

第三节　陈列实践创新

（一）陈列原则

　　图书陈列摆放是图书销售的有效形式和方法，陈列摆放应当按照规范、标准、整洁、有序的方法进行，图书陈列摆放应当把图书类别、品种、册数、开本进行综合考虑。一是追求审美；二是追求实效；三是追求简便；四是市场需求；五是突出效应；六是从众心理等，而对变化的图书市场将图书陈列摆放做适时调整是市场的重点也是读者的需要。凡是主要品种都要系列陈列、梯式陈列、双重陈列、引导陈列等，因为读者走进书店卖场就如同到书海中一样，根本找不到书，如果陈列摆放不到位，许多读者就如同"瞎子摸象"一般，由此对图书销售将产生滞销和影响。一是精装书图书陈列应当是大面积系列化、成套化陈列，同时做到整洁和分类有序，对精装书、线装书、平装书都要按一定的标准进行陈列摆放；二是线装书图书陈列摆放，由于线装书多采用宣纸内文及封面软纸包装，适合于小面积叠落式陈列摆放；三是平装书图书陈列应当是书脊陈列与封面陈列摆放，以平面大面积摆放为主，以书脊式大面积摆放为辅，同时注意平装书的包装等。注意处理好平摆图书的开封和折页，由于图书陈列摆放时间过长容易出现破旧和污损，因此必须要经常调换，保持书面干净、整洁和新颖，以赢得读者的欢迎。

（二）陈列规范

　　图书陈列功效是图书摆放位置、形式、手段的综合作用概括表述，如果新书陈列不到位，畅销书得不到重点陈列，常销书得不到有效展示，其实陈列功效可想而知。一是在日常销售中，读者习惯将平架书来回挪动，将中架书左右翻动，将高架书上下移动。图书陈列的便利性是书店的工作宗旨，也是广大读

走出书店经营怪圈

者所企盼的。读者在挪动、翻动、移动的过程中，对图书的封面、内容、定价等有了进一步的认识和产生陈列功效。二是读者对未选定的图书将随手放回，以便其他读者方便挑选。如果读者看到许多书架上陈列图书比较多，图书摆放得比较满，可能就会出现一些书乱摆乱放的现象。为了保障图书品种易拿、易取，在图书陈列的高度上、格架上，应该让图书陈列保持册与册之间，书与书之间保持适度宽松距离，使陈列功效得到进一步的扩展。三是图书陈列的空间距离和面积范围，除高架中间格段可以陈列重点品种外，太高或者太低格段都不利于图书陈列，即太高了会影响读者对图书的选购不便，同时也影响营业员上书的质量。书架陈列方式以"大架摆中间、中架摆上面、平架摆眼前"标准进行调整。每层书架并按"精装、简装"分别陈列。如"医学组图书品种，新书、畅销书陈列于平架眼前，常销书陈列于中架一、二格内，专业类图书陈列于大架二、三格内，并按精、简分别陈列。图书的陈列位置根据季节进行调换，如艺术类的绘画考前与基础类图书，考试前将考前类的图书品种调整陈列于前架，考试后将基础类的图书品种调整陈列于前架。家庭装修类，应根据本地建筑市场及建筑楼盘入户装修的实际，扩大家庭装修类图书展示面积，并按"大小户型、客厅、厨房、玄关"等细类进行陈列，在实践中均能产生较好的陈列功效。

（三）陈列定位

图书陈列定位是图书实效性稳定性的具体表现形式，同时也应考虑图书的册数多少、开本大小、厚薄程度，以适于图书摆放的位置安全性和可靠性。如果图书摆放得不稳定，有可能会影响读者选购。其实图书陈列由书脊式摆放，变为平面摆放后就会增加图书销售，如果将图书放在门口销售就会增加数倍效益。在图书陈列当中，平摆图书每种摆放的数量为 4 本的标准，一般书脊式图书陈列大开本书为 3 本，小开本书为 4-5 本。平摆图书也要注意进行系列分隔，要把同样文化内涵的图书往一起陈列，而不要一下子堆放陈列，因为那样不适合读者的消费需求。比如孔子、孟子、庄子的图书应当分别摆放在一起，就会产生阅读效应和经济效益。

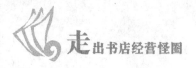
（四）陈列对比

图书陈列对比是图书开本对比、文字大小对比、色彩对比的诠释，在图书陈列中由于封面设计的色彩千变万化，由此应控制图书陈列眼花缭乱的不利影响。一是在同类品种的基础上，着手区别色彩对比的图书陈列调整，采取色彩上的冷暖色块对比，既解决对比中强调统一同时又解决封面色彩混乱问题。将冷色调与暖色调进行对比，能进一步突出封面展示色彩效果，实现吸引读者眼球的目的。二是在相近、关联品种的基础上，着手对纯色调与单色调封面色彩陈列对比，如蓝和黑对比、蓝和紫对比、蓝和绿对比等。在图书上架时应注重色调对比，并进行系列套书风格色彩对比，将产生特殊陈列对比效果。三是在图书上架前对品种色彩封面进行挑选，采取图书文字大小的对比方法，将图书的封面文字大小在书脊之间、封面之间进行的左右对比、上下对比，这样会充分展示小字书脊图书与大字书脊图书形成对比陈列效果，使读者容易看、方便找，从而提高陈列对比效果。

第四节　陈列摆放调整

（一）陈列摆放

　　图书陈列原则应当是图书封面与书脊展示效果的综合陈列运用，还应当考虑读者的适应性和接受能力，如果陈列效果不好，会让人看上去眼花缭乱，大字小字分不清就会影响读者对图书的选购。一是要突出重点，全面展示。举例说明：普通的中架高度比人的身高稍微低一些，大的书架会比人的身高稍微高一点，如果在正常视线内人近距离接触书架，小文字的图书看起来会比较舒服，但是如果将图书再向下移放两格，再去看小文字的图书就显得视觉模糊了，只有蹲下来看才行，但一般读者不喜欢蹲下看书，所以我们图书陈列应以方便读者选购图书为第一原则。二是要围绕读者的肢体语言来变化陈列才行，就图书书名文字大小而论，放在人眼前的图书的书名文字一定要小一些，放在书架两头的图书的文字要大一些，放在书架中间的图书的书名文字要小些，这是依据人视觉上的虚实关系来调整的。据专家分析研究如果图书陈列每下降一格就要降低15%的销售率，如此说来，每一格的图书文字与上一格的图书文字一样大的话，就会使下一格的图书被读者一眼带过而忽略掉。三是还有许多问题需要深入研究。比如：白色的图书封面要用有红、黑等色彩的封面进行对比，对于看不清的小字图书要用大字图书进行对比陈列。我们要把这些好的方法变成规范、变成标准、变成规律，如果我们按照这些规律去做，那么就有可能通过深度陈列的方法提高了15%以上的销售率。

（二）陈列功效

　　图书陈列规范是图书陈列稳定化、整齐化、标准化的总称，陈列规范是进行科学的陈列和摆放的有效形式，对提升图书陈列的视觉效果和实用效果产生推动作用。一是对新书陈列、畅销书陈列一定要重点封面摆放；在精装书、系列套书一定要做特殊陈列和重点陈列，要把畅销书和重点书放在离读者视线最近处陈列；二是高码洋书、重点新书要采取端头陈列和岛式陈列。应将图书陈列的册数和高度做适当的调整和摆放，应要将图书陈列作为最重要工作进行安排和布置。我们过去常讲"淡季不淡，图书调换"，图书的新旧关系要受到时间的限制，而更主要的是要进行图书位置的调换。三是新书上架，一定要每日下班交接前要把图书品种全部上架。因为如果图书上架晚一天，那么这些未上架的图书便可能错过 15 天左右销售时机，从而使这些书与读者失之交臂。图书从出版社发货，到中途运输，再到书店的新书上架，需要有一个时间，如果我们能够把握好图书陈列的时效性就可以找出我们陈列工作的缺陷和不足。因此，要把图书上架当成重要工作来做。只有这样才能最终实现规范陈列的目的。

（三）陈列调换

图书陈列调换是一项经营性的工作,而且陈列调换应根据市场需求而进行。根据在架图书的占有率进行调换，根据在架图书的动销率进行调换，根据在架图书的年滞销率进行调换。图书陈列"四每调换"：每周一动，每月一调，每季一换，每年一退，其中每周一动要监测图书动销并做到及时补货；而每月一调，是将新书和旧书之间要调换位置，要进行二重展示或三重展示。每季一换是按照图书销售档期的品种变化进行适当调换，采取"三化调换"方法：①系统化调换，即系列品种图书虽然要分别摆放，但要做到系列堆放。②要配套化调换，即学生课本不论是哪一科目都要集中摆放，同时对本年级的外文书陈列要适当做出配套化。③集中化调换，该上架上架该下架下架，应按市场需求进行集中调换，一切都是为了销售，销售是最终的目的，对系列图书品种应系列摆放，同时也要根据市场动态进行系列品种适度调换。

（四）陈列布局

图书陈列布局是图书陈列整体布局与局部布局的综合体现，在陈列布局中应充分利用书店卖场的平架、中架、高架的陈列面积做好宏观布局与微观布局的合理调整：一是在卖场实行平架、中架、高架陈列方法。在书店平架展区展示畅销书和常销书，在书店中架区展示动销书和库存书，在书店高架区展示滞销书和库存书。要把重点图书进行平摆，畅销放眼前，常销放上边，动销放中间。因为畅销书拉动常销书，常销书拉动滞销书，常销书对库存书起到互动作用，在速度、效率、节奏上还要有一个相互衔接。二是在空间布局上应考虑市场为主，销售为主、盈利为主的目的，对图书陈列进行整体与局部的陈列调整。充分考虑新品种在前，老品种在后，畅销书为重，动销书为轻，常销书为主，库存书为次。档期中图书陈列在前，档期后的图书陈列在后的图书陈列布局和调整。三是应采取宏观布局和微观布局并用的办法。要进一步适应大众化需求和分众化需求，要将陈列的图书品种分众化向小众化方面转变，小众化系列品种陈列向细化品种陈列转变，研究图书陈列的特点及规律，不断地调整，不断地变化，使图书陈列工作适合大众化、分众化、小众化的需求。使图书陈列的宏观布局和微观大局得到有效的发挥。

第五节　盘点规范管理

（一）盘点制度

图书盘点制度是对品种实物数量和金额的清点和核对。图书盘点是加强品种管理、考核书店资金运转情况的重要环节，也是"图书零售核算和实物核对"的一项重要措施。一是通过盘点可以掌握书店各类品种的实存数量，了解库存结构是否合理，从而为图书的进、销、存、退的营销管理打下良好的基础。图书盘点可分为年度盘点和季度盘点。二是年度盘点是在年底某固定日期盘点；季度盘点是在季度工作结束时进行定期盘点。从图书品种上考虑，可分为全面盘点和柜组盘点。三是全面盘点是对门市全部图书品种逐一盘点。柜组盘点是对按柜组图书品种的货位进行盘点。四是对于畅销品种、常销品种应该每月盘点。①坚持盘亏盘盈、账实相符的原则；②坚持破损丢失、适时报废的原则；③坚持盘亏盘盈、奖惩制度的原则；④坚持三清、两符的原则。三清，即有票证数清、现金点清、往来手续结清；两符，即账与账（即部门账和柜组账目）、日报单（即与有关单据）相符。

（二）盘点规范

图书盘点规范是先盘点大库、小库及后库，再盘点卖场。应依由左而右，由上而下的次序进行。参与盘点工作人员应将每一个书架（架位号 0011）视为独立单位，按网络系统程序，并采用计算机，扫码器进行盘点，一是进行盘点时，应二人一组，一人点、一人录、一人符。负责人要掌握盘点进度，机动调度人员支援，并巡视各部门盘点区域，发掘死角及易漏盘点区域。盘点复核时，要先检查盘点柜组书架数量及现场盘点范围是否一致，是否有遗漏的区域都要依次检查。二是进行分区方式盘点，要先检查盘点区域图书品种平面配置图与

148

实际现场是否一致，是否有遗漏的区域。复点时，可选择卖场内的死角、或不易清点的图书品种。盘点时对初点和复点差异较大的数字，进行实地确认，以确保图书盘点质量。三是进行盘点后期处理，图书盘点结束时要确认盘点数据采集全部回收计算机。盘点人、数据采集器使用人应在每次盘点数据导入盘存系统并做好记录签名。并将盘点结果复印一份自存或备查，原件送至财务会计部核算。财务会计部与网络信息部应及时核对盘盈盘亏数据，以备门市进行差错复核。盘点执行部门要做出盘盈盘亏情况分析报告，以作为以后改善的参考依据。

（1）货架盘点

图书货架盘点实行双人合作对柜组、书架图书品种进行盘点，一是按分类、品种、书名、出版社、单价、数量、码洋填制实物盘点表（一式三份），交部门经理。二是核对日清日结的图书品种盘点表与柜组台账及库存图书明细账的柜组销售结存数据，做到帐实相符。三是月清月结的图书盘点表汇总金额与书店库存总金额扣除出版社折扣及实际库存盘点数量的实洋相符。

（2）库房盘点

储运库库房盘点保管员要与门市定期（一周内）核对账目，发现问题及时查找，做到账实相符。为防止漏盘、重盘、错盘，做到账实相符。盘点时应采取"以书对账，再以账对册"的盘点方法，采取交差盘点复核，并填制 1—3 联图书盘点表（盘点包括外库图书）。报送门市经理，审批后 1 联由储运留存，2 联转会计，3 联转出库账。

（3）盘点处理

每次盘点处理都要成立组织机构，由书店主要领导、业务部门负责人、财务部门负责人、门市部门负责人参加的盘点工作领导小组，对盘点的组织工作及盘点结果做出明确处理方法和原则。根据每次盘点的盘盈盘亏情况，各执行部门对每次盘点情况都要填写盘点表，审核后填制盘点结果报审表（1—3 联），经书店主要领导签字后，做盘盈盘亏账务处理，以及按有关规定做好盘盈盘亏及破旧、污损、报废等处理工作。

（三）货架盘点

货架盘点是按照数据库系统管理的一种具体盘点方法，这是一种随时盘点或随机盘点的有效措施。一是按照货架盘点可以省时省力，盘点操作也比较便

利，可采取二人合作使用扫描器或笔记本电脑进行单一性或复杂性图书品种的盘点，在货架盘点前应将前一天销售数据进行增加或删减处理，使货架盘点数据准确。二是按照柜组平面图制定货架点存方案，在盘点前一小时要把清点过的图书品种进行集中存放，同时将备补书要叠落，整齐放好，以便核对盘点。三是做好货架盘点后的数据导入，盘亏盘盈调整，同时对错架书、丢书现象进行及时处理，以提高盘点的准确率和盘点质量。

（四）盘点准备

盘点准备是盘点工作计划性、阶段性，措施、程序、日期的安排和统筹。一是做好品种整理，在实际盘点开始前一周对图书进行整理，会使盘点工作更有序、更有效。营业员对图书进行整理，图书整理要分清每一种图书的类别及相关品种，按分类整理的方法，应将系列品种和套书品种进行重点整理，以便核对盘点。二是做好记号和记录，在盘点前一天要把清点过的图书品种进行集中存放，同时将备补书要叠落，整齐放好，以便核对盘点。三是做好品种清理，在盘点前要查找窄缝和书架缝遗漏的图书品种，并查找架图书进行集中摆放，以便核对盘点。四是做好后库盘点，库存图书的整理应采取"储运大库在前，店堂书库在后"的方法，将容易混放的、包头不清的图书进行认真整理，同时对库存图书进行一次调整和清理摆放，以便核对盘点。五是做好清理检查，盘点前最后一小时对图书整体准备工作做认真检查。对于使用手提式数据采集器进行盘点，可大大减轻劳效成本，只要扫入某一单品的数据，与书架实际存放数和实际库存数进行数据比较，就可得出真实的盘点数据。

（五）盘点方案

（1）组织机构

为使盘点工作顺利、高效、准确进行，成立盘点指挥小组，盘点相关工作由指挥小组统一安排。

组　　长：×××

副组长：×××

组　员：×××

（2）时间安排

11 月 26 日（周三）08:00 盘点党校书店

11 月 27 日（周四）08:00 盘点团购、课本、旧堡库

12 月 02 日（周二）08:00 盘点三楼门市后库

18：00 盘点三楼门市

12 月 04 日（周四）08:00 盘点一楼门市后库

18:00 盘点一楼门市

12 月 09 日（周二）08:00 盘点二楼库房及门市后库

18:00 盘点二楼门市

12 月 11 日（周四）08:00 盘点音像书店库房及门市后库

18:00 盘点音像书店

（3）前期准备

① 门市及库房盘点准备工作

A．库管员与财务及门市各小组核对帐目，确定门市及各小组帐存码洋；

B．各种待调帐目盘点前调实，暂不能调的小组出具书面清单说明原因；

C．确保货位号齐全并且无重复、无缺漏。如有问题到网络部及时处理；

D．盘点前会同业务将破旧污损及不成套图书清理到储运大库；

E．同一种书集中存放；易点混的不同品种（特别是一号多书）分别存放；

F．后库图书提前清点，夹单注明数量、码洋；

G．非本门市帐面库存图书参与本部门盘点，帐存数由财务做相应调整；

H．盘点当日到经理办公室领取《问题品种补录单》；

I．盘点当日 18:00 将盘点人员准时集中指定货位；

J．盘点现场安排复核人员。

② 经理办公室

A．负责安排盘点人员。负责盘点人员召集和组织；

B．网络部负责两天组织盘点人员培训：讲解盘点设备使用及盘点方法；业务部讲解盘点中需要注意的业务问题及处理方法的讲解和示范；

C．准备足量《问题品种补录单》，于盘点当日发给盘点部门；

D．准备盘点用笔 30 支；

E．每次盘点前 5 分钟将盘点人员组织到岗；

F．监督盘点进度，监测盘点质量；

G．盘点结束后公布盘点人员工作量和差错率。

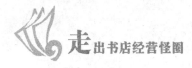

③ 物业办公室

A. 按网络指定位置准备电源，于盘点前 1 小时完成；

B. 指定 1 人在盘点现场维护；

C. 按盘点人员数量预订盘点当日晚餐，晚餐于 17:20-17:30 送到六楼会议室；

D. 统一安排盘点人员夜间回家用车。

④ 网络信息部

A. 负责所有盘点人员有关盘点设备的使用及盘点方法培训；

B. 准备盘点所需设备：盘点用数据采集器 20 个、笔记本 4 台，台式机 4 台，用于录入问题品种及导出盘录数据；

C. 盘点前 1 小时完成在数据采集器中导入库存信息工作；

D. 盘点前 1 小时完成盘点设备安装工作；

E. 盘点前 10 分钟进行最后一次测试所有盘点设备是否工作正常；

F. 给每个数据采集器登陆编号并用口漆纸贴在前端背面；

G. 每次盘点前将各采集器负责盘点的货位区间标识贴在采集器柄部；

H. 指定 3 人在盘点现场维护设备及随时导出盘点数据；

I. 每次盘点结束后统计各组工作量及差错率上报经理办公室。

⑤ 财务审计部

A. 盘点前与库管员准确核对帐面库存；

B. 根据盘点数据确定各有关部门实时存量及盘盈或盘损额度。

⑥ 市场营销部

A. 盘点前将所有出、入帐单据转到财务；

B. 盘点前会同门市沟通将破旧污损及不成套图书清理到值储运大库；

C. 盘点类别主管业务员现场解决盘点中遇到的业务问题；

D. 主管业务员负责接收不成套图书；

F. 盘点现场 2 名问题样本接收业务员负责无法正常盘录品种的样本接收；

G. 提前一天与相关部门沟通并于盘点前 1 小时准备好书筐 20 个、超市推车 10 个；

H. 盘点现场 2 名录入员负责无法正常盘录品种的处理。现场无法解决的做好记录并将样本集中随后处理。

⑦ 储运科

A. 库管员于盘点前 2 小时完成与财务科对帐并领取空白盘存表；

B. 盘点结束后库管员完整填写盘存表并签字交到财务科；

D. 特殊情况在表后附上说明并签字；

E. 盘存表上交时间：12月12日：1至3楼门市、音像书店；12月15日：党校书店、团购、课本、书库

（4）盘点方法

① 总体原则

本次盘点工作总的原则是交叉盘点，自行复核。即盘点部门人员不参与本部门盘点，其他部门人员不参与盘点部门复核。

② 分组盘点

根据各柜组图书品种、册数及码洋确定盘点数据采集器数量及计算机数量负责的货位范围。每个数据采集器2人，一人清点书名定价和数量，另一个人扫码、在采集器中核对书名定价并准确录入数量。每盘点完5个货位由网络部导出一次盘点数据。

③ 问题处理

A. 盘点过程中出现业务问题及时与类别主管业务员或本柜组人员沟通；

B. 盘点设备出现问题及时与现场维护的网络部人员联系；

C. 不能正常盘录的品种提出样本、完整填写《问题品种补录单》，将补录单夹在样本中一同交问题样本接收业务员；

D. 成套图书或书、带（碟）配套图书凡不完整的不得正常盘录，单独提出交类别主管业务员处理；

E. 严重破旧污损图书不得正常盘录，单独提出交类别主管业务员处理；

F. 一号多书（书号相同书名不同、书号书名都相同定价不同、教辅图书书号书名定价都相同年级不同等）情况必须正确筛选。

④ 复核办法

A. 盘点数据导出后网络部即时通知盘点部门安排复核；

B. 复点或抽检的比例原则上要求在20%以上；

C. 复核人员、复核设备及复核方法由本部门自行安排（如需设备支持提前与网络部或物业办协商）。

（5）盘点的后期处理

① 网络信息部及时回收盘点设备及相关物品；

② 网络部及时确认盘点后的数据，盘点结束后作好数据备份，第二天向相关领导和部门提供盘点结果报表；

③ 盘点部门对盘点结果存疑可自行安排局部复点，确认有误在3日内到网络部调整处理。逾期视作接受盘点结果；

④ 业务部门 3 日内处理完现场未能解决的未盘录样本及不成套图书。

（5）盘点人员用餐

盘点 48 人、业务 9 人、账面管理 3 人、设备维护 5 人、司机 5 人、餐饮管理 2 人、盘点部门市人数自报、现场负责 4 人、班子 4 人。

（6）参加盘点人员名单

一楼门市：×××　×××

二楼门市：×××　×××

三楼门市：×××　×××

新华商场：×××　×××

党校书店：×××　×××

教材书店：×××　×××

储 运 科：×××　×××

经 理 办：×××　×××

人力资源：×××　×××

市场开发：×××　×××

市场营销：×××　×××

信息网络：数据 1　　维护 1

财务审计：帐管 1　　审账 1

物 业 办：电工 1　　订餐 1　　司机 4

（7）盘点工作具体安排

① 外围盘点

A. 书店：

B. 团购、课本、书库由本部门按照本方案要求自行安排盘点

② 大楼盘点

A. 三楼（11 月 17 日 11:00 库存×××种×××册×××元）

白天盘点人员：×××　×××

主管业务员：　×××　×××

美术　后库：　×××　×××

计算机后库：　×××　×××

医学　后库：　×××　×××

工业　后库：　×××　×××

晚间盘点人员

	类别	清点	录入	负责货位
采集器 1	医学	×××	×××	30206701-30207305，30104906-30105010 303572-303587
采集器 2	医学	×××	×××	30207401-30208005，30104801-30104905 303556-303571
采集器 3	医学	×××	×××	30208101-30208705，30104601-30104710 303540-303555
采集器 4	医学	×××	×××	30208801-30209405，30104401-30104510 303525-303539
采集器 5	医学	×××	×××	30209501-30209905，30104201-30104310 303509-303524
采集器 6	微机	×××	×××	30103806-30460608
采集器 7	微机	×××	×××	30103701-30103005
采集器 8	微机	×××	×××	303477-303490，303461-303476 30211301-30211904
采集器 9	微机	×××	×××	30211801-30211404，303440-303460 303419-303439，30212301-30213105
采集器 10	机械	×××	×××	30101901-30102005，30217601-30216805 303314-303334
采集器 11	机械	×××	×××	30215901-30216705，30102006-30102110 303335-303355
采集器 12	机械	×××	×××	30215001-30215805，303356-303376
采集器 13	机械	×××	×××	30102201-30102310，30214101-30214905 303377-303397
采集器 14	机械	×××	×××	303398-303418，30213201-30214005
采集器 15	机械	×××	×××	30102401-30460505
采集器 16	艺术	×××	×××	303275-303292
采集器 17	艺术	×××	×××	30220301-30223804
采集器 18	艺术	×××	×××	30223901-30227403
采集器 19	艺术	×××	×××	30100101-30100910
采集器 20	艺术	×××	×××	30101001-30101610，30460401-30460410
笔记本 1	医学	×××	×××	30205301-30206605，30105101-30105210 303588-303603
笔记本 2	微机	×××	×××	30210001-30210406，303508-303491 30103706-30103805
笔记本 3	机械	×××	×××	30217701-30218306，30101701-30101810 303293-303313
笔记本 4	艺术	×××	×××	30219109-30220206，30218401-30219006
问题品种盘录	××× ×××			机械+医学　　微机+艺术
问题样本接收	××× ×××			艺术+机械　　医学+计算机
主管业务员	××× ×××			
账面管理	××× ×××			

B．一楼（11 月 17 日库存×××种×××册×××元）

白天盘点人员： ×××　×××

主管业务员： ×××　×××

社科　后库： ×××　×××

经法　后库： ×××　×××

生活　后库： ×××　×××

文学　后库： ×××　×××

晚间盘点人员： ×××　×××

	类别	清点	录入	货位
采集器 1	文学	×××	×××	103190-103203　　102033-102040
采集器 2	文学	×××	×××	103204-103207　　101020-101024　　103264-103269 102041-102044　　102049-102056
采集器 3	文学	×××	×××	102045-102046　　103208-103235
采集器 4	文学	×××	×××	102047-102048　　103236-103263
采集器 5	文学	×××	×××	103562-103581　　101001　　　　102178-102189
采集器 6	文学	×××	×××	101002-101003　　103560-103561　　102154-102169
采集器 7	文学	×××	×××	101004-101005　　103542-103559
采集器 8	社科	×××	×××	10212501-10212502　　10212601-10213005 　103466-103483
采集器 9	社科	×××	×××	10211501-10211905　　10212101-10212102 103448-103465
采集器 10	社科	×××	×××	10101001-10101312
采集器 11	社科	×××	×××	10210601-10210602　　10210701-10210702　　103446 103383-103400　　　　103428-103433　　　　103447
采集器 12	经法	×××	×××	10213801-02　　　10214001-002　　10214101-02 10215301-02　　　10214201-10214605 103504-103512　　103513-103523
采集器 13	经法	×××	×××	10213101-10213504　　102130701-02　　10212401-02 10212201-10212302　　103485-103503
采集器 14	经法	×××	×××	10100601-10100911
采集器 15	经法	×××	×××	110208901-10209105　103401-103408 103411-103417
采集器 16	生活	×××	×××	103358-103381
采集器 17	生活	×××	×××	103332-103359
采集器 18	生活	×××	×××	103298-103325　　10206901-10206902 10207001-10207002

156

走出书店经营怪圈

	类别	清点	录入	货位
采集器 19	生活	×××	×××	103331-103332　　10207201-10207202 10208701-10208702 10207801-10208102 10207301-10207705 10208201-10208505
采集器 20	生活	×××	×××	10101401-10101912
笔记本 1	文学	×××	×××	103524-103541　　102147-102151
笔记本 2	生活	×××	×××	103286-103287　　10206101-10206505 10205701-10206002 10206701-10206802
笔记本 3	社科	×××	×××	10211001-10211405 103434-103445 10210901-10210902 10210801
笔记本 4	经法	×××	×××	103418-103427　　10209601-10209905 10210001-10210305 10210401-10210501
问题品种盘录	社科+经济	生活+文学		
问题样本接收	社科+经济	生活+文学		
主管业务员				
账面管理				

C．二楼（11 月 17 日门市库存×××种×××册×××元；库房库存×××册×××元）

初中　库房：　　　××× ×××

主管业务员：　　　××× ×××

白天盘点人员：　　××× ×××

高中　库房：　　　××× ×××

外文　库房：　　　××× ×××

小学　库房：　　　××× ×××

少儿　后库：　　　××× ×××

小学　后库：　　　××× ×××

初中　后库：　　　××× ×××

高中　后库：　　　××× ×××

外文　后库：　　　××× ×××

晚间盘点人员　　　××× ×××

	类别	清点	录入	负责货位
采集器 1	少儿	×××	×××	203261-203270//20205001-20205004 20205501-20206204
采集器 2	少儿	×××	×××	203271-203280//20205101-20205404
采集器 3	少儿	×××	×××	203281-203290//20100101-20100904
采集器 4	少儿	×××	×××	203291-203305//20101001-20101410
采集器 5	少儿	×××	×××	203306-203320//20225401-20226005
采集器 6	少儿	×××	×××	203321-203335//20101501-20101711 20206301-20207104//204503
采集器 7	小学	×××	×××	201012101-20102112//20209005-20209801 203048//203098//203377-203364
采集器 8	初中	×××	×××	20102201-20102312//203378-203391 20209901-20210705
采集器 9	初中	×××	×××	204499-20102506//203392-203404 20210801-20211605
采集器 10	初中	×××	×××	203405-203418//20211701-20212505 20102507-20102612
采集器 11	高中	×××	×××	20212601-20213405//203419-203431 20102701-20102806
采集器 12	高中	×××	×××	20213501-20214305//203432-203444 20102807-20102912
采集器 13	高中	×××	×××	203453-203458//20103601-20103812 204500//20215301-20215402
采集器 14	高中	×××	×××	203445-203446//20103001-20103512
采集器 15	外文	×××	×××	20104907-20104806//20224601-20225305 203489-203498
采集器 16	外文	×××	×××	20104707-20104606//20223801-20224505 203479-203488
采集器 17	外文	×××	×××	20104507-20104412//20223001-20223705 203469-203478
采集器 18	外文	×××	×××	20104401-20104306//20222201-20222905 203459-203468
采集器 19	音像	×××	×××	20104207-20104206//20222501-20222104 20220301-20221404
采集器 20	音像	×××	×××	20103901-20104012//20216901-20217803 204502
笔记本 1	小学	×××	×××	20102007-20101912//20208101-20208905 203351-203363
笔记本 2	小学	×××	×××	20101801-20101906//20207204-20207901 203337-203350
笔记本 3	高中	×××	×××	204501//20214401-20215205//203447-203452
笔记本 4	音像	×××	×××	20219101-20220205//20217901-20219001 20104101-20104112
问题品种盘录	教辅+外文		少儿+音像	
问题样本接收	少儿+小学+初中		高中+外文+音像	
主管业务员				
账面管理				

158

走出书店经营怪圈

D．音像

白天盘点人员

主管业务员：

音像　后库：

晚间盘点人员

	类别	清点	录入	负责货位
采集器 1	×××	×××	×××	109001-109007
采集器 2	×××	×××	×××	109008-109014
采集器 3	×××	×××	×××	109015-109021
采集器 4	×××	×××	×××	109022-109028
采集器 5	×××	×××	×××	109029-109036
采集器 6	×××	×××	×××	109037-109045
采集器 7	×××	×××	×××	109046-109056
采集器 8	×××	×××	×××	109057-109068
采集器 9	×××	×××	×××	109069-109077
采集器 10	×××	×××	×××	109078-109087
采集器 11	×××	×××	×××	109088-109099
采集器 12	×××	×××	×××	109100-109112
采集器 13	×××	×××	×××	109132
采集器 14	×××	×××	×××	109132
采集器 15	×××	×××	×××	备补
采集器 16	×××	×××	×××	备补
采集器 17	×××	×××	×××	备补
问题品种盘录	××× ×××			
问题样本接收	××× ×××			
现场业务员	××× ×××			
账面管理	××× ×××			

九、工作要求

1．各有关部门依照本方案认真做好相关准备；

2．所有参加盘点人员严格遵守盘点时间和要求；

3．晚间用餐：17:30 在六楼会议室集合，统一用餐；17:55 到岗点名，18:00 准时盘点；

4．各组盘点结束报告网络部，由网络部统一报告指挥小组；

5．所有使用的数据采集器必须在当日午后 15:00 前返还网络部。

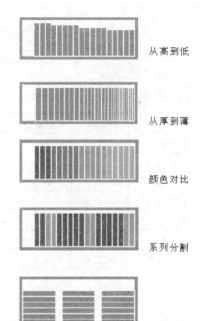

从高到低

从厚到薄

颜色对比

系列分割

左右对称
中间对齐

底大上小

交叉摆放

160

走出书店经营怪圈

图书陈列口诀示意图

走出书店经营怪圈

第八章
图书宣传立体覆盖模式

第一节　宣传形式运用

（一）宣传推介

图书推介是推广图书，介绍图书的有效方式。图书推介要因时变化，因季节变化，因品种变化进行适度调整。在图书市场不断发展中，图书推介形式也要不断地适应广大读者的审美意识及需求方式，因此应根据我国图书市场地域广、人口多、品种多、大市场、大卖场的市场特点，采取全方位立体覆盖方法做好图书推介。一是在图书推介过程中可采用店内设施广告、墙体广告宣传、电视屏幕播放、电子滚动字幕等，能够极大地丰富图书推介手段，扩大图书宣传、传播图书资讯，以实现图书推介的最佳效果，以满足不同读者的购书需求。二是可采用电视传媒推介、广播传媒推介、报纸传媒推介、户外载体推介等，可采取多种推介活动形式，自办专题简报、制作图书推荐目录、自制书签等形式进行派发和推介，还可配合影视同期推介的电影、电视为内容出版的图书、电视传媒和报纸连载新书等形式进行图书推介。三是可采用配合重大节假日进行推介，使图书推介形式和方法产生节日拉动消费的作用，同时还可以进行橱窗广告推介、专题广告推介（易拉宝）、重点海报推介、各种印刷品推介等多种推介形式（吊旗、横幅、吊牌等形式），在突出重点图书品种的前提下，确保图书的推介方式和手段能够更及时、更有效地起到推介和传播的作用。

（二）宣传目录

图书目录是读者获得出版信息的重要来源，是选购图书的可靠依据。一是图书目录形式各样、导购性强、便于翻阅，也由于图书目录的单一性和便利性，可通过多种方式向读者散发，因此历来受到广大读者的重视和欢迎。二是图书目录是根据一定需要编印的图书宣传品，它的基本内容包括书名、编著、译者、

定价、出版者，并根据需要加入图书内容简介、出版年月资料等。三是图书目录容量较大，篇幅不受限制，便于及时地反映新书资讯，重点品种的出版发行情况，是读者选购图书和资料室等藏书单位作为查缺补购参考的重要资料。编印图书目录要结合货源情况，但也应根据不同需要，编撰出图书信息、反映文化动态、可供选购图书和资料检索等多种用途。

（三）宣传布局

布局宣传是图书营销整体思考的有效方法，从图书市场需求角度来研究和认识布局宣传的有效性和实用性，在布局宣传的整体思考和局部思考上，分析和研究布局宣传在营销市场上的作用。要讲求艺术性，更要强调实用性效果。一是布局宣传要突出畅销重点、突出常销内容、突出动销重点，使布局宣传在宏观效果和微观效果上产生空前效应。二是在布局宣传上要采取多种手段并用、多种形式并用，使宣传效果富有吸引力和影响力。在最大限度内吸引读者的购书愿望和满足广大读者对不同内容形式图书的需求。在布局宣传上，讲求整体效果与特殊效果的相互协调和互为作用。三是在书店整体布局上，要突出正门、侧门、店堂、顶棚布局效果，同时在空间环境布局上，考虑书架的平架、中架、高架的宣传展示效果；在布局宣传上还要考虑走廊、过道、墙体的广告宣传。四是在图书陈列展区的立牌宣传和吊牌宣传，以及收款处等明显位置悬吊大型电视屏幕及电子显示屏，不时进行图书品种、内容、画面的播放，以实现书店立体空间的布局和宣传效果。从而实现区域有宣传、过道有宣传、走廊有宣传、墙体有宣传，使读者每到一处就会在图书宣传引导的环境中受到启发，受到诱惑，引起选书愿望和实现购书目的。五是布局宣传要突出主题，设计橱窗草图，明确宣传的重点，畅销书、常销书、影视同期书、考试书、教辅教材等都要提炼主题，丰富内容。六是布局宣传要搜集资料，要考虑构图，搜集选用有关的图案、画面等美术资料。根据适用的资料，进行取舍、变换，产生创意宣传效果，使读者更清楚知道布局宣传的目的和作用。

（四）宣传形式

宣传形式是根据市场化需求和专业特点所采用的各种宣传形式。从不同宣传形式和宣传手段上来考虑，宣传形式要因时、因地采用，还要因图书品种需求与读者消费习惯来运用。一是图书宣传形式包括：外部形式及内部形式，其中外部形式有报纸宣传、电台宣传、电视宣传，内部宣传形式有店内广播宣传、招贴海反宣传、POP宣传、电子屏幕宣传、电视屏幕宣传、吊旗吊牌宣传、墙体广告宣传、橱窗广告宣传等。这些宣传形式都是非常重要的，宣传的目的是要产生一种营销效果和环境氛围。二是要做好平面设计的宣传工作，对于旧的宣传海报要及时撤换，及时更新。策划者对于海报的文字编写要让人感到亲切、有文化、有视觉冲击感。三是宣传品设计应更加醒目和"另类"，设计上应采用大的跨越式思维，在色彩上要能够吸引读者的眼球，色彩设计要突出，以区别于周围图书品种的色彩，从而使活动具有感染性、冲击性。四是店堂广播要配合活动开展重点宣传，所有的活动赠品、奖品、在活动中赠给读者的礼品要有读者签字记录。对于活动赠品、奖品的赠送要有利于促进销售和吸引读者消费。

（五）宣传推广

宣传推广是通过各种活动倡导全民阅读的一种有效的宣传形式。世界读书日（从1995年起，联合国教科文组织把每年4月23日确定为世界读书日）是通过阅读各种方式的推介活动。一是由政府有关部门组成全民阅读工作委员会并由教育文化部门具体组织、实施，举行不同形式的读书周、读书月、读书节等活动，以"建学习型城市，做学习型市民"为主题活动，促进广大市民"读桌上书、翻口袋书、阅枕边书"，让阅读成为良好习惯。争做文化市民，提高市民素质。为打造文化名城，促进和谐社会发展做出贡献。二是具体内容包括：（1）在每年4月23日世界读书日期间举办各种形式"读书"活动，并由当地政府组织有关人员参加的活动，以各种形式开展阅读活动。（2）建各类书屋（农家书屋、学校书屋、企业书屋、社区书屋、军营书屋、机关书屋）等活动。（3）举办"赠书献爱心"活动，为中小学图书室赠书活动。（4）举办家庭藏书评选活动。（5）举办年度评百部好书征文活动。（6）在市直机关系统举办领导推荐十本书活动。（7）在中小学校举办"晨读十五分"活动。（8）举办书法、摄影、绘画、剪纸、陶艺、泥塑、雕刻、编织等展览活动。（9）举办文学、戏剧、音乐、舞蹈、曲艺等专家讲座活动。（10）组织专家评书委员会，推荐百部图书、评选百部图书活动。三是通过开展全民读书活动，每年定期举办"读书周"、"读书月"活动，每次都确定一个鲜明的主题，把正确的舆论导向蕴涵其中，把丰富的人文内涵渗透其间。城市建设不仅要有凝固的历史文化符号，同时也应该有特色阅读的文化符号，更重要的是提升文化环境和改善人文环境。著名城市给人们留下的最核心的东西就是它的文化，文化才是一座城市与其他城市相区别的重要标志。在经济快速发展的同时，提高个人素质及城市素质，为城市打造一张受人尊重的文化名片，最好的途径就是培养全民阅读和营造文化环境。四是通过开展的系列读书活动，在整座城市中营造浓郁的读书氛围，让广大市民充分享受读书的快乐，培养快节奏生活中被疏忽的精神文化习惯，创造一种浅阅读生活方式和深阅读生活方式，日日月月，生生不息。补充知识，增加智慧，逐步营造充满生机和活力的"阅读生态"。从书香社会到人文精神、科学文化，从实现市民阅读习惯到提高城市文化品味，让读书理念一步步得到凝炼、升华，让爱读书的人受人尊重，让读书的人感受快乐，以读书为荣成为和谐社会的精神价值及和谐生活方式的重要标志。

第二节　宣传媒体采用

（一）自办简报

　　自办简报要根据本单位人力、物力、财力自办简报，可根据本单位、本部门图书宣传重点、排行榜、图书活动采取定期和不定期方式组织自办简报的编撰工作，一是采取自办简报的方式（每月一期或每季一期），在简报版面上重点考虑图书宣传活动及重点图书内容推荐；二是在简报内容上要突出新书特点，将媒体宣传的新书、影视同期书、各大专业报纸推荐的畅销书进行重点宣传，并策划本地区图书排行榜或近期排行榜及重点图书排行榜，以吸引读者兴趣；三是自办简报的目的是通过版面传播新书内容，以满足读者对新书资讯的了解，因此自办简报要突出重点，一目了然、编排新颖、版面活泼，应体现新闻性、知识性、资料性和趣味性，又便于分发交流，以实现简报宣传的目的和促销效果。

（二）报纸连载

　　报纸连载是充分利用当地的日报或晚报及其他报纸，及时地宣传图书的最新资讯和新书信息的一种传播方式。通过报纸连载，使重点图书能够连续不断地得到推介和宣传，影响和推动社会文化走势以及读者购买欲望和需求。一是利用报纸的最佳版面适时、定期连载新书内容，以实现对新书的宣传和传播目的，报纸作为传播新闻的最好载体，发行量大、传播面广、消息迅速，有较强的时间性和传播性。二是报纸连载要充分利用报纸版面做好图书宣传，同时要利用报纸专栏以及重点专栏开展书评活动；三是报纸连载的最新图书能够拉动图书的热销，使众多读者对报纸连载图书特别关注。因为广大读者可以通过报纸连载能够尽快地了解当地书店的图书销售动态以及新书品种上市情况。四是报纸连载，使书店的企划部门与当地的报纸媒体做好信息交流活动，与报社联合举办各类读书活动，丰富报纸内容、活跃报纸版面，实现互惠双赢目的，以

满足广大读者的选书购书需求。

（三）电台广播

电台广播是图书推介、营销、宣传的重要媒体，在日常生活中人们习惯收听电台广播节目，新闻联播、健康节目、法制节目、热点新闻等受到广大听众的喜爱。一是要充分利用当地的电台广播栏目，重点节目时段，开展图书宣传和营销活动。由于电台传播对象广泛，可以运用多种形式，绘声绘色、重复播放宣传内容，使读者通过听觉，产生想象，浮现图书形象和内容，增加对图书的认识和了解。电台广播享有较高的听觉影响力，广播内容易于被读者接受。利用广播特有的听觉方式，开展专题活动；二是采取走进直播间介绍最新图书内容以及创意图书资讯、互动活动，以实现图书传播的最佳视听电波传播效果，它的优点是生动传播，具有强烈的听觉效果；三是利用独特的传播方式，书店应与当地广播电台密切联系，争取在他们的支持下，经常播发图书消息。有的地区把图书宣传作为广播专题栏目来安排，效果很好。利用电台的音乐听觉和传播形式，宣传最新图书，以实现最终的听众变读者的目的。

（四）电视传播

电视传播是现代传媒重要手段，电视传媒在不断地发展中，以其特有的传媒影响和作用，在电视内容、传播方式、报道手段都与日常百姓生活息息相关，看电视成为人们生活的习惯方式。一是充分利用电视节目频道开展图书宣传，使图书的内容与电视内容传播相结合，使电视栏目与百姓需求相结合，充分发挥电视的文化性引导作用，使图书宣传在广大市民中产生固定栏目的影响和宣传作用；二是充分利用媒体的综合传播作用，用电视集图、文、色、声等形于一身的媒体手段，它能直观地、真实地传递信息，图书评论员以及某些脱口秀主持人对推动听众和观众购买图书和增加口头促销活动是非常有帮助的。因此图书宣传要利用当地电视专题节日时时推出购书信息，图书排行榜，以及重点图书推介；三是充分利用电视专题栏目，以引起广大读者对图书的兴趣及购书的愿望，要充分利用电视频道可能会提供更多的机会。由于电视传播面广，节目内容丰富，以传播手段新，推介速度快，可充分地传播图书资讯及图书内容，以实现图书宣传造势的作用。

第三节　宣传实践效用

（一）企划创意

企划创意是对图书封面、内容、开本的文化概念、文化意识的综合表述和形象体验。通过企划创意可以使一般书确定为重点书，经过活动方案的确立和内容形式的创意，加之各种宣传手段、活动方式的并用使企划创意产生市场轰动效应和推介效果。一是企划创意应围绕图书主题，图书品种，图书内容进行重点创意宣传。围绕图书销售出主意、想办法，解决销售中的薄弱环节。利用群体智慧进行综合宣传创意，才能实现艺术效果与市场效果的最好结合；图书企划创意必须从实际出发，从营销模式上考虑，从宣传方法上去构思。做好"企划创意"主要内容包括：①提炼主题；②明确卖点；③内容形式；④艺术效果等，都应当完全考虑，而且还要考虑实际的创意效果。二是由专业美编对重点图书（尤其是最近新书）进行全面设计和创意，图书企划创意要按年度计划、季度计划、月份计划和临时性计划进行创意。图书企划是一项艺术创意，从企划到方案，从方案到实践，是一套系统创意过程。三是营销企划方案的内容包括：①活动目的；②活动时间；③活动地点；④活动主题；⑤活动介绍；⑥活动内容；⑦活动方式；⑧经费申请；⑨组织安排；⑩其他事项等，都要逐一安排落实，与此同时还要做好外联工作，与电台、报社、电视台等新闻媒体单位取得联系，做好前期报导、中期报导和后期报导宣传。比如：每年学生放假，都要提前对教辅图书进行企划创意，其中就小学品牌书、中学品牌书、高中品牌书都要有重点地选题和策划，以满足学生对重点图书的选择。如果每一年的黄金销售季节都能把握时机策划好品种、推荐好品牌，其企划创意的作用将能够进一步推动市场营销，提高经济效益。

（二）企划营销

企划营销是利用市场信息，把握图书品种，推进营销活动的有效方法。企划营销既要考虑企划形式与图书内容相吻合，又要研究企划方法与读者习惯相吻合。只有采取形式多样的企划创意和促销方法，才能够实现企划创意的目的。比如围绕新年活动：一是创意营销主题。①"新年、新书、新思想"；②"新年、新知、新气象"；③"新年、新品、新动向"。企划营销有一定的时间周期要求，同时应注重实际效果，通过实践真正有效营销，周期是图书上市的第一周内，而且在这一周内只有三天是最有效的时间，时间太长起不到作用，时间太短又达不到效果。二是企划营销应分阶段进行：①策划方案准备；②实施阶段调整；③完善阶段调整。如果搞大型的营销主题活动，还要事先与新闻媒体联系，做好采访和造势活动。三是企划营销活动有三大特点、六大要素。营销企划活动有三大特点是新、奇、特，主要是形式要新、活动要奇、方法要特，才能吸引广大读者参与各项主题活动。六大要素是：①图书的哲学性要素；②图书的时尚性要素；③图书的怀旧性要素；④图书的纪实性要素；⑤图书的传记性要素；⑥图书的实用性要素。四是企划营销辅助活动有利于丰富多彩，营造势现场效果。①各类抽奖活动；②赠送礼品活动；③读书讲座活动；④读者沙龙活动；⑤会员赠书活动；⑥新书发布活动等。同时还要重点做好为读者推荐新书和畅销书活动。五是企划营销运用的"同步措施"，可形成最佳的创意效果。①店内广播要与图书内容同步；②电视主题宣传与图书封面要同步；③电子屏幕介绍与重点图书活动要同步；④立体广告牌与图书品种要同步；⑤吊旗宣传主题与活动内容要同步；⑥广播稿必须与重点图书推介同步；⑦电视的排行榜要跟店内营销主题同步；⑧报纸广告要与新书上架同步，以这些形式推动企划营销，实现图书经营效益最大化。

（三）企划方案

方案一：

关于举办"××××年××首届图书博览会"的请示

市委宣传部：

为欢度国庆佳节，丰富××广大市民精神文化生活，新华书店以市场为导向，以服务为宗旨，着力引导全市书友多读书、读好书，协力共建和谐书香社会。市新华书店定于××××年××月××日上午××点××分在新华书店一楼正门举行图书博览会。博览会时间为××××年××月××日至××月××

日。本次博览会以"读书改变命运，知识改变世界"为主题，同时举办"××首家正版图书特价超市"开业庆典，期间还将召开××省新华书店系统 6＋1 城市高层论坛研讨会。本届博览会，以发展文化，传播文化，文化交流为手段，全力打造地域文化品牌，力求打造××学习型城市。为了精心组织本届博览会，新华书店与商务印书馆、上海辞书出版社、外语教学与研究出版社、人民教育出版社等国内 80 家著名出版社携手合作，开创××图书市场新纪元。此次活动，我们拟请××市委宣传部、市文化局主要领导参加、主持并讲话。此次活动，拟由××市委宣传部、市文化局主办，××日报社、××电视台、××新华书店承办。届时，邀请各级领导光临指导。

　　当否，请批示。

××市新华书店

××××年××月××日

××市首届图书博览会

邀 请 函

有关领导、社长、总经理：

　　由××市委宣传部、××市文化局主办，××电视台、××日报社、××新华书店承办的××首届图书博览会，经过 2 个多月的紧张筹备，目前，博览会工作已基本就绪，定于××××年××月××日隆重开幕。届时，将邀请全国重点出版社领导及业界同仁光临我们隆重的庆典仪式，您做为特邀嘉宾，现诚挚地邀请您莅临××，共同见证我们的成长。

　　一、庆典日程、行程安排

◆　接站时间：××××年××月××日全天接站、签到；

◆　庆典时间：××××年××月××日上午××点××分；

◆　考察时间：××××年××月××日下午（参观景点）；

◆　送站时间：××××年××月××日下午至××日全天送站。

　　二、相关费用

◆　宿费、往返费用自理（不另收会务费）

　　三、其他事项

◆　报到地点：×××

◆　会务组电话：×××

◆　传真：×××

◆ 联系人：×××
◆ 地址：×××
◆ 邮编：×××

　　注：如需订购返程机票或车票，请在代表回告单准确填写，并将身份证复印件传真至博览会会务组，另附参加代表回告单。

××市首届图书博览会

回告单

单　位	姓　名	性　别	职　务	到市方式及时间	返程方式及时间

　　注：此回告单请于××月××日前传真我店

××市首届图书博览会简介

　　为了喜迎中秋，欢度国庆佳节，极大地丰富××广大市民的精神与文化生活。经过三个多月的紧张筹备，由××市委宣传部、市文化局主办，××日报社、××电视台、××市新华书店承办的"××××年××首届图书博览会"定于××月××日上午××点××分（星期×）开幕，在××市新华书店隆重举行。

　　本届图书博览会以振兴××文化事业为契机，以"把最新图书引进××市场，让优秀图书走进千家万户"为办展宗旨，以"读书改变命运，知识改变世界"为主题，以发展文化，传播文化，文化交流为手段，全力打造地域文化品牌，引导广大书友多读书，读好书，努力营造××学习型城市。

　　本届博览会，力求打造成为××知名品牌，本届博览会继××、××图书博览会后举办的又一次综合性图书产业博览会，也是一个经常性的大型品牌化文化展会，展会将展览、交易、论坛融为一体。本届博览会由××市新华书店与全国80余家出版社合作推出社会科学、经济科学、大众文学、文学典籍、休闲文化、旅游文化、音像制品、教学图书、低幼图书、工业科技、农业科技、音乐美术、医疗卫生、建筑科技、计算机等15个门类，图书10万余种。树立大文化理念，引进优秀图书，开展优质服务；是××地区有史以来举办规模最大的，综合性图书博览会。本届图书博览会亮点多多："东北最大正版图书特价超市" 1500平方米卖场首次亮相，有万余种特价图书5-8折进场交易，打破了××书店正版图书不降价的惯例。首次成立"××书友会馆"；全新打造俄罗斯列宾美术学院素描精品展。围绕辽宁省6+1城市区域图书市场，开展"图书战略与发展"高层人士交流论坛。市新华书店将首次启动电子化图书导购系统，同时为方便和服务广大书友，普及推出会员卡活动，所有内容都预示着一个结果，本届博览会将魅力频添，硕果累累。

本届博览会坚持"百花齐放，百家争鸣"的方针，引进多元化（或曰多样化、多样性）的概念，继承和弘扬中华民族五千年的文明，传播和推介东西方多元文化信息，吸收和兼融优秀文化成果，不断推动图书发行市场走向繁荣和进步。伴随着图书发行业界人士的执著追求和同行的努力，图书博览会届时将越办越好。

××市首届图书博览会开幕词

各位领导、各位来宾，女士们、先生们：

您们好！

在秋高气爽，金秋时节，在喜迎国庆佳节到来之际，大家相聚一起，共同庆贺××市首届图书博览会开幕！在此，我谨代表××市委宣传部，以及××市首届图书博览会组委会，对各界朋友的到来表示热烈的欢迎！

××市首届图书博览会的成功举办，在各界朋友的大力支持和鼎力帮助下，经过三个多月的紧张筹备，主承办单位本着不断创新、不断发展，秉承"把最新图书引进××市场，让优秀图书走进千家万户"为办展宗旨，以"读书改变命运，知识改变世界"为主题，着力引导广大书友多读书，读好书，努力营造××学习型城市。××市新华书店经过××年的发展，建筑规模万余平，图书交易品种达××万余种，目前已经成为××中南部特大型图书交易中心。本届图书博览会吸引了商务印书馆、上海辞书出版社、人民教育出版社、机械工业出版社、人民美术出版社等全国××余家知名出版社前来参展，是图书交易、文化交流和展示出版成果的物流平台。本届博览会的规模和图书品种是空前的，其影响将日益深远，××市首届图书博览会将成为××最为重要的博览会之一。为国内科技、文化、教育的交流与发展做出积极的贡献。本届博览会的展览面积为×××平方米，展出国内外图书××万余种。本届博览会还将首次运营"××地区最大正版图书特价超市"，营业面积××××平方米；本届博览会还安排了内容丰富的××省6+1城市高层人士参加的论坛和文化交流活动。我们

有理由相信，××市首届图书博览会一定会为书业界、文化界、科技教育界真诚的交流和构建最有效的文化平台，一定成为社会各界热情光顾的文化盛宴！

朋友们，文化是我们共同的财富，图书为文化的传播架起了友谊的桥梁。让我们携起手来，以书为媒，以书会友，为××文化的繁荣与发展，贡献出大家的智慧和力量！

××市首届图书博览会开幕式主辞词

副市长　×××

（××××年××月××日）

尊敬的各位领导、各位嘉宾：

下面请有关领导为××市首届图书博览会剪彩；

下面请××市委常委、宣传部长×××同志致开幕词；

下面请××市文化局副局长×××同志宣读贺信；

各位领导、各位嘉宾，××首届图书博览会是发展文化，传播文化，文化交流的盛会，以"读书改变命运，知识改变世界"为主题，把最新图书引进××市场，把优秀图书送进千家万户，全力打造××地域文化品牌。推动××图书市场繁荣和发展。预祝××首届图书博览会圆满成功！

我宣布××首届图书博览会开幕！

××××年××市首届图书博览会四项活动内容

一、××市首届图书博览会开幕式；

二、××首家正版图书特价超市开业庆典；

三、俄罗斯列宾美术学院素描精品展；

四、××省新华书店系统 6＋1 城市高层论坛；

××市首届图书博览会活动安排

一、活动组织机构：

（1）活动总负责：×××

（2）宣传组：组长：×××　组员：×××

（3）接待组　组长：×××　组员：×××

（4）服务组：组长：×××　组员：×××

（5）安全组：组长：×××　组员：×××

（6）保障组：组长：×××　组员：×××

二、各组任务分工

1. 宣传组：组长：负责博览总体宣传活动及各项工作；组员：A、×××
B、×××C、×××D、×××E、×××

A分工：（1）展览会请柬、邀请函、来宾代表证、胸花的制作，（要求在
××日之前完成）（2）负责胜利路设置10道拱门，正门拱门、正门前8个热
气球的联系安装（要求26日5点前完成）

B分工：（1）具体负责媒体宣传，联系所有媒体（电台、电视台、××日
报、××晚报、××晨报、××日报、新华社驻×记者站），提前召开新闻发
布会，××月××日至××日协调媒体提前做好宣传，营造气氛；（2）会展期
间媒体接待及媒体宣传；（3）宣传材料的文案。

C分工：（1）具体负责店内整体形象宣传；分类牌（××日前完成）、招
贴宣传画、大楼外条幅（××月××日前完成）（2）一楼正门开业庆典门前主
题宣传设计；（3）会展期间各种报刊的宣传设计。

D分工：负责照相；×××负责摄像。

E分工：负责店内广播、大屏幕宣传（广播稿录放工作，××日前完成），
××日至××日重点进行店内宣传。

2. 接待组：组长：×××负责博览会全面接待工作；组员：A、×××B、
×××　C、×××

A分工：（1）博览会开幕式主持，讲话稿、主持词、领导讲话稿；（2）负
责宣传部、文化局领导的接待工作；

B分工：（1）负责提前到达出版社人员的接站、接待及食宿的安排；（2）负
责会展期间来宾签到组织、发放代表证、餐券工作（业务××人）（准备笔、
墨、纸、砚、签到簿）；（3）来宾赠送礼品（财务××人）；（4）负责会展
当天出版社来宾的接待；

C分工：（1）负责博览会招待用餐安排（××宾馆）；（2）负责会展期
间的车辆安排、来宾的车辆接送（×××、×××、×××）（3）负责6+1
会议座谈会组织；会场布置及用餐安排（××宾馆）

3. 服务组：组长：×××　负责会展期间的各项服务；组员：A、×××
B、×××　C、×××

A分工：（1）负责大楼内门市服务检查；（2）负责会展期间大楼的销售
工作。（3）负责开幕式乐队、××名礼仪小姐及剪彩仪式的各项组织准备。

B分工：（1）负责大楼各种宣传品、条幅的悬挂安装工作及公共汽车站招
贴画的张贴（××日前完成）；其他工作（××日前全部完成）（2）负责大楼
正门主题广场的布置（背景墙、红地毯）；（3）会展期间××路××道拱门、

正门前拱门及××个热气球日常维护。

C分工：（1）负责本部门图书销售及服务工作；（2）本楼层宣传品（灯笼）的悬挂；（3）橱窗玻璃气球悬挂。

4．安全组：组长　×××负责会展期间的整体安全保卫工作；组员：A、×××B、×××

A分工：（1）负责会展当天联系交警维护交通；（2）负责领导车辆的停放。（3）负责大楼出口安全管理（保卫科全体）

B分工：（储运全体男同志）（1）负责现场秩序的维护；（2）开幕式结束喷洒彩屑

5.保障组：组长：×××　负责会展期间的各种后勤工作；组员：A　×××B、×××C、×××

A分工：（1）负责会展当天主题广场两侧××个花篮的购买和设置（内容业务提供）；（2）负责会展礼品的购买（×××、×××）；（3）负责6+1会议礼品购买（××箱包）；（4）负责制作博览会宣传纸袋、购买20把雨具以及剪彩用品的准备；（5）其他物品的保障。

B分工：（1）负责会展当天的音响（麦克风、支架）准备工作；（2）负责会展大楼电力供应保障。

C分工：负责会展期间的计算机网络系统的维护工作

×××市新华书店
××××、××、××

方案二：

台湾著名影视歌星任贤齐来

鞍山新华书店签售"老地方"专辑活动方案

一、活动目的

为丰富鞍山广大青少年文化娱乐活动，由鞍山日报、新华书店共同邀请台湾著名影视歌星任贤齐为"老地方"歌曲专辑到鞍山新华书店举行签售活动。

二、活动时间：

2006年4月3日下午5时～8时。

三、活动地点：

鞍山市新华书店六楼活动室

四、活动主题：

台湾著名影视歌星任贤齐签售"老地方"专辑活动

五、活动简介：

2006年4月3日期间，鞍山市新华书店在书店六楼，邀请台湾著名影视歌星任贤齐签售"老地方"专辑活动。当场销售1000张专辑，凡参加者可与歌星参与现场互动活动。

六、活动内容：

1、前期宣传。

（1）报纸宣传

4月1日在鞍山日报上刊登版面消息宣传，500字稿。

（2）海报宣传

从4月1日开始—4月3日在市新华书店及公共汽车站粘贴活动海报（活动宣传内容介绍）。

（3）分发传单

从2月1日起在公园、广场、学校，大量分发活动宣传单。

2、签售现场

（1）粉丝歌迷现场互动

（2）现场歌手演唱活动

（3）组织电视台、电台、报社记者现场采访活动

七、活动安排：

A 总指挥：×××

B 副总指挥：×××

C 活动组（企划部10人），负责人：×××

负责接待歌星、演员及相关人员，组织现场活动。

D 疏散组（储运科20人），负责人：×××

疏散组人员由储运科全体人员组成，主要负责签售活动分组疏散（20人一组）和应急疏散工作。

E 应急组（物业部10人），负责人×××

应急组主要负责签售活动的突发事件和意外事件应急处理。重点保护影星安全，临时安排（休息室），根据签售活动紧急情况，决定停止签售活动。

F 保卫组（保卫科30人），负责人：×××

保卫组成员由保卫科全体人员和其他部门人员组成，主要负责入口人员的限量进入（20人一组），出口人员的疏导和任贤齐在书店内签售时的安全。

G 通讯组（办公室2人），负责人：×××

通信联络组主要负责与公安、消防、医院保持应急突发事件通讯联系，负

责签售活动期间的各项活动通讯联系，请求各方支持。与所在地派出所取得了联系并说明了活动的情况，与此同时将活动预案事先报市公安局治安大队，并报鞍山市文化局备案。

备注1：签售活动地点设在新华书店六楼活动室（300平方米），签售现场预留50人参加现场互动活动（影星与歌迷对话、照相、献花）。人员疏散当日新华书店一楼停业，参加签售的歌迷、观众由新华书店南东门进入（20人一组），分期分批参加签售，同时（20人一组）分期分批退出签售场地，从新华书店一楼西北口疏散，期间保卫组和疏散组保持联系，控制流量分期分批疏散，直至活动结束。

备注2：根据签售人流情况，6楼人流线路，入口是活动室东南口，出口为活动室东北口，所有参加签售的人流一律从一楼走到六楼，从六楼走到一楼，注意控制人流节奏和速度，保证安全，确保活动万无一失。

备注3：凡参加签售活动的歌迷、观众，事先领取活动入场券，按20人一组排队进入，持票购买"老地方"专辑40元/张，签售后按20人一组主动配合签售活动安排，按活动要求有秩序退场，其中无新华书店分发的临时性签售活动入场券不可以参加此签售活动，违者将劝阻，不听劝阻者强行采取措施，予以拒绝，由此而造成的各种问题由肇事者承担。

走
出书店经营怪圈

第九章
图书采购规范管理模式

第一节 规范采购管理

（一）采购管理

采购员管理采取类别与货源相统一原则进行管理，根据类别间相关性和类别品种总量进行类别组合，并以类别组合为基础确定相关货源，是类别与货源并行管理的有效方法。图书类别及货源与进、销、存、退有其内在逻辑关系和外在联系。采购员的工作职责是把握类别组织货源。一是采购员分别添订分管类别的图书，然后由货源主管采购员统一生成订货清单报给出版社。二是采购员分别清退分管类别的图书，然后由货源主管采购员统一生成退货计划单转给储运部门。三是由货源主管采购员负责各类图书统一结算。四是采购员对所有主管货源列表保存电子文档，包括货源名称、地址、邮编、联系人、办公电话及手机号码等。五是对重点货源单位，应掌握发运路线，始发站、中转站及到达站联系电话，以备重点书报订后追踪发货查询。

（二）货源管理

货源的管理，其实是对出版社等出版商及供货商的图书资讯、图书品种了解和掌握的有效管理方法。一是从出版行业管理信息了解，目前为止全国有 575 家出版社，约有百余家出版公司，因此在货源管理上应注重货源单位的档案信息管理，应将货源单位的地址、联系人、出版规模和现状进行调查和收集，对货源进行编好归档管理。二是对货源单位的图书品种，出版能力、渠道营销能力进行深入的了解，特别是货源的新书出版以及供货折扣交易等。与此同时对货源单位的发货能力，配货能力做进一步了解，从而对货源管理做到心中有数。三是对货源管理的中盘能力，做进一步的了解，应当着重对中盘货源配送距离及配送半径做进一步了解，同时对货源退货方式及地点做具体的深入了解，以便在退货时控制成本减少浪费，以加强货源单位科学管理。

（三）主发控制

根据 2/8 法则对市级店主发的控制应坚持"新书主发，备货添订"的原则。对帐期内品种与码洋进销比均大于 80% 的出版社新品种可以全品种主发。在帐期内品种进销比大于 80%，码洋进销比达到 50%～80% 的出版社优秀品种可实行全品种主发。但对帐期内品种进销比 50%～80% 的出版社，必须经过沟通的方式对重点细分类品种接受主发。特别是对账期内品种进销比达到 20%～50% 的出版社不接受主发，但可纳入常规性货源单位管理。在帐期内品种进销比低于 20% 的出版社不接受主发，如有重点品种或特殊需求时可进行临时性调整货单位管理。

（四）添货频度

添货频度是确保重点、区分急缓、节奏适度，添货频度方法应根据卖场销售状态确定添货频度，每个工作日人均添订 3 次以上。非主管货源的常规性添货，日常情况下采取"随时跟踪"方法。对常规性添货频度依据销售贡献度遵循"2/8 法则"进行添货。对贡献度前 20% 的货源单位，平均每周添货 1 次以上。对贡献度前 20%～50% 的货源，平均两周添货 1 次以上。对贡献度前 50%～80% 的货源，平均每月添货 1 次以上。对贡献度前 80%～100% 的货源，平均每季度添货 1 次以上，以掌控和把握添货频度。

（五）到货录入

储运提取到货样本时，经手人要在收货清单上签字，实行专职人员录入。对日到货 200 件以上，所有采购员按分货情况协助录入。对提完的样本做到当天录完，录入单据当日转给相关采购员。分类不清时参照图书封底上架建议。在上架建议不符合本店实际情况时向货源主管采购员咨询。对分类界定不准时进行重点研究确定分类，严把分类关，控制滞销书，因此区分滞销书是书的内容不适合市场需求，是从录入阶段没有控制的结果，还是优秀图书录入分错类导致新书成为滞销书。

第二节　规范业务管理

（一）差错处理

差错处理，是对规范到货单据和品种差错数据情况及时调整的方法。对到货出现差错时，必须由经手人注明差错问题的原因矛盾等并签字，录入人员应依实际到货情况录入。一是对发货差错的清单品种、册数、码洋及实洋由录入员依照录入错误数据修改成正确数据。应在清单上方做出平直横线标记的差错数据，并标明正确数据；对出现差错的品种明细也要同时修正。二是录入工作完成后发现差错应及时填写差错更正申请，责任人签字并经审批后由网络部统一修改。为了避免对帐困难，到货多书另单录入。打印到货清单，注明"代货源发货清单"附于汇总单后一并转给货源主管采购员。三是到货无单时储运部门负责人当场与采购员沟通，采购员当即要求货源单位传真发货清单。如果货源单位不能当即传回发货清单时，应通知储运部门依实际到货提出样本，录入员依实录入。四是，无到货清单的样本录入完毕后，应打印到货清单，注明"代货源发货清单"，与汇总单及储运部门提样本时手工书写的清单一并转给货源主管采购员。五是，如图书码洋差错超过 50 元时，采购员在到货后 2 个工作日内向货源单位，书面回告并制表登记回告记录。

（二）单据处理

图书单据处理是对当日到货单据检查是否有差错以便及时回告的方法。如到货单据转来时当日查看添订的重点品种未到货，超过常规时间仍未到货的重点品种应在第二天进行货源追踪。对到货单据转来时应查看出版社主发的重点品种，主发量不足的应立刻补货，以免门市销售反应热销时再行补货，防止出现断档问题。对录入单据应及时转给财务，单据在采购员手中停留时间不得超

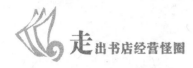

过三天，否则影响单据归档。

（三）团购预订

　　团购预订是团购部门对大客户和专门客户提出预订的采购管理方法，通常情况下指定专职采购员负责，并做好图书的到货、查询等一系列事宜。一是团购订货未在采购系统中形成预订清单时不能要货。在团购形成预订清单但未通知负责团购采购员时不能要货。团购预订要书面注明到货最晚期限，达不到团购要求期限时不能要货。二是，接到团购已形成预订清单通知后半个工作日内联系相关出版社，确定货源存货情况。如：货源无货或品名、定价、版别、作者等有差异或最晚时限内无法到货时书面回告预订人并要求对方签字确认。三是，应确认团购预付款是否到帐，不到帐不能要货；预付款到帐须由团购负责人签字确认。如：满足上述条件后半个工作日内向出版社要货。在常规到货时间内未到货时进行货源及时追踪。

（四）门市预订

　　门市预订是柜组预订的常规方法，应按部门、柜组要货情况分别填写预订单，写明正确书名、作者、版别、定价、数量经手人和预订日期，交给类别主管采购员处理。一是采购员接到门市预订后1个工作日内联系货源并在预订单上注明日期、部门、柜组、营业员，回告须经门市经理签字确认。如：预订品种与货源库存在书名、版别、作者、定价、数量等方面有出入时应及时沟通并回告门市并由门市核对后签字确认是否发货。二是货源若有不退货或先付款等要求时，采购员须先行在预订单上书面通知门市全额收取预收款并要求门市签字确认。三是，门市全额收取预收款后在预订单上书面通知采购员并签字确认。采购员在查收确认全额预收款后1个工作日内正式要货并书面回告门市，回告须经门市营业员签字确认。

（五）阶段备货

　　阶段备货是应按图书品种销售档期及销售情况并按淡旺季规律备货的方法，第一阶段重点备货应从每年6月11日开始为暑假销售旺季进行全面备货。

第二阶段重点备货应从每年 9 月 10 日开始为"十一"进行长假备货。第三阶段重点备货应从每年 12 月 5 日开始，为新年、春节及寒假进行预期备货。第四阶段重点备货应从每年 12 月 10 日开始为年度转季度品种进行全面补货。第五阶段重点备货应从每年 12 月 20 日开始的北京订货会会前进行重点出版社新书提前备货。

（六）采购掌控

　　环节协同是密切货源合作、随时协同而言，及时调整的一种方法。一是对相同货源选择最低进货折扣、最短发运路线、最快货运公司的货源作为基本进货渠道。在重点品种发现伊始寻找两个以上的备用进货渠道，有利进货渠道出现问题时应急。二是重点新书到货后应及时与门市沟通，适时提出陈列和宣传建议。每周围绕一个主题选择 10 种图书，提供给企划营销部门，用于电视台、电台栏目的畅销书进行推介。为每期图书目录简报提供社科、文学、生活、少儿和教辅图书信息和重点宣传建议。三是为企划营销部门策划方案、电台专题、报纸广告和报纸连载提供重点书目，并保证库存品种充足。同时为企划营销部门提供电子显示屏、视频流动广告及店内宣传提供重点书目资料。四是将出版社促销活动方案和赠品及时转给企划营销部门，并保证促销品种备货充足。如：出版社举办重点图书讲座、签售等宣传活动时做好前期沟通协调工作，然后由企划营销部门接管企划营销工作，活动期间主管采购员全程陪同，以了解掌控活动各个环节的营销状况，并做好添订和备货工作。

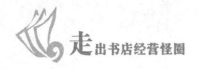

第三节 规范退货管理

（一）计划退货

计划退货是调整图书品种，严格控制库存的有效方法。一是品种价位退货，指非技术类 200 元以下 100 天内未销，对 200 元以上 180 天内未销，×××元以上 360 天内未销；凡技术类图书未销时间增加一倍。二是品种存量退货，指常销书库存量超过半年销售量一倍以上，留足半年量，其余退货。三是品种滞销退货，指经过品种档期市场监测为滞销书品种，一册不留全部清退。四是品种年限退货，指出版年限较长，超过销售档期时限品种的退货。对年销售码洋高于×××万的货源每年常规性退货二次，低于×××万的货源每年常规性退货一次。阶段性退货采取阶段性集中统一的方式。一年 2 次，分别为 3-6 月和 10-12 月。每次退货分阶段进行。第一阶段由采购制定退货计划，第二阶段门市图书下架，储运形成退单并发运。第一次退货分四批进行，每批约×××个货源、×××万码洋。门市及储运完成退货时间为 3 月第一批，4 月第二批，5 月第三批，6 月第四批。给门市留出时间调整陈列、新书上架，为重大节假日销售做好准备。第二次退货分 3 批进行，每批约 80 个货源、××××万码洋。门市及储运完成退货时间为 10 月第一批，11 月第二批，12 月第三批。其间暂停退货，为全店年终盘点空出时间。

（二）退货程序

退货程序是指采购、门市、储运应对退货的统一规范，协调管理做出的方法。一般情况下退货计划需提前 10 天完成退货方案的制定，所有采购员都要将主管的待退货源单位按序列计划制表，所有采购员应依序列表制定退货计划。一是采购员与门市、柜组沟通将所有待退货源单位的破旧污损图书统一提交明细单，并做好先期退货准备。下达退货计划前 1 天所有采购员应集中出单，由货源主管采购员统一成退货计划。二是在下达退货计划当日由指定专人按照各门市退货工作量比例趋于恒定的原则给货源排序，制定退货计划进度表，登记货源名称、退货地址、计划单号、退货品种数量码洋及完成日期等，并做出说明。三是在下达退货计划当日将退货计划进度表送达储运部门负责人并签字确认。分阶段集中退货应在首批计划单下达当日由主管领导主持召开部门负责人、采购员及库管员、柜组长参加的退货联席会，通告退货安排和计划进度，研究退货细节及可能出现的问题。

（三）退单处理

退单处理是图书退货环节规范方面的有效方法，在门市图书下架储运验收退货后，储运将退货清单转回业务部门的工作程序，并由指定人员分发给货源主管采购员的必要工作环节，后者制表登记退货清单号、退货品种数量码洋实洋作为日后业务结算冲减承付依据。货源主管采购员要检查退货计划完成进度。对完成度过低等情况查找原因并通知类别主管采购员，由后者与相关部门沟通解决。在退货发运后 3 天内通知货源，避免退货丢失防止过长无从查找而给双方带来损失。

第四节 规范库存管理

（一）库存掌控

库存掌控是图书总量监控、存量跟踪的一种方法。一是，实时监测销售总码洋动态，及时掌握全年滚动经营品种，并随时跟踪库存册数。二是，掌控图书周转次数和帐期，图书平均帐期不超过 6 个月。全店卖场对年内新书比例不低于 50%掌控，其中年内新书比例不低于 70%掌控，实际年内新书比例不低于 85%掌控。其中文学、生活、社科、少儿、教辅和计算机类年内新书比例 50-70%掌控；其他各类一年内新书比例 30-50%掌控。三是，破旧污损及不成套图书在店内存留时间不超过半年。其中社科、文学、生活、少儿、教辅（反季留存品种除外）和信息技术类图书，不动销时间超过半年的品种及码洋比重均低于 5%掌控，其他各类低于 10%进行掌控。

（二）承付结算

承付结算是以销定结的结算方法。具体结算方式是：付款金额=未付帐款-现有库存-未冲抵退货方法，一是把握付款节奏，力争各月付款总额趋于均衡。凡接到货源对帐单后 3 个工作日内回告。无特殊原因不得出现货源催问式，凡接到结算发票后，3 个工作日内做完付款申请并将发票转到财务。二是到货单据依发货时间顺序结算，不得越号越单结算。根据本店财务要求到货必须整单结算，实行这一方式确有困难时要求对方发货时制成多份发货清单。三是某一货源的退货清单生成后首次付款必须全额冲减。如果情况特殊确实无法冲减，请示部门领导后将退货计入现有库存。四是退货必须按发运批次整体冲减，不能对同一发运批次的不同退货单号分批冲减。五是特殊货源或特殊品种需预付货款，填写借款单并经总经理签字同意后向货源单位帐号汇款。六是发现发票有问题及时通知对方，以免跨月损失对冲税金。七是提前打款时追踪货源收到货款后是否及时发货并开具发票。收到提前打款货源的发货和发票后，将到货汇总单和发票一并转往财务销掉挂帐。

第五节　规范分析管理

（一）信息分析

　　信息分析是对图书商报、新闻出版报、商务周报等专业报纸的信息进行收集和整理，并认真研究社科新书目、科技新书目、上海社科新书目、出版社图书目录等专业书目。还要了解出版人、开卷月刊、专业杂志等行业市场动态。一是应适时查阅，同时对起点中文、红袖添香、潇湘书院等专业阅读网站，特别是读买书网、卓越亚马逊购书网、叮当等专业售书网站进行查阅、浏览。二是对京所北发图书网、博库B2B、北配北方图书网、北方图书城网上书店等大型图书配送店或零售店的网站重点搜寻。三是对参加全国性订货会及各类专业订货会。观动态、抓品种、看趋势，了解市场动态、预测重点品种变化并向有关人员了解市场情况。对订货会所在地大型书店及民营市场进行调研。在接待供货商时了解出版计划和重点品种，预知新书发行时间。

（二）销售分析

　　销售分析是对一级类和重点品种码洋和均价的市场动态进行分析的方法。一是对采购进货折扣、退货率、周转次数和创利能力同期对比分析。掌握销售月份曲线，关注全年销售波动变化。二是对每月销售成长性与开卷的东北地区数据进行比较分析。特别是对各类销售类别品种比重与开卷全国数据每月进行比较分析，从差异中类别升跌问题的变化分析。三是内部数据分析频度，成长性月分析，结构性季度分析，效率性和销售季度曲线分析。每周做多次网络监测数据动销分析。综合性分析，北京订货会前对全年进、销、退、存进行回顾性的综合分析。四是根据"2/8 法则"，对货源销售贡献度、品种周转次数及创利能力前25%的重点一级类和重点细分类品种进行深度分析、总结规律，研究其整体销售的拉动作用。对退货率前 20%、创利能力后 20%的问题一级类品种问题进行深度分析，寻求改善方法。

（三）品种分析

品种分析是对重点品种排行定义为畅销品种的册数及码洋贡献度进行分析。一是分别对重点品种和畅销品种进行分析，将销售册数排行前 20%定义为畅销品种，充分考虑畅销品种的拉动作用；二是对码洋销售排行前 20%定义为重点品种，从品种、册数及码洋贡献度入手，进行其偶然性和必然性分析，深度研究重点品种对整体销售的影响作用。三是对常销品种销量进行同比变化分析，研究常销品种生命周期及其特点。分析不同类型重点品种引入—预热—旺销—衰减—滞销的生命周期差异。对相似动销品种的动销规律进行研究，分析不同类型重点品种达到饱合点的销量差异，以及特殊动销品种的变化走势，对重点品种、一般品种、特殊品种的认识和研究有着十分重要的意义。

（四）2/8 分析

2/8 分析是经济学的规律进行分析的一种方法，其历史根源，是意大利经济学家帕雷托（1897 年至 1923 年）发现了"2/8 比例原则"，当时国际上把"2/8 比例原则"也称作"帕雷托法则（或定律）"或"2/8 准则"、"省力原则"、"失衡原则"。我们运用研究 2/8 分析的方法，在分析货源、控制品种上起到了质的飞跃和量的收获。我们经过换算后认为：20%的出版社的图书品种占本地图书市场总销售的 80%。此可以推断出本地市场销售品种的 80%品种来源于分类品种的出版社市场新书，畅销、常销品种的 20%的市场贡献。一是根据 2/8 分析，分析出销售贡献度、周转次数及创利能力并分析出版社的图书品种，20%的品种获得 80%的本地图书市场销售，或者说，选择 20%的出版社的图书品种能获得 80%的市场份额。以 20%的图书品种来拉动 80%的市场份额，同时每个柜组也同样是以本柜组 20%的图书品种来拉动 80%的柜组销售。应当学会从 80%的市场信息中选择 20%的有效信息。应对其 20%的有效数据进行分析、整理、研究，并获得真实的市场销售数据。二是根据 2/8 分析要用 20%的工作时间来赢80%的市场效益。比如营业员每天如果用20%的精力事先把图书摆放好，那么就可以用80%时间进行图书推荐。但是如果基础工作没有做好，你就不可能获得80%的市场销售商机。三是20%的质量缺陷会造成80%的质量缺陷扩散。因为20%的工作没有做好，才会造成80%的工作问题的出现。质量问题有采购品种问题，有市场分析问题，有服务质量问题等，如果质量出了问题，那么我们的80%的市场机遇就会失去，其结果是可想而知的。

走
出书店经营怪圈

第十章
图书市场营销管理模式

第一节　市场营销谋略

（一）变化营销

研究市场变化是根据图书品种、册数、单价、码洋的市场动销状况进行数据整理和鉴别的一种方法，图书市场需求是根据社会、政治、经济、文化发展趋势发生变化，而实现信息和资讯传播的图书以情报资讯形式传播精神文化，反映文化现象。据有关资料介绍，中国传统产业包括：电子、制造业、烟草业、酒店餐饮业市场结构表现形式。一是近几年随着经济的发展及人们生活水平的提高，市场业态项目也在不断地发展和变化，越来越表现出向多元社会生产和消费结构变化方面发展。如果交通通讯、娱乐、教育、医疗保健、报纸杂志、技能培训、终生教育、健美美容、文化旅游、居民消费图书等方面变化需求。其中食品、服装消费比重在下降；医疗保健、交通通讯、教育文化等比重增加。二是目前住房、汽车、通信、餐饮、娱乐、旅游为居民消费热点领域。除此之外餐饮、健身、教育、文化、家庭服务等商品快速增涨。居民的消费观念逐渐向品牌化、环保化、个性化、时尚化、文化化方向发展，这说明人们的生活和文化消费日趋成熟。三是根据英国人创造的恩格尔系数可以看出，人们用于吃、穿的消费越多说明人们的生活质量和水平并不高，用于精神文化的消费越多说明人们的生活质量和水平越高。因此，图书品种必须实时满足人们的精神文化消费，为文化发展提供资讯情报，使图书品种能够在有限时空范围内反映现时生活方式，反映文化发展趋势，反映市民消费需求，满足广大人民群众日益增长的文化和物质需求。

（二）要素营销

分析市场要素是根据图书内在要素来确定分析市场的方法，在理性分析和

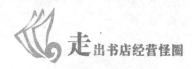

研究图书的内在和外在市场要素及影响，就图书要素而言①品种；②册数；③单价；④码洋等是图书要素的表现形式。图书品种要以新为重，一是应把新书品种、畅销书品种做为重点要素来认识，因为这两类品种占每年市场销售品种比重的50%，近几年全国每年市场出版图书在22万品种，其中有10万品种属于新书、畅销书、常销书。动销书品种其他12万品种中有许多是再版类品种。二是在畅销书拉动新书动销，使新书会变为畅销书，二者外在要素和内在要素互为补充、相互引领，形成市场要素关联；而除此之外动销品种和常销品种也互为拉动。在分析市场要素的同时，注意图书品种销售上升和下降的原因，品种变化时码洋肯定有升有降，但是要想掌控品种要素的变化主要用码洋概念来分析。三是注意消费比和消费人流的拉动。应着重对市场消费和人流比重的对比分析，如果单册价位在5元钱上下浮动会直接影响码洋要素变化，单册图书销售在10册以上会产生拉动现象，新书品种在不断的市场变化中，其学习阅读、实用阅读、时尚阅读、专业阅读要素之间存在互为影响和拉动要素的变化。

（三）倾向营销

了解阅读倾向是图书市场营销随时掌握、运用的策略和思维方法，一是了解新书动态倾向，应随时跟踪图书市场出现的动销变化，要考虑读者的阅读习惯，及时掌握市场新书的动态需求，还要将图书市场的突显卖点、潜在卖点、档期卖点和商机卖点倾向进行随机研究和分析；二是了解新书媒体传播倾向，尤其是要注意品牌图书的影响力，特别是读者阅读受大城市的影响和短距离城市影响：①中央电视台及各大报纸媒体的影响；②北京市和上海市新书的影响；③近距离省会城市的影响。三是注意读者的购书倾向，注意新书的装帧设计给人带来的感觉倾向。尽可能适合读者的愿望和要求进行图书陈列和摆放。要关注特殊品种给人的视觉反映。对于卖场的图书一定要便于读者翻阅，便于我们向读者推荐和交流。一般来讲，离读者最近的图书也是最便于读者购买的图书。

（四）档期营销

操控营销档期是注意档期图书市场变化，根据销售的经营方法。一是图书

196

周期率是西方发达国家图业人总结出的90天图书周期率，①注意周期率；②注意月期率；③注意季期率。新书在第一个月销售周期结束时为热销阶段，新书在第二个月销售期结束时为旺销阶段，新书在第三个月的销售结束时转为衰退阶段。比如《于丹论语心得》这样的书，在二、三个月时形成高峰后一直延续了近一年的热销情况实属是个特例。形成这一特例的原因：①图书价格较便宜；②央视台媒体炒作的结果；③传统文化精神与读者的习惯阅读；④媒体节目连续互动产生社会文化导向需求。二是操控营销档期应注意市场的饱和度和市场的档期波动。什么是市场的饱和度？其实图书从进入到衰退为一个档期，一般情况下这种需求为三个月左右。档期中图书销售的总量叫做市场饱和度。也就是说，不论有多少品种，一旦超过了档期，市场也就达到了饱和状态，即销售高峰也就过去了。图书商品性质属于超生活必需品，市场的饱和度是根据市场需求变化来判断的，也就是说，在当月的新书从进入到热销，到高潮，再到底潮的过程中，我们一定要把所有精力放在热销这个时段，因为过了这个时段就等于会失去了最佳售书时机。比如《于丹论语心得》一书，能够在销售最旺的时候保证不断货，我们就做到了与时间赛跑，与时间争效益。四是操控营销档期应坚持"四快"原则：图书进货要快，新书录入要快，新书配送要快，新书上架要快。从表面上看，图书市场是缓慢的状态反映，实际上它却有其内在的规律。如果不在三个月的档期内全力以赴地去做好细化品种服务，那么三个月以后就难以销售。所以一定要注意一般图书销售档期是在三个月或五个月以内。跟踪图书的销售、根据市场档期规律动态。

（五）跟踪营销

跟踪市场变化是分析和研究市场多元动态变化的一种方法，一是围绕医药类的图书市场，我们在跟踪图书市场变化的同时，还要关注医院和药店，才能跟踪潜在的图书市场需求，其实读者到书店来买医药类图书的目的是想了解点医学知识或掌握点健康常识。也有一些年轻家长购书目的之一，是为了实现亲子保健和掌握育儿常识，有些读者看完医药类的图书之后，有可能去看教育类的图书。所以，应跟踪多元文化市场需求，应关注市场上前沿文化发展，例如，超市、房市、车市、就业、医改教改等，社会重点、热点、难点文化需求。二是跟踪市场品种，其中对文史类图书做进一步市场跟踪。比如：对于清文化的

图书清朝历史、满汉文化、宦官史治等，还应将清十二帝文化系列，进行市场化调整。从文学角度智慧丛书角度进行市场跟踪。三是西方文化、古今历史、城市文化、管理文化等。三是进行品种需求跟踪、内容需求跟踪、甚至阅读品味跟踪，而且根据实际地域差别进行跟踪。从市场需求出发，就要观注名家经营、品牌经营、团队管理、企业运营等市场品种的变化跟踪。才能把握图书市场需求，还要实现跟踪市场的目的。

第二节　市场营销方略

（一）时机营销

注重市场动态关注图书市场品种变化，并通过报纸、广播上获得信息的一种方法。一是关注最新书讯、杂志、报纸新闻，因为新书资讯就是效益源泉，捕捉新书动态就是抓住营销动机。应围绕出版社的出版选题以及社会流行文化走势的需求动态，从市场角度认识多元文化动态，如：女权主义，无政府主义，教育发展、世界经济、西方文化、现代战争等都属于文化动态特征。二是媒体传播动态，央视"百家讲坛"栏目推动，通过"百家讲坛"隆重推介使一大批中国优秀传统哲学思想得到进一步的传承和发展，使广大读者找回失去的中华传统文化，同时也增强了中华五千年的经典文化。三是要了解图书走势和新书动态，就要下功夫、研究读者，大力开发市场品种，了解文化市场动态变化，把握新书动态，引进新书品种，提高经济效益。

（二）季节营销

注重季节营销是适应掌握图书季节变化规律的一种方法。一是"淡季不淡，陈列调换"，就是根据季节变化进行陈列调换。采购重点打垛，旧书调换新书，调换图书位置，包括对图书进行"二重展示"，甚至对个别重点书还要进行"三重展示"等。必须每月对图书进行调换，每季对重点品种进行调换，使卖场经常保持一种"新"的感觉。二是"寻找品种，控制断档"。通过网上查找、与出版社联系、查询排行榜信息等方式进行寻找。目前在排行榜上主要是查找图书品种，对品种进行追踪。还要跟进畅销书、把握常销书，同时跟住新书动态控制断档。新书及时预警，进货认真研究、科学把握周期。并就新书的周期变化、日期变化、季节变化进行分析。在日常工作中研究重点品种，做好季节营

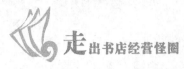

销。三是"新书动销,预警灵敏"。因为市场瞬息万变,如果反应慢,出现断货,就会失去销售机会。由于市场需求有限,机会不会等人,因此新书品种、存量应当备货充足。四是"跟踪销售,把握档期"。如果图书品种处于销售档期,就要提前一个季度或两个月备货。要盯住档期,关注品种。不论什么品种都有档期,如:考试书档期就要根据国家考试时间来确认,由于考试书备货要提前 2-3 个月,所以要密切注意考试信息动态,适时提前备货,才能做好各类职业考试图书的季节营销。

（三）备货营销

适度备货营销是根据"数据监测、同期对比、品牌进货、超常放量"的一种方法。应根据品牌图书品种的库存量,确保卖场图书品种数量和册数总量。一是监测往年销量。要把旺季与淡季的图书销售情况进行数据对比分析,特别是淡季教辅书销售应注重上下册衔接,特别是学校放假与开学、新生员的增加和减少情况进行适时监测,适度控制库存备货。二是重点放量备货。对已发现的品牌书进行重点备货,根据数据的统计把握,特别品种备货放量。应注重教辅书各种类型的题纸的衔接,学校的日常教学以及高考、中考的所有模拟试题品种应分门别类地重点备货。三是超常放量备货。随时数据监测,品种量化分析,应采取大胆放量、异常放量、适度放量的方法,并根据市场淡旺季情况进行适度放量,掌握品种适度、控制册数幅度、掌控营销尺度,以确保图书品种和册数的适度备货。

第三节　市场营销策略

（一）品种营销

　　图书品种营销是经营过程中重中之重的实践方法，一是图书品种营销，就是满足不同读者的品种需求的要务。比如学校新课改教辅品种的营销变化，特别是七年级的教辅的变化在学校的学生人数及学校班级设置变化时，必然产生学生教辅书的需求变化，因此品种的营销应围绕学校新课改教学变化调整营销策略。二是抓住品种、单价营销，应以品种价差、折扣差、实洋差做好品种营销，既要把握住平均单价的突然变化，又要根据品种单价的上涨或者是下降会影响整体销售码洋的变化，如果品种单价在单册书定价的20%左右变化，就应当注意营销方法与营销策略的采用和运用。三是关注新品种的营销，注意细分类市场的变化，特别是一些具有新思想的品种，例如《狼图腾》发行之初就出现了断货现象，这本书出现畅销和常销的原因不只是靠媒体的宣传，主要是读书提出了一种新的文化理念：狼与人的关系，人如何向狼学习的问题。在研究《狼图腾》的时候经过三种版本的分析，回头再去品味狼的文化，狼的性格和狼的图腾。这本书更主要是提出了一个哲学思想——狼的团队精神。《狼图腾》已经成为常销书，至今经久不衰，始终在排列榜之列，说明它确实是一本好书。所以，应该在销售中注重好品种营销，注意销售品种册数在市场变化中的恒久需求。

（二）册数营销

　　图书册数营销是品种营销增益的措施的一种方法，是关注册数、把握册数、分析册数、增值需求的晴雨表，就是观测单类品种册数波动变化的一种手段。一是关注图书预热期，新书品种进了卖场就会动销。图书册数的变化是整个品种变化的结果，册数变化与品种是分不开的，因此要根据市场文化需求、技术

需求、休闲需求、实用需求变化的研究，册数营销、热销和旺销，从而要快速补货备足册数数量。如果要在图书热卖期保持不断货就应当提前预测市场、超前放量、多备册数，以满足市场需求。二是注意册数的动销变化，要随时进行跟踪，注意图书周期变化，更要关注新书三个月的市场动销变化，从波动图表上分析注意起伏性的变化及直线性变化，在研究图书销售的变化时间是在月初、月中、月末，还是在当月每周内不同天数的变化，都会影响图书周期性册数的变化。三是注意周期册数预测，应该了解图书的册数走低走高的动销变化，比如学生开学的后三周内的变化，是整个市场效益拉动的最高峰时期。由于教辅的拉动而带动了整个市场的品种销售，由此在图书销售高峰期间要随时补货，同时调剂品种册数随时增益，补货放量，到销售衰退期要不断地减量，控制图书数量，以保持总量册数供应及重点册数供应，保证品种在册数营销上，确定销量册数总量控制的目的。

（三）码洋营销

　　图书适度营销是图书市场内在规律和周期操控的方法，其实适度营销主要是在市场变化中掌控营销的和标准市场，也是实践认识的经验总结，一是注重时间，适度营销，围绕不同季节的图书销售进行对比和环比统计研究，并将往年的、季度的、月份的、每周的、每日的图书销售数据进行纵向的对比和横向的对比，从中分析出不同阶段的重点品种，从而把握图书节奏营销的规律。二是适度压缩，同类品种。也就是将学习类、实用类、休闲类、专业类、时尚类图书，从图书采购到图书上架都应当适时把握重点，同类图书应控制在 3 或 4 个品种为好（也包括控制 3 或 4 个图书品种单价），如果一种类别图书，超过 4 个以上不同价位的品种就会影响图书销售，同时也影响图书陈列面积的使用。三是适度营销，优选品种。要把常销书、畅销书、动销书作为销售重点，对影视同期书、职业考试书、医药保健书、文化旅游书、精品名著书、教辅品牌书等作为优选精良品种做好营销，从而成为畅销书和常销书。其中要通过跟踪畅销品种的销售情况，还要做好每日销售的重点监测，适度跟踪品种变化，发现优秀品种市场潜在的增长点。四是适度控制不良品种。应采取查看销售日报单，掌握不良品种的状态，以及新书从引进、动销、热卖、衰退过程而产生的滞销书变化，要监控库存书不同的周期状态，从而对不良品种的掌握要做到心中有数，该退货的退货，该陈列的陈列，该调换的调换。使不良品种在有效方法的适度控制下早日退出卖场。

走
出书店经营怪圈

第十一章
图书市场营销分析模式

第一节　市场营销分析

（一）进货分析

图书进货分析，是以市场需求为目标，根据进货品种、册数、单价、码洋、折扣的实际情况，进行理性进货分析的一种方法，坚持进货"六项原则"，1 研究市场需求，2 发现适销新书，3 追踪动销品种，4 压缩同类品种，5 控制进货码洋，6 降低进货成本，使图书进货工作逐步在认识市场、了解品种、把握档期、提高采购能力上下功夫。

从季度进货品种来分析，以 07-06 季度进货品种情况为例，其中 07 年一季度进货品种比 06 年一季度进货品种，同比减少××%。由于卖场陈列面积和市场销售数量因素，同时要考虑新书品种并非都是好的品种，好书也并非都适合本地市场的品种，所以不应当追求无限增加图书品种而注重提高图书品种进货的有效性、动销性，即优化品种结构增加动销品种比例。尽可能通过图书目录、商报、网络等媒介汇集资讯，加强与出版社经常沟通，力争避免进货的盲目性，从而比较合理地压缩了进货品种。通过市场品种分析确定 07 年进货品种比 06 年减少×××种。分析季度销售比往年同期增加××万、同比上升××%的结果证明合理压缩进货品种才能控制优秀图书品种良性动销。而且压缩不良品种也是控制不良品种泛滥的有效途径，从季度进货来看，其中新书品种比重高达××%。推进了季度图书库存的更新率（新书品种/全部品种），高于全国平均水平××个百分点。对于进货品种一方面要控制规模，另一方面要优化结构，是季度进货的有效原则及方法。

2008 年新书品种到货各一级分类情况及同期对比

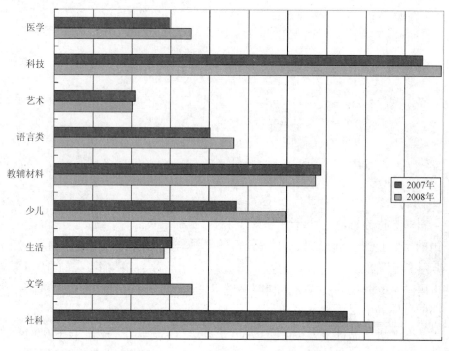

（二）码洋分析

从季度销售码洋同比上升情况来分析，进货码洋同比上升仅为××%，表明掌握进货节奏，控制码洋规模是非常必要的，其中优化主发货源及控制主发品种是根据码洋进货规模的重中之重，而应当在控制码洋进货规模中拒绝品种特点不突出、内容质量不优秀的整体主发或部分主发，从而有效地控制了进货码洋规模。与此同时在控制进货上力争有所为有所不为，该进的货不仅要进而且要大胆放量充足备货，不该进的货应一本不进，其实是不可能的，但必须有目的有重点进行控制。这不仅是保证和促进销售的有效方法，也是降低库存提高周转次数的重要手段。认真分析品种规模并理性放量才能有效控制进货码洋。比如《于丹论语心得》，我们每次补货量都是 1000 册，是某些中盘一次性补货量的 1/5，而非重点品种我们的补货量只是有些中盘运营商的 1/40，因此码洋规模分析与控制应在市场品种动销和热销的前提下进行适度把握和灵活掌控。

各一级分类码洋比重的月度差异比较图（%）

　　社科、经法类合并为社科，小学、初中、高中合并为教辅材料，外文、教学音像、文教工具合并为语言类，机械冶金、计算机合并为科技类。

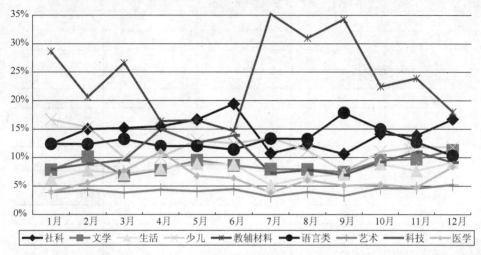

　　××××年各一级分类码洋比重的月度差异比较表（%）

　　社科、经法类合并为社科，小学、初中、高中合并为教辅材料，外文、教学音像、文教工具合并为语言类，机械冶金、计算机、农业、合并为科技类。

分类名称	1月	2月	3月	4月	5月	6月	7月	8月	9月	10月	11月	12月
社科	%	%	%	%	%	%	%	%	%	%	%	%
文学	%	%	%	%	%	%	%	%	%	%	%	%
生活	%	%	%	%	%	%	%	%	%	%	%	%
少儿	%	%	%	%	%	%	%	%	%	%	%	%
教辅材料	%	%	%	%	%	%	%	%	%	%	%	%
语言类	%	%	%	%	%	%	%	%	%	%	%	%
艺术	%	%	%	%	%	%	%	%	%	%	%	%
科技	%	%	%	%	%	%	%	%	%	%	%	%
医学	%	%	%	%	%	%	%	%	%	%	%	%
合计:	100%	100%	100%	100%	100%	100%	100%	100%	100%	100%	100%	100%

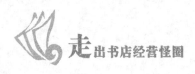

各部组图书平均售价及同期对比

一级分类	当年年平均 图书售价（元）	上年年平均 图书售价（元）	同期对比（元）	幅度
社科				
经法				
文学				
生活				
少儿				
小学				
初中				
高中				
语言				
机械				
计算机				
医学				
艺术				
合计：				

某分类图书销售及同期对比（按天数统计）

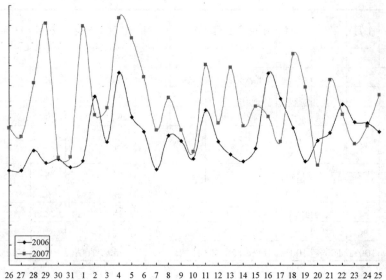

（三）册数分析

从季度销售码洋分析进货效率来分析，进一步掌控优秀品种动销的有效形式，其中因为总进货码洋中包括团购非大专教材类图书。虽然进货与销售是滚动的，但销售进货比值标志着进货的合理性和有效性，一是实施全方位日、月、季提升进货效率，对进、销、存、退的节奏进行控制，特别是加强品种周转提高进货频度，优化品种结构把握进销节奏。对书店库存陈旧品种和滞销品种进行彻底清洗，使进货品种结构实现了××%以上是畅销书、常销书和动销新书，从而提高进货效率。二是补货速度加快。主要是缩短添货周期，每天及时补货。同时加强和出版社发运部门的沟通，对重点社、重点书进行落实追踪进货运输的每个环节。从而大大减少动销品种的缺货断档现象发生。三是把握备货量，做好优秀品种放量、随时调整、适度跟踪补货、备足品种库存。由于类别的差异、销售季节性的差异、读者认同程度的差异等，使每个品种的合理备货量都不相同。因此把握畅销、常销和动销品种适时添货、备货多少和到货快慢，提前进货效率的关键。

某分类图书平均销售单价变化

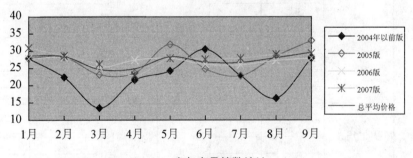

全年交易笔数统计

2008 年		单笔购买图书数	交易笔数	2008 年		单笔购买图书数	交易笔数
1 月第一周	周 1-周 5	1 册		1 月第二周	周 1-周 5	1 册	
		2 册				2 册	
		3 册				3 册	
		3 册以上				3 册以上	

2008 年		单笔购买图书数	交易笔数	2008 年		单笔购买图书数	交易笔数
1 月第一周	周 6-周日	1 册			周 6-周日	1 册	
		2 册				2 册	
		3 册				3 册	
		3 册以上				3 册以上	
1 月第三周	周 1-周 5	1 册		1 月第四周	周 1-周 5	1 册	
		2 册				2 册	
		3 册				3 册	
		3 册以上				3 册以上	
	周 6-周日	1 册			周 6-周日	1 册	
		2 册				2 册	
		3 册				3 册	
		3 册以上				3 册以上	

08 年 1 月读者购书总交易笔数　笔，其中单笔购书 1 册为　笔，单笔购书 2 册为　笔，单笔购买 3 册为　笔，单笔购书 3 册以上为　笔。同期对比：总交易笔数增加　笔，单笔购书 1 册减少　笔，单笔购书 2 册增加　笔，单笔购书 3 册增加　笔，单笔购书 3 册以上增加　笔

2008 年		单笔购买图书数	交易笔数	2008 年		单笔购买图书数	交易笔数
2 月第一周	周 1-周 5	1 册		2 月第二周	周 1-周 5	1 册	
		2 册				2 册	
		3 册				3 册	
		3 册以上				3 册以上	
	周 6-周日	1 册			周 6-周日	1 册	
		2 册				2 册	
		3 册				3 册	
		3 册以上				3 册以上	
2 月第三周	周 1-周 5	1 册		2 月第四周	周 1-周 5	1 册	
		2 册				2 册	
		3 册				3 册	
		3 册以上				3 册以上	
	周 6-周日	1 册			周 6-周日	1 册	
		2 册				2 册	
		3 册				3 册	
		3 册以上				3 册以上	

08 年 2 月读者购书总交易笔数　笔，其中单笔购书 1 册为　笔，单笔购书 2 册为　笔，单笔购买 3 册为　笔，单笔购书 3 册以上为　笔。同期对比：总交易笔数增加　笔，单笔购书 1 册减少　笔，单笔购书 2 册增加　笔，单笔购书 3 册增加　笔.

（四）年限分析

表一　销售品种结构

年限	销售品种	比重（%）	销售码洋	比重（%）
2007		45.5		30.3
2006		30.3		25.0
2005		18.0		15.7
2003-2004		13.4		12.5
2003 年以前		4.8		3.6

从年限销售的品种比重和码洋比重来分析，06 年两次退货处理了大部分滞销品种。由于目前图书品种更新和淘汰都比较快，2006 年以前出版的品种销售能力明显下降，出版年限越长销量越小，呈绝对的反向关系。2007 年新书销售品种及码洋比重分析，均在 45%左右。这一方面是因为许多新品种产生预热，虽然年初新书出版比较集中，但出版的新书品种数量毕竟有限。随着时间推移，使新书的销售比重将逐渐增加。

表二　几大类的销售年限结构

类别	05 年比重（%）	06 年比重（%）	07 年比重（%）
少儿	24.3	30.9	31.4
文教	18.4	21.2	24.8
生活	19.6	21.1	39.2
社科	20.1	24.5	30.7
科技	30.3	24.6	45.7
文学	15.14	13.7	15.2

上述数据表明各类图书新品种市场敏感度存在明显差异。市场反应最迅速，新书被读者发现和接受最快的类别是少儿，其次是文教、生活和社科，反应比较迟缓的是科技和文学，新书销售比重只有少儿的一半。上一年度出版品种销售最好的是生活类和社科类，说明非专业类图书品种成熟消费时间比较持久。

各一级分类各出版年限图书销进比

类别	出版年限	进货品种	销售品种	品种销进比	进货册数	销售册数	册数销进比	进货码洋	销售码洋	码洋销进比
社科类	2007年版			%			%			%
	2006年版			%			%			%
	2005及以前			%			%			%
经法类	2007年版			%			%			%
	2006年版			%			%			%
	2005及以前			%			%			%
生活类	2007年版			%			%			%
	2006年版			%			%			%
	2005及以前			%			%			%
文学类	2007年版			%			%			%
	2006年版			%			%			%
	2005及以前			%			%			%
儿童类	2007年版			%			%			%
	2006年版			%			%			%
	2005及以前			%			%			%
教辅类	2007年版			%			%			%
	2006年版			%			%			%
	2005及以前			%			%			%
语言类	2007年版			%			%			%
	2006年版			%			%			%
	2005及以前			%			%			%
音像	2007年版			%			%			%
	2006年版			%			%			%
	2005及以前			%			%			%
艺术类	2007年版			%			%			%
	2006年版			%			%			%
	2005及以前			%			%			%
机械类	2007年版			%			%			%
	2006年版			%			%			%
	2005及以前			%			%			%
医学类	2007年版			%			%			%
	2006年版			%			%			%
	2005及以前			%			%			%
计算机类	2007年版			%			%			%
	2006年版			%			%			%
	2005及以前			%			%			%

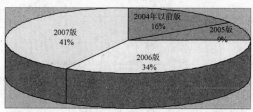
各出版年限图书销售比重品种饼状图

一级分类各出版年限图书占该分类比重
（1）品种比重图

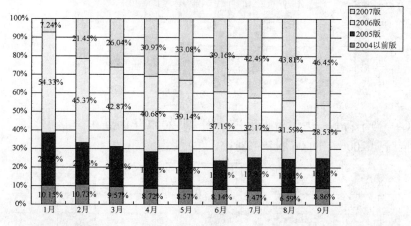

（2）册数比重图

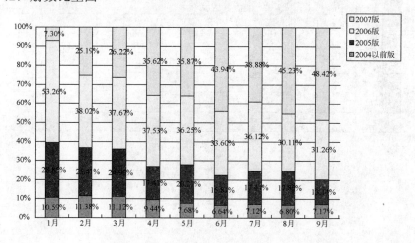

第十一章 图书市场营销分析模式

（3）码洋比重图

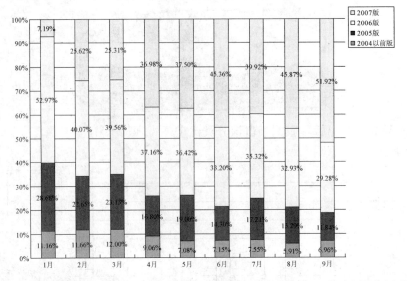

（4）当年新书与去年同期新书对比，即 2007 年的以 07 年版书为新书，与往年同时期 2006 年的 06 版新书对比，生成图表。

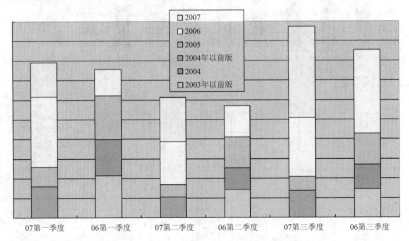

（五）阶段分析

表一　季度月份码洋对比

	07 码洋（万）	06 码洋（万）	增长码洋（万）	增幅%
1 月				+33
2 月				+5
3 月				+21

　　从季度销售涨幅情况来分析，1 月份上涨额度及幅度都最大，3 月份次之，2 月份与去年同期基本持平略有增长。和全国销售的阶段性明显不同（开卷数据显示一季度销售上涨主要体现在 3 月份，涨幅 30.64%）。一月份和二月份的销售涨幅落差很大。其主要原因，一是 07 年春节在 2 月而 06 年春节在 1 月。所以通常春节所在月份的销售会受一定影响；二是因为春节晚，节前有相当长的假期，所以教辅书特别是少儿书销售涨幅很大；三是北京会添订的新书发得全、到得早，对新品种反应较快的少儿、轻工、社科等类图书出现销售大幅上扬的态势。

表二　一段时间内销售情况及同比、环比总体销售情况

月份	动销品种	销售册数	销售码洋	销售实洋	利润	贡献率	交易比数
1 月							
2 月							
3 月							
合计							

表三　同期对比、环比变化（整体销售情况）

月份	品种同比	品种环比	册数同比	册数环比	码洋同比	码洋环比	利润同比	利润环比	笔数同比	笔数环比
1 月										
2 月										
3 月										
合计										

走出书店经营怪圈

第一季度各周动销品种及同期对比曲线图

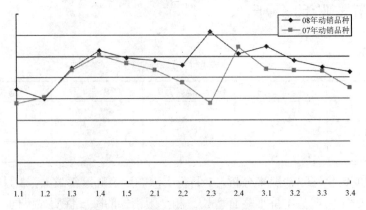

××××年第一季度各一级类码洋销售比重分析图

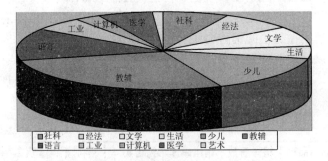

级分类册数、码洋同期对比图（按周统计）

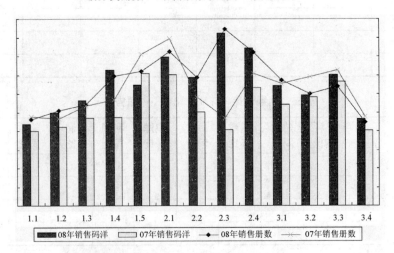

各一级类图书平均售价表

分类	去年平均图书售价（元）	当年平均图书售价（元）	同期对比（元）	幅度
社科				
经法				
文学				
生活				
少儿				
教辅				
外文				
艺术				
机械				
医学				
计算机				

表五　一段时间销售环比及同期对比情况表

分类	品种	环比	同期对比	册数	环比	同期对比	码洋	环比	同期对比
社科									
经法									
文学									
生活									
少儿									
小学									
初中									
高中									
语言									
艺术									
机械									
医学									
计算机									
合计									

表六　各一级分类码洋品种效率及册数品种效率表

一级分类	品种	册数	码洋	码洋品种效率	册数品种效率
社科					
经法					
文学					
生活					
少儿					
教辅					
外文					
机械					
医学					
艺术					
计算机					
合计：					

（六）结构分析

表一　各类别销售比重（即销售结构）

类别	2007 年销售		2006 年销售		同期对比	
	码洋	比重%	码洋	比重%	码洋%	比重%
教辅		24.6		26.4	+10	-1.8
少儿		13.3		11.1	+42	+2.2
社科		12.0		11.4	+24	+0.6
文学		10.7		8.2	+54	+2.5
工业技术		7.1		8.7	-2	-1.6
生活		6.2		5.6	+35	+0.6
外文		5.5		6.0	+11	-0.5
教学音像		5.2		5.7	+7	-0.5
医学		4.4		5.0	+4	-0.6
艺术		3.0		3.8	-6	-0.8
计算机		2.5		2.5	+17	-----
文教工具		2.3		3.2	-13	-0.9
其他		3.2		2.4	+7	+0.8

　　从图书市场规律来分析，季度销售主打品种仍然是教辅和少儿两大类，占书店销比重较大，经过分析研究其中社科类始终保持 12%左右，文学类受《于丹论语心得》拉动，比重接近 11%，成为对季度销售贡献最大的综合类比重。

去除文学《于丹论语心得》和少儿推荐《阅读》因素，销售码洋升幅前4位为生活、文学、少儿和社科，上升幅度分别为35%、28%、26%和24%（见"表七"）。此外计算机、外文和教辅涨幅均达到或超过10%，教学音像和医学也有不同涨幅的表现，其中应当关注明显下降超过10%。而工业技术、艺术和文教工具3类图书的销售有所下降，据民营市场调查显示，文教工具类8折销售，同时一些盗版工具书也冲击市场。季度销售码洋超过30万、排名前7位的大类（见"表七"）中，除工业技术小幅下降外，其他各类销售明显上升而且升幅较大。

×××× 年第一季度各周各一级分类占销售码洋比重表

	1.1	1.2	1.3	1.4	1.5	2.1	2.2	2.3	2.4
社科	%	%	%	%	%	%	%	%	%
经法	%	%	%	%	%	%	%	%	%
文学	%	%	%	%	%	%	%	%	%
生活	%	%	%	%	%	%	%	%	%
少儿	%	%	%	%	%	%	%	%	%
教辅	%	%	%	%	%	%	%	%	%
语言	%	%	%	%	%	%	%	%	%
工业技术	%	%	%	%	%	%	%	%	%
计算机	%	%	%	%	%	%	%	%	%
医学	%	%	%	%	%	%	%	%	%
艺术	%	%	%	%	%	%	%	%	%

销售比重图（按星期统计）

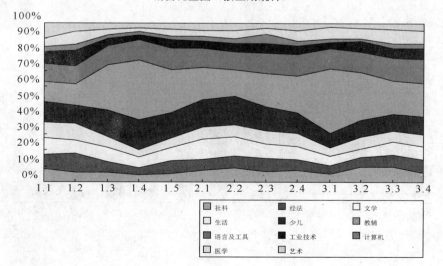

特色的销售情况及同期对比（品种、册数、码洋）图

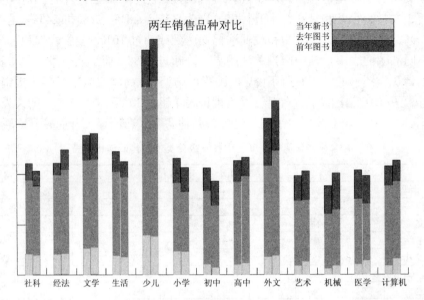

两年销售品种对比

当年新书
去年图书
前年图书

社科　经法　文学　生活　少儿　小学　初中　高中　外文　艺术　机械　医学　计算机

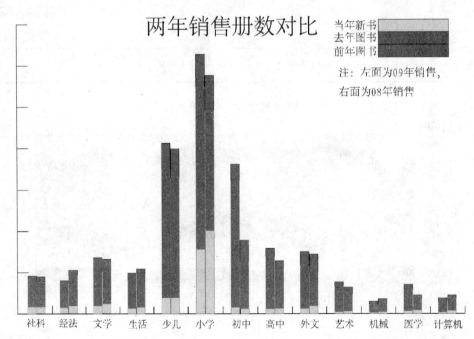

两年销售册数对比

当年新书
去年图书
前年图书

注：左面为09年销售，
右面为08年销售

社科　经法　文学　生活　少儿　小学　初中　高中　外文　艺术　机械　医学　计算机

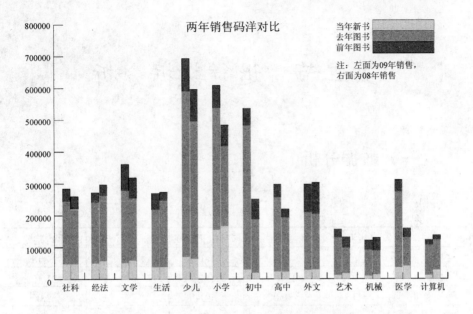

两年销售码洋对比

当年新书
去年图书
前年图书

注：左面为09年销售，
右面为08年销售

进、销统计及所占比重示意图（按分类）

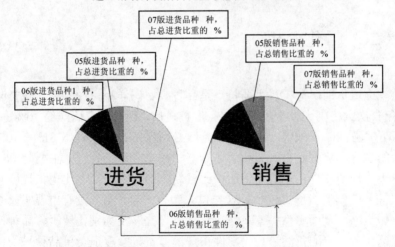

07版进货品种　种，
占总进货比重的　%

05版进货品种　种，
占总进货比重的　%

06版进货品种1　种，
占总进货比重的　%

进货

05版销售品种　种，
占总销售比重的　%

07版销售品种　种，
占总销售比重的　%

销售

06版销售品种　种，
占总销售比重的　%

第二节　退货数据分析

（一）数据分析

退货、额度、幅度分析

	货源	品种	码洋（万元）	实洋（万元）	平均定价
2007 年	240	979	180		29.13
2006 年	139	10479	122		21.18
变化额度	-115	-9500	-104		-2.05
变化幅度%	-83	-91	-85		-10

（二）量化分析

　　从季度退货情况分析，主要特点是品种少、码洋小，图书新、退货晚。经过 06 年二次大范围大批量阶段性重点退货之后，现有库存码洋约 10%是 03-04 年出版老"五四制"教辅，因市场已绝版必须保留；库存码洋 81%是 05 年以后出版的品种，几乎没有"旧死呆坏"书。在季度退货处理上主要是 05-06 上半年出版的滞销图书，相对而言品种比较新，退货量同期对比也大幅度减少。相对而言，07 年退货压力较小。07 年以来销售一直很好，没有出现明显淡季现象；再加上书店全面更换书架。此前只针对一些涉及类别比较少、品种比较单一、问题比较突出的货源进行局部性小规模退货。季度退货单品种平均价格同比下降 2.05 元，而同期销售单品种平均价格上升 0.24 元。这种反差说明近二年的进货工作对价位偏高品种比较慎重，把握得也比较准确。

（三）库存分析

表六　库存规模及同期对比

三年同比	2007	2006	2005	与 06 年对比		与 05 年对比	
				额度	幅度%	额度	幅度
品种（万种）	9.1	7.2	6.5				
码洋（万元）	2226	1736	1278	−10	−1	−22	−4

（四）比重分析

　　从库存品种合理性上分析：一是品种总量及各类之间分配比例。二是畅销书和常销书的比重，滞销书存量比重等。三是从营业面积计算静态陈列品种总量。目前库存品种总量上看，季度库存应发挥有效面积，适度扩容陈列，掌控库存品种，调整品种结构才能够符合市场需求、满足销售需要。从季度销售比来看 06 年同期增长 18.8%，库存同比下降 1%；比 05 年同期增长 10.4%，库存同比下降 4%。销售大幅度上升的同时，库存不仅没有大幅上升，反而适度下降，不仅说明了库存品种的优化，更说明库存码洋的合理控制，更主要是 2/8 原则，5/6 新书比率，3/7 库存比率的营销分析方法的运用。

（五）年限分析

品种、码洋比重分析

出版年限	品 种		码 洋		合计品种		合计码洋	
	品种	比重%	码洋	比重%	品种	比重%	码洋	比重%
2007	33355	40.3		41.4	33355	40.3		41.4
2006	15194	18.4		23.7	30760	37.2		40.3
2005	15566	18.8		16.6				
2004	7287	8.8		7.7	12668	15.3		13.6

出版年限	品 种		码 洋		合计品种		合计码洋	
	品种	比重%	码洋	比重%	品种	比重%	码洋	比重%
2003	5381	6.5		5.9				
2002	2591	3.1		2.2	4065	5.0		3.4
2001	1574	1.9		1.2				
2000	804	1.0		0.6				
1998-1999	753	0.9		0.6	1839	2. 2		1.3
1996-1997	282	0.3		0.1				

从品种年限上分析,现有库存结构以 2006 年出版的图书品种为主体,无论是品种还是码洋都占总库存40%以上;其次是 2007 和 2005 年出版的图书,品种比重 18.4%～18.8%,码洋比重 16%～24%(05 年 16.6%,07 年 23.7%,两年合计品种比重超过 37%,码洋比重则超过 40%;2003-2004 年出版的图书仍占较大比重,品种占 6%～9%,码洋占 5%～8%,两年合计品种比重约 15%,码洋比重略低但也超过 13%;2001-2002 年出版的图书仍有一定比例,品种比重 2%～3%,码洋比重 1%～2%,两年合计品种比重 5.0%,码洋比重 3.4%;而 2005 年前出版的图书所占比例很小,无论品种比重还是码洋比重都低于1%,所有年份合计品种比重只有 2.2%,码洋比重则更低,仅 1.3%,几乎可以忽略不计。从上述数据分析可以看出,2007 年一季度出版的新品种与全年比较相对较少,库存图书无论品种、码洋还是其比重都随着出版年限的前移而依次递减——出版年限时间越长,库存品种及码洋越少,恰好与销售的年限结构相符合,因此相对比较合理。正因为库存的品种结构与销售的品种结构相呼应,才保证和促进了销售攀升。

(六) 类别分析

库存类别码洋比重分析

类别	2007 年		2006 年		同期对比		07 销售比重	销售比重/库存比重
	库存	比重%	库存	比重%	码洋	比重%		
文学		6.8		9.9	-39	-3.1	10.7	1.59
少儿		9.0		9.3	-5	-0.3	13.3	1.49
生活		5.3		4.4	11	0.9	6.2	1.18
教辅		22.3		20.6	19	1.7	24.6	1.11

类别	2007 年		2006 年		同期对比		07 销售比重	销售比重/库存比重
	库存	比重%	库存	比重%	码洋	比重%		
教音		5.2		5.3	-2	-0.1	5.2	1.00
外文		5.6		6.8	-15	-1.2	5.5	0.99
社科		13.1		15.6	-32	-2.5	12.0	0.92
微机		3.1		2.8	3	0.3	2.5	0.81
工具		3.0		2.0	12	1.0	2.3	0.77
艺术		3.9		4.2	-4	-0.3	3.0	0.77
工技		9.3		7.8	17	1.5	7.1	0.77
医学		7.4		7.0	5	0.5	4.4	0.60
其他		5.9		4.2	20	1.7	3.2	0.55
合计					-10		2005 年库存 万	

从书店库存品种结构上分析，发现各类别之间存在一定差异。这种差异不仅体现在各类库存码洋不同、品种不同、册数不同、单价不同、比重不同，也体现在周转效率不同。业内公认衡量库存周转情况的指标是库存周转次数，为此从全年销售与平均库存的比值，我们提出"库存周转相对效率"概念来分析即销售比重与库存比重的库存结构，可以准确描述某一时间段内各类别周转的相对快慢。比如：季度库存周转相对效率较高的是文学、少儿和生活，较低的是工业技术、医学及其他。其中《于丹论语心得》的单品种极端放量、生活类的全面热销使原本周转不是很快的文学类和生活类分别跃居第一和第三；全国教辅市场的严峻形势要求我们大面积备货，不错过任何档期和商机，使原本周转最快的教辅跌至第四；计算机经过调整库存、控制主发、优化品种等手段从周转排名最后跃升至 13 类中的第 8；美术音像、音乐 VCD、成人教育、软件等并入"其他"的类别，周转效率较低，控制周转，提高效率的基础上调整库存结构。

（七）问题分析

从库存问题产生原因上分析，在进货、销售和退货流程上分析品种质量、品种差异和品种实现进行分析，比如个别出版社主发来的品种较多、图书品种销售不好但主发数量较大。一方面我们要在季度退货中，处理销售不畅的库存

品种；另一方面仍然要采取更有力的措施控制不良主发。对质量不好，品相也差，折扣还高，不知谁发来的也没有联系方式。我们又不能录入上架，而只能暂存库房，待发货方主动联系后由对方承付运费并直接退回。在货源品种消化上做好如下分析：一是销售缓慢但又必须备货的品种，既有新书也有旧有库存，占非动销库存 20%以上。这部分图书品种市场容量不大，销售频率较低，但它符合某些特定读者需求，或者标志着书店的图书文化品位。虽然在销售中占有不可忽视的比重，属于合理的非动销库存品种，予以保留。二是曾经的常销品种甚至畅销品种，由于市场容量接近饱和或者受到同类新品种强烈冲击逐渐淘汰变成滞销书。这部分图书占非动销库存 50%以上，属于陈旧滞销库存，必须进行退货处理。三是对新书添订暂时市场表现不明显。如经过一季度近百天市场表现不好，可以在架陈列 3-5 个月，等待销售契机。如果仍然没有良好销售表现，再做退货处理。

第三节　货源进销分析

（一）采购分析

重点书商品种码洋分析

排名	1	2	3	4	5	6	7	8	9	10
书商	机工	化工	金盾	外研	人邮	电子	人卫	军医	北科	电子
品种	1357	674	464	459	449	422	403	310	300	294
码洋	万	万	万	万	万	万	万	万	万	万

　　从季度市场销售情况上分析,表现前10位出版社到货品种占本店总到货品种20%;进货码洋前10位出版社到货码洋占总到货码洋19%,应将进货品种码洋进行重点掌握、重点分析、重点研究,并做好指导图书采购的重点。码洋排名前10位出版社主打品种包括外语、少儿、教辅、科技、古典文学五大类别。而在整体销售中比重较大的社科和生活类都没有货源进入排行榜,比如:以社科为主打类的出版社很多,但大多比较小,无论品种或是码洋都很难进入排行榜;生活类图书品种的出版则比较散,分布在各大大小小的出版社,真正以生活类图书为主打品种的出版社很少,分析其主要原因,应当是一些出版社经营思路与市场接轨问题上,存在选题与市场,定价与市场、营销与市场的差异问题。因此专业出版社的出版选题该专的不专,对重点发展的业务得不到有效的重视,更得不到优势的发挥。许多出版社优势资源得不到优化,出版社应当在选题、人才、资金、市场四个方面进行大胆尝试,重点突破,特别是在经营机制方面采取市场化方法和手段,突破出版体系机制运营的误区,结合自身实际围绕自身优势,坚持从专业角度出发走出版高、精、尖之路,才是出版社在未来市场上破解选题经济难题之所在。

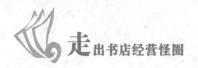

（二）动态分析

进销存分析

排名	1	2	3	4	5	6	7	8	9	10
书商	机工	外研	化工	金盾	吉美	北教	电子	浙少	法制	人卫
品种	1937	908	872	742	600	562	559	546	536	498
书商	机工	外研	书局	北师	沈阳	安少	商务	陕教	中少	化工

从书店销售品种状况上分析，前10位出版社销售品种占总销售品种17%；销售码洋前10位出版社销售码洋占总销售码洋18%。销售品种排名前10位的出版社主打品种涉及科技、外语、少儿、教辅、法律等五大类；销售码洋排名前10位的出版社主打品种涉及科技、外语、古典文学、教辅、少儿和文教工具六类。以社科和生活两大类为主打品种的出版社在销售品种排行和销售码洋排行方面仍然都是榜上无名。一些实践表明，销售进货比标志着货源进货的合理性和有效性。但同时也表明书店整体运营能力及团队素质，更主要的是内部协调和市场定位以及单兵能力的发挥，都有着非常重要的因素。在销售前10位出版社中，进货消化最好的是陕西人民教育、商务、中华书局和沈阳出版社。除中华书局凭借《于丹论语心得》单品种极度放量大大提高库存周转而外，其他三家也都表现良好。一些实践表明，库存销售比标志着货源库存的合理性和经济性。其实也表明书店的整体库存品种掌控、库存码洋监控，应当在总体市场运营的基础上，进行季度调整、年度调整的必要性、合理性、经营性的把握和认识。在销售前10位出版社中，库存最合理最经济的是中华书局、陕西人民教育、安徽少儿和沈阳出版社。这四家出版社有一个共同的特点，那就是都有一个叫得响的品牌：中华书局是《于丹论语心得》，陕西人民教育是《教材全解》，安徽少儿是《虹猫蓝兔七侠传》，沈阳社是《快捷通》，从中我们似乎得到这样一种启示，无论是追求图书单品种销售放量并同时拉动常销品种同期销售上行，还是有效控制库存品种及码洋，减轻库存压力、加快库存周转，抓重点品牌、抓畅销系列图书都是最佳途径。与此同时，还应当在监控库存动态，提高人员市场反映能力上培训、培养，使之在库存品种、码洋的掌握上动之能战，销之能胜。

（三）库存分析

从库存品种码洋上分析，前 10 位出版社库存品种占总库存品种 20%；库存码洋前 10 位出版社库存码洋占总库存码洋 30%。库存品种排行前 10 位几乎清一色是科技社；库存码洋前 10 位中四家出助学用书、一家出外语书，其他五家也都是科技社。这一方面是科技图书特点决定了无论是进货、销售还是库存都是品种多、单品种数量少；另一方面也说明科技图书不像社科类和生活类图书那样谁都出，相对而言集中在一些专业出版，所以单社排名比较靠前。如此多的品种和如此大的库存量，要求我们要把相当部分精力放在这些出版社上，研究其库存品种动销状况及册数、码洋变化，从新、奇、特品种市场中找寻规律，做好品种营销。通常意义上说，图书畅销与否是以销售册数来衡量的。只有单品种销售放量才是真正意义上的畅销书。但对于较大型的零售书店来说，还有一些重点图书品种定价高、常年销，虽然单品种销售数量不太大，但对总销售码洋贡献率很大。所以我们从品种和码洋两个方面来把握畅销品种和重点品种。

销售册数排行榜分析

排名	版别	书名	定价	册数	码洋
1	中华书局	于丹论语心得	20		
3	商务	新华字典	15		
2.4-6.18	北师大	小学课本	6.6-7.6		
7-8.11.16	新疆青少	英才教程（小学）	6.6-6.8		
9.10.13	沈阳	快捷通	10		
14	上海文艺	品三国上	25		
12.15.19	陕西人教	小学教材全解	8.8-12.8		
17	民主与法制	于丹庄子心得	20		
20.45	安徽少儿	虹猫蓝兔七侠传	9.8		
21-50	辽师、北师、河北教育	小学同步教辅14	3.5-7		
	多家出版社	教委推荐阅读6	10-15		
	内蒙人民、沈阳	初中同步教辅6	10-14		
	北师大	小学课本4	7-10		

从销售册数排行榜上分析，一是畅销品种销售册数在放量。不仅排名第一的《于丹论语心得》单品种销售册数超过××××册，排名前 20 位的品种合计销售××××册，比 06 年增加 19%。二是畅销品种码洋贡献率在提高。册数排名前 200 位的图书统计销售××××册，码洋 64 万元，占总销售册数 20%，占总销售码洋 11%。与 2006 年相比，码洋比重上升 1.9%。这个数值说明畅销品种销售册数的普遍放量的结果提高了其对总销售码洋的贡献率。三是畅销品种结构趋于多元化。由于中小学生放寒假，历年季度销售册数排名靠前的基本是学生用书。2006 年销售册数排名前 200 名中只有 5 种法律图书，文学、外语、少儿、工具、地图 5 类图书各 1 种，其余 290 种都是课本及教辅。本年季度销售册数排名前 200 位中，古典文学类的《于丹论语心得》、《品三国上》、《于丹庄子心得》、外国文学类的《假如给我三天光明》；社科类的《好孩子是如何教出来的》、《安全法》、《安全生产法》；外语类的《新概念英语1》、少儿类的《虹猫蓝兔七侠传》20 种、教委推荐小学生阅读 20 种、《玩转悠悠球》等 49 种非教辅类图书均榜上有名。特别是古典文学类的三种图书分列排行榜 1、14 和 17 位，《于丹论语心得》更是以××××册的单品种销售数量历史记录高居排行榜首。四是社科类重点品种主要是新书推动。社科类图书目前市场销售很好，涨幅较大。除市场总体走势看好外，主要是通过提高进货动销品种的比例、单品种销售数量普遍稍有增加来实现的，重点书放量还不太多。本季销售册数排行榜前 200 位中应特别关注新品种，社科类图书动态变化，说明掌控社科类图书的特点有时也会通过进货和信息发现及企划拉动，还应在畅销品种上下功夫开拓市场营销。对销售码洋排行前 200 名中非教辅类品种大幅增多，而且排名靠前；教辅类图书只有 21 种，比重仅为 10.5%，而且没有一种进入销售码洋排行榜前 5 名。对销售码洋前 200 名合计销售册数×××××，销售码洋××万，占总销售册数 16%，占总销售码洋 14%。对比销售册数排行榜，册数比重低 4%，但码洋比重高 3%。可见销售码洋前 200 位比销售册数前 200 位对总销售码洋的贡献更大。对工具、外文、社科、文学等类图书虽然进入码洋排行榜的品种不多，但单品种码洋贡献率比较大，突出代表为《精装简体横排二十四史》。

排名	版别	书名	定价	册数	码洋	比重%
1	中华书局	于丹论语心得	20			1.36
2	商务	新华字典	15			0.38
3	上海文艺	品三国上	25			0.29
4	中华书局	精装简体横排 24 史	2280			0.24
5	中华书局	于丹庄子心得	20			0.20
6-50		汉语工具类 2 种	68-88			0.25
		小学用书 15	6.6-10			1.69
		初中用书 5	10-13			0.54
		少儿类 9	10-168			0.91
		外语 3	24-99			0.31
		社科类 3	28-2200			0.24
		文学类 2	32-466			0.23
		工业技术 2	52-6474			0.20
		健康养生 2	29-30			0.09
		职业医师考试 1 种	136			0.08
		高中用书 1	30			0.08

以仅有的 4 套销售高居销售码洋排行榜第 4，占总销售码洋 0.24%，充分说明某些定价较高、常年销售的图书虽然不能销售放量，但对总体销售举足轻重。如果我们把销售数量排名靠前的品种定义为畅销品种，那么我们应该把销售码洋排名靠前的品种定义为重点品种。二者的备货与营销同时并重，互相拉动、互相补充，才能取得比较理想的销售业绩。销售业绩归根到底是销售总码洋。其中动销品种数、单品种销售数量和图书平均价格是三个要素是决定进货及营销关键环节。一是进货要强调"放量"：即对优秀品种重点备货并通过恰当的营销手段使其销售册数放量；二是进货要注重"总量"：销售册数及码洋前 200 名的销售分别占总销售 20%和 30%，这二个数字表明整体销售中 85%以上来自于单品种销量较小的动销品种。所以，必须根据书店条件和市场需要尽可能丰富进货品种特别是增加有效进货品种。三是，进货要注重"适量"，虽然单价高销量小的动销品种实现销售的偶然性较大，但它对总码洋的贡献率较大，因此要从销售的偶然性中找规律，研究必然性，加强对优秀大部头图书如工业技术、国学典籍、工具书等品种的进货和销售追踪，保证动销品种不断档，以实现优化库存品种的目的。

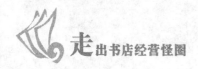

第四节　类别进销分析

（一）社科类分析

表一　进货情况分析

时间	码洋	品种	册数	平均单价
2007		4055		27.5
2006		4290		24.3
同比变化		−5.48%		+13.17%
报定数		2820		

表二　销售情况分析

时间	码洋	品种	册数	平均单价
2007		7492		26.64
2006		7850		22.4
同比变化		−4.56%		18.93%
占进货的比				

表三　非动销情况分析

项目	码洋	品种	册数	平均单价
非动销		460		26
非动销中滞销书		205		23.5
非动销中主发书		390		24.65

表四　进销存情况分析

（1）总进货110家。其中前5家：

出版社	码洋	品种	占总进货的比率	是否主发
法制		210	5.29%	否
纺织		113	4.50%	否
机械工业		197	3.7%	是
北京工业大学		35	3%	是
地震		71	2.87%	否

（2）总销售 108 家。其中前 5 家：

出版社	码洋	品种	占总销售的比率	是否主发
法制		535	6.35%	
纺织		225	5.1%	
北京工业大学		83	3.87%	
地震		131	3.78%	
机械工业		271	3.65%	

（3）重点品种 160 种。其中前 10 种：

出版社	书名	价格	数量
中国广播电视	宝宝取名实用指南	22	
海天出版社	方与圆 3—观念是一切	18	
新华出版社	国富国穷	58	
团结出版社	蒋介石日记揭秘	88	
当代中国（系列）	十大元帅传	45	
中国铁道	巴菲特午餐会	21.8	
上海人民	余秋雨人生哲学	25	
中国妇女	哈佛家训 2	29.8	
人民出版社	大国崛起	56	
石油工业出版社	这样帮助孩子最有效	21.8	

（4）销售前 10 位重点品种：

出版社	书名	价格	进货数量	销售数量
北京工业大学	好孩子是如何教出来的	28	217	
中智博文	决定成败 60 个工作细节	36	140	
北京工业大学	李嘉诚富与贵的哲学	29.5	240	
人民出版社	与未来同行	30	105	
纺织	中国新股民必读全书	29.8	120	
吉林文史	男人来自火星女来自金星	28	146	
人民出版社	大国崛起	56	48	
新世界	字海拾趣	58	58	
民主法制	大国崛起—美国	58	80	
漓江	把孩子培养成财富	24.8	140	

（5）滞销品种 200 种。其中前 9 种

出版社	书名	价格	数量
劳动出版社	保险与社会保障	25	
百花文艺	中国鸣虫	42	
上海文艺	十处乡村百年中国	26	
广东旅游	广东民俗大观	150	
中国农业大学	新农村帮你经营乡村文化	20	
中国农业大学	新农村帮你帮你减轻经营税负	22	
劳动出版社	助理保卫师	31	
金盾	创新纵横谈	14.5	
冶金工业	产业循环经济	69	

从季度的类别品种价格上分析，图书进货增加定价（20—60 元之间），其中经济管理类，在××季度到货增加××万码洋，比去年增加比率为××%。同期对比销售 20—60 元的图书经济管理类销售增加××万，比去年增加比率为××%。进货和销售同时增加，主要集中在股票和财税类图书的进货和销售都有明显的变化。由于 2006 年年底会计准则变化很大，所以会计、税务类和企业管理相关类图书销售明显增加，并且带动其他经管图书的销售，2006 年股市创新高，并且持续走强，07 年 5 月这前股票图书销售态势良好，仅仅春节 7 天就比去年增加××万元。从季度类别进货减少分析图书定价（20—60 元），其中社会科学类，在季度减少品种××个品种，比去年减少比率为××%。同期对比销售（20—60）元的图书社科类销售增加××万，比去年增加比率为××%。品种减少主要原因控制出版社主发，采取沟通发货、信息反馈、数据对比、友好协商的办法，较好地控制了主发现象。

（二）文学类分析

从出版社到货情况上分析，比如 115 家出版社品种，前 5 家出版社共到货××种××万码洋，占总进货的 32.8%。这 5 家出版社是：中华书局，上海文艺，译林，燕山和人民文学。备货重点品种 10 种：《于丹论语心得》、《于丹庄子心得》、《品三国》、《贞观长歌》、《藏獒 2》、《假如给我三天光明》、《说慈禧》、《新结婚时代》、《蝴蝶公墓》、《手机》。备货量在×××册之间。销售前 5 位出版社分别是中华书局（155 种×××万）、上海文艺（29 种

×××万）、译林（175种×××万）、燕山（172种×××万）、人民文学（157种×××万）。合计×××万码洋，占总销售的38.5%。销售重点品种有《于丹论语心得》、《于丹庄子心得》、《品三国》、《假如给我三天光明》、《狼图腾》、《插图本名人传》、《刘心武揭秘红楼梦1.2》、《明亡清兴六十年上》、《达芬奇密码》、《贞观长歌》。动销情况不好的出版社前5家是××。共有库存××种×××元，占到货的0.9%。销售情况不好的前10个图书品种。存量在××-××册之间。主要是在订货会上选择优秀品种，并且单品种放量（如贞观长歌、明亡清兴六十年下）；同时控制一些出版社的主发。销售上涨主要体现在百家讲坛系列图书的热销及其对相关品种的拉动，如于丹论语心得、庄子心得、品三国等；古籍类100元以上定价较高的图书也销售上扬，同比增加××万码洋，上升20%；此外由于学生阅读类的拉动，外国文学销售×××万码洋，同比增长×××万码洋，涨幅30%。

（三）生活类分析

从季度进货品种情况上分析，比如到货2369品种，码洋54万。其中主发473种，码洋11万，占20%。进货码洋前5位：中国地图、轻工业、吉林科技、中国纺织、青岛，合计进货462种，码洋13万，占总进货23%。备货重点品种200种，前10种是实用家庭菜谱回馈版，饮食决定健康320-289，细节决定健康全集，家常果蔬做面膜，家常菜精选1288例，无毒一身轻（Ⅱ），无毒一身轻（Ⅰ），人体使用手册，无毒一身轻（Ⅲ）。备货量均在80—230之间。各细分类进货品种同比无明显变化，但进货册数、码洋及所占比重及平均单价发生明显，尤其以生活百科和烹饪技术最为突出。百科册数增长23%，码洋增长54%，平价单价增长26%，所占码洋比重增长6.29%；烹饪技术册数增长23%，码洋增长14%，平均单价下降8%，所占码洋比重下降6.83%。动销品种分布在188家出版社，占进货货源98%。其中主发473种，码洋11万，占20%。销售排名前5位的出版社是：吉科、中国地图、中国纺织、轻工业、广东经世。合计销售613种，9万，占总销售26%。销售重点品种前10名：人体使用手册、无毒一身轻、饮食决定健康、细节决定健康全集、实用家庭菜谱-回馈版、无毒一身轻Ⅱ、家常菜精选1288例、家常果蔬做面膜、迷4-学生健脑、大众菜。销售数量在94-208之间。这些基本都是进货时重点关注的品种。一是册数增长率明显高于码洋增长率，说明图书定价尤其是畅销书定价有所下降；二是畅销书

有力拉动了整体销售增长，单品种销售在放量；三是销售品种结构明显变化，大众健康类图书成为热点并带动了生活类图书高速成长；四是媒体宣传及重点品种变换陈列位置对销售攀升起到了很大作用。例如《人体使用手册》等书由于《千晚》的连载由衰退期又转入了旺销期。《迷你系列》等书由于不断变换陈列位置始终保持旺销。

（四）少儿类分析

从总库存品种上分析，比年初计划上涨××万，上涨 16%。上涨的原因：一是大码洋的礼品书多备货，如浙教的《少百》彩绘本 168.00 元，大百科的《中国中学生百科全书》199.00 元，属于常销品种合理备货；二是外研社准备搞促销活动，一些品种主发量较大，如《聪明豆绘本》《超级悠悠球》《玩转四驱车》等；三是安徽少儿的《奇奇颗颗历险记》准备在央视播放，备了 200 套。上述因素导致库存短期内上涨。另外由于品种更新，部分老品种逐渐转为滞销品种，如湖北美术的《外国文学名著丛书》20 种等，共计××万，预计 6 月末库存××万。共进货 70 家，到货排名前 6 家出版社是安徽少儿、浙江少儿、中少、北京社及辽少以及北京禹田。其中 30%是各社北京会前主发来的新书。销售排行前 6 名也是以上 6 家出版社，共销售××万，占总销售 29%，由此可见北京会前确定的重点社是正确的。销售上涨的主要原因：一是图书的封面式陈列方便了读者选书，已被读者接受，固定的读者人数上升。二是系列的宣传促销活动，以及浓厚的节日气氛拉动了销售。三是历年的滞销书已处理掉，新的畅销品种及时到货。从畅销品种看，少儿类的图书走势如北京会前分析一样，是以百科知识、童话故事、儿童文学、科幻探险、启蒙读物等为销售重点。销售良好的品种共有 4750 种，码洋××万，分别占新书到货的 60%。数量在 100—200。其中主发的有 2940 种，占 62%，如北京理工《幼儿童话故事》、时代经济《地理故事》、世界知识《少儿科普知识丛书》、武汉人文《自制手工》、中国人口《双语童话故事》等，添订的有 176 种，占 38%，如湖北少儿《百年百部中国儿童文学》系列丛书，因为社里在报纸和电视上都做了宣传，订货会上订了 10 套。另外一些品种预热期较长，如湖南少儿《奥特曼立体手工》、中少《天使在人间美绘版》、《张天翼儿童文学选集》等都已经在报纸上做了宣传，一些粘帖类、附带玩具类、盒装手工类品种等，都有较好的市场表现。

（五）教辅类分析

　　从07年全国教材平均单价上分析，其中07年图书单价下调1.15元，但是教辅同步类图书平均单价却上涨1元，因此在平均单价上并无太大下降趋势。从共进货145家来看，码洋排名前5家是北京师范大学、沈阳、友联书局、新疆青少年和人民教育出版社。共计进货663种，码洋××万，占总进货33%。重点以添报订数为主，主发较少。销售136家，占货源总数93%。销售前5家分别是北京师范大学、沈阳、中国青年、新疆青少年和人民教育出版社。合计销售码洋 ××万，占总销售36%。进货重点品种有北京师范大学的各年级课本，四年制的测试卷系列、教材完全解读、自主学习、伴你成长、典中点、点拨。教材全解，备货在300～2000本。进货量的主要依据是近三年同期销售及现在各学校总人数。销售重点品种是四年制测试卷系列、教材完全解读系列、课本、教材全解等。伴你成长、典中点是春季备货的重点，也是排行榜前30名的重点品种。

（六）外文类分析

表一　进货同期对比

07 品种	07 码洋（万元）	06 品种	06 码洋（万元）	同期对比
1638		1656		+5%

表二　添订与主发情况

添订品种	添订码洋	主发品种	主发码洋	码洋添订/进货	码洋主发/进货
998	19.5	640	9.0	68%	32%

表三　销售同期对比

07 销售品种	07 销售码洋	06 销售品种	06 销售码洋	码洋同比	销售/进货
3647	23.5	3192	19.2	22.40%	82.5%

表四　添订与主发对比

添订品种	添订码洋	主发品种	主发码洋	码洋添订/销售	码洋主发/销售
2189	14.6	1458	8.9	62%	38%

表五　非动销与滞销对比

非动销品种	非动销码洋	滞销品种	滞销码洋	滞销码洋/非动销码洋
376	4.3	107	1.0	23.3%

表六　添订与主发对比

添订品种	添订码洋	主发品种	主发码洋	添订/滞销码洋	主发/滞销码洋
21	0.2	86	0.8	20%	80%

表七　库存情况分析

库存码洋	06 同期	动销存量	非动销存量	计划退货	预期 6 月末库存
54.9	64.9	45.0-48.0	7.0-10.0	7.0-10.0	44

表八　进货码洋前 5 位的货源

	进货品种	进货码洋（万）	占进货总码百分比	发货性质
外研社	248		30.9%	主发&添订
新东方	90		8.4%	添订
外文社	90		4.9%	主发&添订
文源	129		4.9%	添订
人教海文	35		3.2%	添订
合计	592		52.3%	——

表九　销售码洋前 5 位的货源

	销售品种	销售码洋（万元）	占销售总码百分比
外研社	563		29.4%
新东方	115		8.5%
外文社	184		4.7%
文源	204		4.3%
海文	91		3.8%
合计	1157		50.6%

走出书店经营怪圈

表十　动销码洋排名前 5 位

	销售品种	销售码洋（元）	占总销售码洋百分比
西北工大	6		——
上海大学	4		——
北京语言大学	16		——
南开大学	11		——
北京世图	23		——
合计	60		0.87%

表十一　进货前 10 名重点品种

供货单位	书名	备货量	分析
外研社	新概念英语 1		常销书备货，学生课本开学备货，四六级新题备货，韩国语常销备货及新品种要货，新版薄冰英语语法要货
外研社	新概念英语 2		
外研社	新标准学生用书		
新东方	四级词汇词根+联想记忆法		
文源	恩波四六级真题		
广东世图	日语新手快速上口		
文源	星火四六级词汇必备		
民族	韩中常用词汇 8000 条		
外研社	无师自通韩国语		
开明	薄冰英语语法（金版）		

表十二　销售前 10 名重点品种

供货单位	书名	销售数量	分析
外研社	新概念英语 1	229	新概念等常销品种仍然是销售主力，德语 300 小时科大用书
外研社	新概念英语 2	179	
外研社	新概念英语 3	108	
人教海文	中日交流标准日本语-初级（碟版）	30	
外研社	走遍美国（全新版）	27	
外研社	德语 300 小时	47	平均定价 33.85
新东方	新概念英语之全新全绎 1	27	
商务印书馆	新概念英语同步互动习题集 1	37	
外研社	书虫-入门级	32	
新东方	四级词汇词根+联想记忆法	37	

表十三　外语销售排名

	07 年第一季度销售			06 年第一季度销售		
	品种	册数	码洋（元）	品种	册数	码洋（元）
新概念系列	170			124		
新标准系列	108			96		
CET4-6	562			404		
语法系列	140			148		
日语系列	273			223		
韩语系列	140			59		
考研系列	149			124		
出国考试	172			136		
等级考试	126			129		

其中大学英语四六级考试、韩语系列、出国考试系列涨幅较大。

（七）音像类分析

从货源进货情况上分析，重点进货 38 家，1457 种，42.4 万元，同比增长 0.95%。平均进货折扣 64 折，同比下降 1.2%。平均单价 28.3 元，同比下降 3.2 元。其中主发 12 家 406 种××万元，占总进货品种 28%，占总进货码洋 21%。进货排行前 5 家是：东田，沛沛英语，海文音像，外研，安徽科技。合计进货 550 种××万元，占进货码洋 52%。进货重点品种：新标准英语 1，2007 中考英语听力通，快乐英语，英语国际音标入门，初中英语泛听 1 下，最新英语听力必备 7 年级，最新英语听力必备初二，飞越听力初中英语七年级，初一领读与听力，剑桥少儿英语教材全解。到货数量均在×××之间。销售 36 家 1600 种××万元，平均单价 28.6 元。销售同比增长 6.7%，销售占进货 68%。其中主发书销售 190 种××万元，占主发总量的 41%；添订书销售 1410 种××万元，占添订总量的 75%。销售排行前 5 家是：东田，沛沛英语，海文音像，外研社，西安交大.销售前 10 名的重点品种是《2007 中考英语听力通》、《北京小学英语 1》、《新概念英语 1》、《初中英语泛听》、《北京小学英语 2》、《初中英语泛听 1 下》、《初中英语泛听 2》、《剑桥少儿英语教材全解（1 级）》、《英语国际音标入门》、《英语必修 3》。销量在×××之间。季度非动销品种

297 种××万元，占到货总量 10%。非动销品种中添订部分有 126 种××万元，占添订总量 4.8%。在非动销品种中预计有 107 种××万元将转为滞销书，这部分书占进货总量的 4.2%。另外 190 种××万元属于进货时间短，预热时间长，可陆续销售，部分书占进货总量的 5.8%。库存目前有 2600 种，××万元，比去年年底库存品种增加了 400 种，增涨率 18%；码洋增加了××万元，增涨率 18%。其中有 2100 种××万元的图书可以销售。计划 6 月末前退货码洋××万元，退货后库存码洋为××万元。

（八）艺术类分析

从进货 75 家出版社情况上分析。前 5 家出版社是天津人美、杨柳青、人民美术、万卷书系和上海书画。合计进货 346 种，××万码洋，占总进货 26%。备货重点有《基础素描第一册》、《田英章楷书 7000 常用字》、《美术高考新势力》、《中央美术学院应试范画-人物速写》、《POP 大字典》、《吉祥三宝流行钢琴曲集》、《百唱不厌中老年歌曲》、《田英章楷书 30 分》、《四川美术学院历届高考优秀试卷评析-速写》、《速描》。销售情况前 5 家出版社是人民美术、天津人美、上海书画、万卷书系、湖南文艺。其中人民美术、万卷书系、湖南文艺是报订，天津人美、上海书画是主发。5 家合计销售 752 种，××万码洋，占销售 28%。销售重点品种有田英章楷书 7000 字、基础素描教程 1、中央美院高材生应试范画-人物速写、吉祥三宝流行钢琴曲集、拜厄钢琴基本教程。销售数量在×××册之间。

（九）技术类分析

从进货 95 家出版社情况上分析。前 5 家出版社是机工（780 种××万）、化工（790 种××万）、冶金（320 种码洋××万）、中国电力（350 种××万）、建筑（210 种××万）。合计进货 2000 种，××万，占总进货 62%。都是全品种主发。进货重点品种 150 种。前 6 种是《06 年电子报》、《家电维修》、《汽车维修技师期刊》、《常用金属材料速查速算手册》、《注册监理工程师系列教材》、《钣金展开 200 例》。备货量×××册。销售 100 家。销售前 5 位的出版社分别是机工、化工、冶金、电力和建筑，合计销售 2560 种、码洋××万，占总销售 63%。销售重点品种有《电子报》、《家电维修》、《高炉生产知识问答》、《金属材料速算手册》、《钣金工放样技术基础》、《加热炉》、《选矿知识问答》、《实用五金手册》，单品种销量×××册。非动销品种 900 种，码洋××万。库存数量×××册，平均价格××元。其中 28%即××万码洋图书可能成为滞销书，主发品种约占 70%。科技类图书专业性强，预热期比较长，那些到货时间较短的品种非动销比重偏大。其中相当一部分经过一段时间可以得到市场认同。

（十）医学类分析

从进货 120 家情况上分析，排在前 5 位出版社共进货 1000 种，码洋××万，占总进货 51%。具体有协和医大、人军、人民卫生、北京科技、友谊。其中协和、人民军医、人民卫生三家是主发，而北京科技、友谊出版社是添订。进货重点品种 180 种。前 10 名是 2007 热业医师系列教材、足部穴位挂图、刘太医谈养生、背脊疗法、拍出健康来、五味子栽培、中国千病自疗神效千方经典、黄粉虫养殖等。备货量×××册之间。销售 141 家。销售前 5 位分别是人卫、人民军医、友谊、协和、北京科技。合计销售 1230 种××万码洋，占总销售 48%。销售重点品种有《病是自家生》、《是药三分毒》、《刘太医谈养生》、《糖尿病大革命》、《经络穴位挂图》、《足部反射区健康疗法》、《专家门诊系列》、《护理学基础》、《2007 执资格考试》系列、《国际标准视力表》。销量在×××册之间。非动销品种 800 种，码洋××万。单品种存量××册，平均价格 39.5 元。其中 22%即××万码洋的图书滞销不动。

（十一）计算机类分析

从主发进货 147 种情况上分析，进货码洋××万，占总进货 10%；报订 1326 种，码洋××万，占总进货 90%。进货码洋前 5 家出版社共进 1009 种，码洋×× 万，占总进货 64 %（电子工业 276 种××万，机械 230 种××万，人邮 235 种××万，清华 179 种××万，中青 89 种××万）。这个进货数据表明计算机类图书仍以四大社为主流，比较集中。进货重点品种 30 种。前 10 名是《电脑报 2006 合订本》《C 程序设计第三版》《电脑迷 2006 合订本》《五笔字型练习卡》《C 程序设计题解与上机指导第三版》《外行学电脑从入门到精通》《家庭电脑应用入门与提高》《全国等考全真题解》。备货量 15-140 册之间。主发图书动销 15 种，码洋××万，占主发总量 10%。添订图书动销 1030 种，码洋××万。销售占进货总量 78%。非动销品种 296 种，码洋××万，占进货总量 22%。动销有 40 家出版社。销售排名前 5 位的出版社共销 1198 种，××万，占总销售 70 %（电子，人邮，清华，机工，中青）。销售重点品种前 10 名：电脑报 2006 合订本，C 程序设计，全国等考全真题解二级 C，五笔字型指法练习卡，电脑迷 2006 合订本，电脑入门一点通，全国等考题库二级 C 语言，一学就会魔法书，家庭电脑应用入门与提高，外行学电脑从入门到精通。销量×××册。

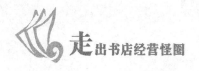

第五节　订货品种分析

（一）2008 年市场销售分析

表一　总体情况

	品种	品%	数量	数%	码洋	码洋增	码洋涨%	均价	均价%
08 销售	9.1	+4	131	+11				18.72	+7
当年新书	4.0	44	64	49				18.58	
2 年新书	7.1	78	111	85					

表二　销售贡献度比重

	品种			册数			码洋		
	销售	比重%	累比%	销售	比重%	累比%	销售	比重%	累比%
教辅		16			42			26	
社科		13	41		9	66		14	52
少儿		12			15			12	
语言		9	42		7	24		9	37
文学		8			6			9	
生活		7			5			7	
工业		10			3			6	
医学		8	83		3	90		6	89
音像		3			3			4	
艺术		7			4			4	
微机		4	17		1	10		2	11
农业		3			1			1	

对教辅+社科+少儿三类图书的共性分析：其中少儿类图书内容技术含量低；教辅类均为非专业图书，出版门槛低；平均价格低，教辅和少儿分别为 11.45

和 14.75，均价在 12 个一级类中除农业外排最后。三类图书的销售表现出二个特点：一是品种、册数及码洋比重均排名前三位。教辅为 16%、42%和 26%，均名列第一；社科为 13%、9%和 14%，品种和码洋排名第二，册数排名第三；少儿为 12%、15%和 12%，品种和码洋排名第三，册数排名第二。二是对整体销售的影响是决定性的。三类品种、册数及码洋的累加比重达到 41%、66%和 52%。超过总销售一半。第二，语言+文学+生活+工业+医学。四类图书的共性是"四高"：图书内容技术含量较高；除文学和生活外，读者文化起点要求高；专业性强出版门槛高；平均价格 25-39 元之间，相对较高。五类图书销售品种、册数及码洋比重均排名 4-8 位，累计品种、册数及码洋比重分别为 42%、24%和 37%。表现出的特点是品种多累计品种超过第一级、册数少累计册数仅为第一级 1/3、累计码洋对整体销售的影响举足轻重。第一级和第二级共有八个一级类，其销售品种、册数及码洋的累加比重分别占总销售的 83%、90%和 89%，是我们赖以生存和发现的中坚力量。第三，音像+艺术+计算机+农业。四类图书品种、册数及码洋比重均排名 9-12 位，累计品种、册数及码洋比重分别为 17%、10%和 11%。类别特点及销售表现在此不做详细分析。

表三　成长性同期对比

序		品种		册数		码洋			
		销售	涨幅%	数量	涨幅%	数量	涨额	累计涨额	涨幅%
1	教辅		6		15		145	145	一 30
2	社科		-1		-3		47		六 16
3	少儿		9		11		49	96	五 20
6	生活		3		7		35		三 24
7	医学		17		20		32	67	二 29
4	语言		18		15		24		八 12
5	文学		3		11		23	355--47	八 12
9	艺术		-6		10		12		七 14
8	音像		-11		0		5		5
10	微机		-11		-2		5	26	9
11	农业		19		15		4		四 21
12	工业		3		-7		-11	-11	-7

从销售品种增长情况上分析：有 4 个一级类下降，分别是教育音像、计算机、艺术和社科；其他 8 个一级类均有不同程度的增长。销售册数增长情况：有 3 个一级类下降，分别是工业、社科和计算机；教育音像 0 增长；其他 8 个

一级类增长。涨幅超过 15%的有医学、教辅、语言和农业。销售码洋增长情况：除工业下降 7%外，其他 11 类均有不同程度增长。对 08 年整体销售增长拉动最大——即增长码洋最大的一级类有七个：教辅、少儿、社科、生活、医学、语言和文学，合计增长 355 万，占总增长 96%。其中增长最多的是教辅；其次是少儿和社科。在 08 年自身增长能力较强——即增长幅度较大的一级类有六个：教辅和医学，涨幅 30%左右；生活、农业和少儿，涨幅超过 20%。其他 6 个一级类增长均低于 18%的平均涨幅。08 年销售码洋增长特点是：重点类别增长额度大，增长幅度也较大。最典型的是教辅，销售比重最大，码洋增长额度及幅度也最大；其次是少儿，销售比重排名第 3，码洋增长额度排名第二，涨幅 20%也超过平均值 18%。正是由于这些重点类别的突出表现，08 年才成为令我们倍感欣慰的一年。

表四　季节规律对比

	2007			2008			同期对比		
	品种	册数	码洋	品种	册数	码洋	品种%	册数%	码洋%
1 月-月末	2.7			2.7			0		
2 月-月末	2.5			2.9			14		
3 月-月末	2.5			2.8			11		
4 月-月末	2.2			2.3			4		
5 月-月末	2.3			2.4			4		
6 月-月末	2.2			2.4			8		
7 月-月末	2.7			3.1			13		
8 月-月末	2.7			2.8			4		
9 月-月末	2.5			2.7			7		
10 月-月末	2.6			2.6			0		
11 月-月末	2.4			2.4			0		
12 月-26 日	2.3			2.1			-10		
合计									

　　从 07-08 年销售数据上分析，发现销售除呈现淡、旺季波动变化规律外还有如下特点：一是品种、册数及码洋在每个季度的三个月之间都非常接近。二是品种和册数一、三季度之间，二、四季度之间也非常接近。三是销售码洋在各季之间差异较大——三季度最高，一季度次之，四季度再次，二季度最低。四是涨幅与品种、册数及码洋呈现的规律明显不同——同一季度的三个月之间涨幅可能会有巨大差异，如 08 年 1 月涨幅 9%，而 2、3 月涨幅都超过了 30%。

08 年涨幅最大的是 2、3、6、7 四个月，涨幅在 26-34% 之间；其次是 8、9 月份，涨幅均为 19%；再次是 1、5、10 月，因为法定假日重大调整，元旦、五一及十一销售受金融危机影响，涨幅不足 10%。

表五　2009 年季度进货计划

品种	品种涨幅%	册数	册数涨幅	码洋	码洋涨幅%	均价	均价涨幅%
4.8	7				22	17.10	3

表六　2009 年一季度进货计划

一季度计划进货				截止 1 月 2 日已进货		
品种	册数	码洋	均价	品种	均价	
3			19.50	1.4	20.39	
				0.6	19.32	12 月出版新书到货
				43%		12 月出版新书比重

　　从已掌握的信息表明：2008 年出版品种在缩减，2009 年这一减势将持续，特别是北京订货会新品种数量及质量都很不乐观；从 08 年最后二个月的销售上看，09 年一季度销售不会有太大的增长幅度；由于图书价格上涨，进货平均价格肯定会超过 08 年。综合各种影响因素，09 年一季度进货目标是：品种力争不减，保持 08 年水平，达到××万；码洋控制在 08 年 97% 左右；册数控制在 08 年 95% 左右，约××万册；平均价格提升不超过 1 元，控制在 19.50 元以下。

（二）2009 年市场营销分析

　　（1）总体销售分析。

　　从 09 年市场涨幅情况上分析，金融危机将对图书市场产生一定的影响，综合往年各季度增涨态势，以及图书市场经营环境，对 09 年销售不利的因素主要有三方面：一是 07、08 连续两年显著增长。虽然两年增长额度相差无几，但由于基数变大，08 年涨幅只有 18%，比 07 年的 23% 下降了 5 个百分点。即使 09 年依然能够保持同样增长额度，随着基数的再度变大涨幅也将自然下降到 15% 以下。二是鞍山城市规模并未级数扩张，经济发展更非一日千里，本店销售放量很大程度上依靠的是挤占对手的份额。而对手的份额就像海绵里的水越挤越少，09 年要保持前二年的增长额度十分困难。而且 08 年我们最大的对手遇到了意外——先是寒假期间因南方大雪货源吃紧，后是暑假期间因奥运停业多日，我们用 07-09 三年增长额度组成等差递减数列，可以计算出 09 年涨幅不足12%。三是 08 年 11 月以来，销售形势发生了明显的变化。虽然 07 年的哈 7 和十七大给 08 年 11 月销售涨幅的下挫找到了理由，但去掉这二个系列书的影响，08 年 11 月品种、册数及码洋的销售涨幅依然明显变小，分别比 07 年 11 月降低 8%、20%和 15%，说明增长减弱。而 08 年 12 月的销售品种、册数及码洋则全面下降，码洋降幅 3%，而 07 年 12 月销售码洋增长 11%。新东方及开卷数据均表明 12 月份全国图书零售 0 增长，去掉上报数字中的水份实际应为小幅下降，可见金融危机对消费信心的打击在书业已现端倪且有加剧之势。依 12 月的惯性推断，09 年上半年销售将比正常预期值减少 8-10%，从而使 09 年增长 12%的预测值降低至 2-4%。

（2）销售有利因素：

从 09 年一季度销售情况态势来看，经过近三年的同期市场销售对比，可坚定如下信心和希望，一是经过三年多努力我们的品牌已经树立，美誉度不断提升，有比较稳定的读者群；二是部组人员素质更新、文化知识更新，越来越熟悉和了解图书。10 名新业务员，平均年龄 25 岁，本科学历，在认识市场规律、把握图书品种及与出版社沟通合作方面也都逐步走向成熟；三是最重要的是书店上下齐心，勤于学习，肯于实践，敢于创新，掌握了进销退存陈列宣传等一整套工作思路和管理办法。综合分析上述不利与有利因素之后我们推论：09 年销售涨幅应在 5%左右。

表七　2009 年重点类销售分析

	06 销售	08 销售	07 增长额	08 增长额	累计增长额	累计涨幅%
教辅			68	145	****213	51
社科			81	47	**128	61
少儿			79	49	***128	76
语言			25	24	*49	29
文学			42	23	**65	45
生活			39	35	***74	70
工业			16	-11	5	3
医学			17	32	*49	53
音像			7	5	12	13
艺术			3	12	15	18
微机			8	5	13	29
农业			1	4	5	28

教辅、社科、少儿、语言、文学、生活、工业和医学 8 个一级类的累计销售占 08 年总销售 88%，因而必将成为支撑 09 年销售的主要力量。深度分析二年来各类成长性，可以断定它们在 09 年将表现各异：教辅会有较大增长，无疑是中流砥柱；少儿和生活会的一定程度的提升，是销售增长的有生力量；社科和文学涨幅不会很大，但仍会有相当贡献；语言和医学稳定发展；工业可能会有小幅下降。仅对比重最大的教辅、社科和涨幅最大的生活进行重点分析。教辅连续二年累计涨幅达到 51%。由于教辅类图书属于钢性支出，所以 09 年市场会依然坚挺，其理由如下：一是，7 年级 08 秋首次进入鞍山，虽然事先做了准备，但优秀品种不可能全部组织进来。经过半年来发掘品种寻找货源积累经验，7 年级品种已大大丰富，08 秋 7 年品种只占一个展台，09 春已占二个展台。二是，09 秋 8 年级将取代初三，与全国同步后品种自然大大增加。而且教辅各年级间密切相关，通过 7 年级可组织进 8 年级优秀品种。三是，08 秋高中扩招，高一多出近 400 学生，他们 09 秋升入高二，所以 09 春的高一和 09 秋的高二销售必然相应增长。05 年我们提出销售增长以社科为突破口。05 年底分析社科未来市场时对业务员提出目标库存控制标准，销售连续三年一年一个台阶，08 年社科销售已非常接近三年前的预定目标，而且 09 年有如下有利因素：一是 06 年有江泽民文选、07 年有十七大这样的超级放量品种，而 08 年没有，给 09 年增长减轻了压力；二是金融危机来了，股票凉了市场渡软。但经济问题更多地为人们所关注。相信经济危机以及危机后的复苏会成为 09 年经济类图书最强有力的拉动力量。三是社科类品种市场趋势平稳，而且出现了一些成长性较好的图书品种，综上所述，09 年上半年会是图书市场最关键时期，只要在二季度图书销售走向平稳或出现波动下调，到三季度、四季度整个图书市场会出现销售走高趋势，因此 09 年是在危机上战胜恐慌、赢得考验、坚定信心的一年。

（3）重点销售分析

关注低位品种：一是连续三年出现销售均价低于进货均价现象，说明出版社定价和读者心理接受价格还有明显差距。因此，内容一般的图书进货必须选择价位较低的品种。但这一原则不适用于特别优秀的品种。二是关注中间品种。08 年销售排行榜首书销量锐减，榜单前 3 名《求医不如求己》和《货币战争》合计销量仅为 07 年榜单前 3 名的一半；从比重上分析销量较大。月销售××册有 5000 种，××册的图书仅占一楼销售码洋 55%。所以畅销书能聚人气形成营销氛围。三是，不放弃长尾。年销售低于××册即平均每月销不到××册的图书，占一楼销售品种 77%、码洋 33%，这个令人震惊的数字说明，接近 80% 的品种全销售低于××册，而三分之一的销售码洋就恰恰来源于这些月均销售不足 1 册的品种。丢掉了这些品种，我们就自毁生存与发展的基石。所以我们在销售中对一个月不动销的书也要进，同时要求门市不得随意下架。四是抓好老品种，08 年畅销书榜单上 07 年甚至之前就已熟悉的名字特别多，《于丹论语心得》、《家常菜精选 1288 例》、《狼图腾》等。这种现象说明 08 年新书畅销能力开始减弱。09 年我们将着力关注几年来始终表现不俗的老品种：一方面不因年限关系退出卖场，据其表现控制存量；另一方面在可能的情况下再造畅销书如电视剧重播时重新宣传老影视同期书，连载时适度放量备货，作者有电视出镜等活动时宣传相关图书等。

（4）重点货源分析

09 年进货工作重点，一是进一步压缩货源数。07 年合作货源 684 家，08 年只有 582 家，明显减少。主要原因是我们有意放弃了年销售 2000 元以下的供货商。即使这样，08 年仍有 170 家货源年销售低于 3000 元。后 30% 的货源只有不足××万的销售，大大增加了管理成本，所以 09 年除团购和大专教材必须要货外，年销量低于 3000 元的货源将停止合作。二是加强与重点出版社的合作。08 年全店销售 80% 来源于排行榜前 140 家出版社，而 07 年是 160 家。重点出版社贡献度提升、货源更趋集中的走势非常明显。09 年将进一步加强与外研、机工、浙少等全品种主发且连续几年占据排行榜首的老牌强社合作。三是关注成长较快的出版社。由于教辅的大幅增长，与之相关的货源排名级数提升。如金星书业、沈阳华章等。09 年教辅是全店重点中的重点，这些优秀教辅品牌的供货商也就成了我们关注的焦点。四是加强与拥有畅销书的民营公司合作。08 年接触了一些打造畅销书的民营公司，如拥有《求医不如求己》和《不生病的智慧》等的共和联动，拥有《明朝那些事儿》等，拥有《天机》和《杜拉拉升职记》等的博集天卷等。由于销量达不到要求，始终未能达成合作。目前这些品种还是从各处中间商进货，折扣高而且时有断档。如果对方此次能入北京会，我们将力争合作成功。

出书店经营怪圈

第十二章
市场观念重点适应转变

第一节　市场意识转变与思考

（一）市场观念

图书业的兴衰发展与市场观念有直接关系。市场观念是什么？就是人们对市场经济了解和认识的转变，也是对新的市场经济理论学习，以及市场经济环境下的经营实践。市场观念转变将会带来社会效益和经济效益全面发展，观念决定意识，意识决定发展，市场观念转变是国有书店生存和发展的关键。因此说，80年代初国有书业由计划经济向市场经济过渡的二十几年里，从书店承包制的改革，以省为单位，垂直整合省、市、县书店并成立集团，在此基础上进行现代企业制度及法人治理结构的创新和改革，取得了许多成功实践，其中也体悟了许多经验和教训。在改革实践中，由于思想观念的束缚，不同程序地也限制和制约了书业改革的速度、效率和成果。

目前在书业改革上存在概念化和随意化倾向。一些国有书业企业在转企改制的认识上仍然存在单一化的问题和固有化的矛盾影响。在国有书店经营和管理观念上，一些企业和个人至今还沉浸在计划体制的梦幻当中，还在感受着计划体制曾经带来的效益和荣誉。一些人还习惯于以往的成功经验做法，在企业发展中仍采用旧有的管理模式和传统的经营方式对现代企业进行虚拟嫁接，使现代企业制度无法顺利对接，现代企业管理无法实施，以至造成现代企业运营与旧有企业制度转型的矛盾和问题。由于观念不更新、战略不对路、模式不对接、管理不对称，使一些转制企业盲目追求高指标，不考虑企业现状，一味地追求利润而不考虑员工的薪酬及人员实际劳力功效，致使目前一些国有书店在改革中停滞不前，甚至走进了传统经营的误区。所以观念的转变是一项十分紧迫的任务，而且必须要下大气力做好的问题，只有在企业"领军人"的思想观念、市场理念、营销模式上进行学习和改造，只有在人才队伍整合上下真功夫，特别是在人才整合、战略储备、资源配置上大胆实践，采取民主、公开、竞争、

选择、招聘优秀人才，才能够提高企业的竞争力和创造企业发展的活力。

如何实现市场观念的创新与突破，就必须按科学发展观的要求，解决认识不够、思路不清、信心不足、传统落后、后劲不足等矛盾问题，应用科学发展眼光，运用科学发展战略，采取科学发展措施，才能破解书业发展的困难和矛盾。由于国有企业的改革和发展正处在人员新老交替、思想新老交替、模式新老交替的改革关键时期。说到底国有企业改革与发展的关键，是要选出一批懂经营、会管理的领军人才，没有人才企业就不会发展，就会停止不前，直至走向倒闭的危险。国有企业的发展还应当从企业长远战略出发，培养和造就一批经营团队，站在企业战略发展的高度上，积极储备后备人才力量。只有人才问题解决好了，书业的发展才有希望。其实市场观念更新还在于重视产品的市场需求，才能促进书业的快发展和大发展。就国有书店而言，市场观念的转变在于重视读者需求，重视书店的现代化管理，特别是注重书店的战略营销管理、经营模式管理、资本运营管理、现代物流管理等，应当将市场观念的更新与书业发展的思路相结合，与书业发展模式相适应。

但是在书业中一些企业领导人的思想观念仍停留在旧有方式的经营和管理，而真正意义上的观念转变还有很长的路要走，观念决定意识，意识决定发展。市场观念转变在于重视学习，重视先进思想、先进模式、先进方略的吸收和运用。因此国有书业必须下大气力转变市场观念，调整经营结构，优化人才配置。还是那句老话，企业要想发展，应当坚持"学先进、找差距、重实践"的思路和方略，并将市场观念进行市场化转变和创新，渗透到发展新的文化产业发展项目中。所以观念转变的唯一方法：一是读万卷书，二是行万里路，三是创新实践。对先进观念方法及模式学习，首先是对多元文化的重视，其次是对人才的选拔重视，再次是科学技术的重视。国有书店长期以来处于独家经营，单一发行的模式，至新中国成立初始，国有书店体制已经走过大半个世纪，在60年的发展中，图书的推广直接影响和促进民族文化的传承和发展，为中国文化的发展奠定了坚实的基础。因此图书产业的发展对推动和促进国家文化事业、文化产业的发展，起到了奠基石的作用。

从国有书店走过的经验之路来看，原有计划经济逐渐被市场经济所代替，传统的经营模式必将被现代的经营模式所代替，是书业发展的必然趋势。因此改革是必由之路、创新是必走之路。目前，新华传媒、四川文轩的香港借壳上市，以及出版传媒的上市，都说明了国有书店优势资源得到进一步的优化和整合。但是到目前为止有许多国有企业管理者和经营者仍然习惯用传统理念和作

走出书店经营怪圈

法，改造国有书业企业，改造现代企业模式，改造国有企业经营。在改革实践中，出现了顾头不顾尾、顾前不顾后、顾轻不顾重的问题，其表现为一些企业虽然成为集团公司上市，但在现代产业结构、现代管理方式、现代薪酬制度、现代用人方略，仍缺乏整体化、市场化运营的问题，使法人制理结构得不到优化和创新，薪酬制度得不到落实。主要原因是在于经营者不习惯现代企业的股权约束、董事表决以及现代企业规范及制度管理，仍习惯于一人说了算的国有企业管理模式，不习惯现代企业制度的分权经营方式，资金计划方式及市场项目方式等。上述问题存在，不同程度将影响企业集团战略发展，市场定位、资产整合、人才选拔以及原有企业制度与现代企业制度的矛盾。改革需要实践者，改革需要创新者，真正地更新市场观念，大胆创新实践，按照现代企业制度确定企业战略，明确发展方向才能使现代企业改革和发展逐步向前推进。

在国有企业改革的道路上，有关政府部门应出台现代企业用人管理，应规定干部任期年限，要规定干部交流制度，要规定干部业绩考核制度，在此基础上确定项目负责人、确定选题负责人、确定资金负责人，在现代企业的制度约束下，使能人有位置、使人才有事干、使人才有贡献，应逐步建立科学、规范、民主的企业用人制度，使责、权、利相统一，人、财、物相统一，充分发挥人才资源、英才资源的作用。从国有书店连锁经营和物流管理上来考虑，还有许多问题等待我们去探索和破解。一是通过转企改制，对传统产业进行现代企业化、市场化的改造和重组；二是进入资本市场，进行资本运营和项目运营；三是跨地区、跨行业经营成为一种经营模式；四是重组垂直整合，使人才得到优化，财力得到集中，物力得到保值和增值。其实，市场经济特别注重市场要素和市场规律，国有书店应当发挥人才优势、资源优势、地域优势的特点，在战略要素上要解决好上游品种的约束，在市场要素上要处理好中盘物流的约束，在环节要素上要做好终端营销约束，使国有书店真正按现代市场经营模式进行科学的运营。有条件的企业应集中精力、集中人才对国内外同行业市场进行综合考察，研究其模式、总结其经验、探索其规律，使自身企业得到长足的进步和发展。

据有关资料介绍，日本图书发行模式与中国图书发行模式有较大的区别，日本书业采取了大物流小卖场模式，而中国书业采取了大卖场小物流模式。同时日本出版管理是开放式，而中国出版管理正在逐步向开放式管理过度，应该说中国的出版上游没有完全进入市场，又由于中盘物流还处于欠发达状态，使国有书店在不良物流环境下显得后劲不足。注意处理和解决好国有书店经营中存在的进、销、存、退管理链的随意估计、脑门订单、拖欠书款、不计成本等缺失缺位问题。因此国有书店必须以转变市场观念为己任，以改革体制机制为突破口，破解国有书店闭垒型、非市场经济型的经营做法。要坚定信心补上市场经济的课，应立足现有资产、人才、资金、管理的实际，打造书店品牌，强化内部管理，调整资源结构，提升采购能力，增强竞争实力，科学规范管理，加快书业发展和进步。

现在看来，国有书店经营模式有很多问题还需要认真审视和思考，否则会出现捡了芝麻丢了西瓜、抓了观念丢了传统的问题。我们必须要清醒地认识人类智慧和经验都应当很好地吸取和传承，特别是国有书业 60 余年的积累的"勤奋、奉献精神"应进一步地继承和发扬，同时对书业就有的习惯、固化的思想，应进行批判和根除。国有书业企业需要灵魂，而灵魂是几代人精神文化的积累和优秀文化的传承。对书业前辈在国有书店管理上的进、销、存、退的经验做法，我们绝不应当在改革实践中丢掉了这些传统精华和先人经验成果，我们都应当在市场经济条件下加以传承、利用和发展，应进一步探索图书管理链中"进得准、销得好、存的少、退得掉"的新方法和新思路。特别是应当在图书陈列、物流管理、图书推荐、市场分析、媒体推介、营销管理进行新成果掌握和实践，才能进一步发扬光大，推进企业长足发展。

做好图书营销管理，就是要研究市场对路的品种，压缩同类不良品种，控制滞销库存品种，合理调整库存品种，适时研究读者需求，这些都是我们在今后工作中应该研究的重点课题。国有书店的观念转变在于改善服务方式，满足读者需求，企业模式改造，提升企业品牌影响力，不断地探讨、分析、研究、创新营销方法和模式，在未来的市场经济条件下打造国有企业航母，成为国有书业和民族产业的实践者和捍卫者。

（二）品牌意识

国有书店的品牌意识比较淡薄，是由于长期计划经济影响使国有品牌的模式化经营理论、单一化经营模式，也由于国有书店的管理不是按照市场要素来经营和发展的，因此品牌意识、管理意识、模式意识，实际不适应市场经济发展的需要。也由于国有企业管理人员的素质的观念影响，使国有书业的规模、模式、经营、方式趋于传统。对现代书店经营模式以及市场经济的变化缺乏学习和借鉴，以至于一些领军人物习惯于按部就班、安于现状的经营和管理，使原有国有书店品牌逐渐走向了老化，甚至经营方式退化。在许多国有书店中，服务上存在冷、硬、顶问题严重，一些员工服务态度较差，服务质量较弱，服务水平较低，这些都直接影响国有书店品牌的质量和信誉。因为市场经济不相信眼泪，也不同情弱者，必须提高书店服务质量、提高服务管理水平、提高经营管理能力。一句话"卖书得挣钱，企业得赢利"说到底没有效益什么都无从谈起，效益的关键是提升品牌的动力，是细化管理的作用力。还是那句老话"为读者选好书，为好书选读者"，想读者之所想，急读者之所急，是提升书店品牌管理的关键，为此在市场经济条件下必须选择而且必须做好国有书店品牌经营和管理。市场经济需要品牌，图书市场需要品牌作为国有书店的管理者和经营者，必须以市场为导向，以读者为目的，以品牌为动力，必须加快国有企业的改造和改制的步伐，使其人、才、物在市场经济条件下得到充分的发挥，使企业在市场经济条件下不断地做强做大，维护国有书店品牌，让国有书店品牌在百姓心目中永远占有重要的位置。为此我们将继续努力提升国有品牌的影响力、作用力和吸引力，将国有书店品牌发扬光大。

（三）竞争意识

国有书店必须在市场竞争中从战略思维到战术经营上研究或考虑，首先以竞争对手抢占市场份额为出发点，竞争意识的关键是在战略上藐视对手，在战术上重视对手，要重视国有书业竞争对手，同时也要重视民营书业竞争对手，俗话说"三人行必有我师"，学习对手的经验和智慧是发展和壮大自己的根本。要在竞争中掌握和了解对手，要在实践中认识对手和分析对手，综合分析本地市场份额，综合考察本地市场品牌的动态和市场走势，要在掌握和了解对手的同时，应将主要注意力调整到市场读者需要上面，不是一味地去了解对手和掌握对手，应把全部精力和智慧用在读者需要上面，只有这样才能占领市场赢得读者。其次要转变书店经营方式，调整图书品种资源结构、调整优秀人才结构、调整资金流向结构。说到底竞争意识的关键是战略策略的调整、经营方略的调整，也就是说集中市场优势资源促进销售，有节奏的掌控市场品种生命周期，有重点的把握进、销、存、退产业链的衔接，有步骤地培养和使用梯式优秀人才、有计划地对重点品种做好营销和运营。在市场竞争的条件下使自己的优势

不断地得到发挥，使市场份额不断地扩大，使自己的服务优势得到进一步的提高，以赢得市场增加效益。归根到底就是企业必须要在实践中采取系统模式方法。将经营模式运用其进、销、存、退各个环节，在不断的竞争中不断地修正错误，在不断的学习中提升自己的优势资源和品牌资源，使企业的生命力不断地得到促进和发展。在发展过程中应清醒地认识企业的弊端和毛病，第一要克服企业领军者盲目经营问题，要群策群力充分发挥人才的特殊作用，要吸收和采纳专业人员的重要思想和建议，要充分发挥专业人员的主观能动性和创造精神，让想干的有位置，让能干的有权力，让会干的有作用，在市场竞争中使企业不断地发展和壮大。第二要不断更新观念，使企业从传统经营型企业转变为学习型企业，要学习先进经验和方法，要分析和借鉴同行业的经营模式和方略，要认真实践国有书店的经营和方法，要继承和发扬国有书店的传统精华和优势，使其传统与现代、计划与市场、营销与模式得到最大化的发展和提高；第三，要不断地调整库存结构，要更新库存结构，要更新品种结构，要创新经营模式，在库存结构上应提高库存周转次数的合理性和库存停留的时间性以及库存比率的时效性，这些都需要认真地加以研究和运用，在品种结构上要考虑适合本地的库存品种的竞争特点，还应当考虑本地区的专业品种竞争优势，以及季节性的图书市场的竞争变化，只有这样才能在竞争中求得发展。在竞争模式上应当充分掌握整体市场与局部市场的竞争态势，在市场品种同期对比和环比对比中，找出市场品种竞争规律，在书店内部进、销、存、退中把握销量、控制总量、适当放量及超前放量，通过市场竞争逐步形成本地区图书市场竞争模式。

（四）经营能力

国有书店的经营和发展首先是团队经营能力的提高，如何提升企业经营能力，需要新的战略思维和整体购想，企业的经营能力说到底是企业战略能力的培养、营销策略的培养及经营模式的培养，企业的经营能力是在不断的实践中磨练和培养的，更重要的是企业经营能力培养不仅要有优秀的领军人物，还要有专业的优秀人才队伍，以及勤奋、实干、勇于任事的经营团队，经营能力的增强是要靠一批优秀人员队伍来支撑。因此，企业要在不断的经营和发展中学习先进、修正错误、重于实践，才能提高自身的经营能力。其次还要形成一整套的进、销、存、退经营思路和方法，以解决书业营销中的具体问题和矛盾，使其在经营中按照规律和运营模式修正时常出现的矛盾问题，在不断化解矛盾和解决问题的同时，使其经验模式方法不断地得到提升。再次，在提升企业竞争力的同时，还应当注重书业各个管理环节当中的作用，比如图书采购、图书分类、图书陈列、图书推荐、图书宣传、图书配送等都应当在综合产业链过程中不断地深化和调整，使整体经营能力得到有效的发挥。与此同时在相互连接状态和功能状态下得到进一步的巩固和完善，使其综合的管理经营能力得到充分体现。在不断占领和抢占市场过程中逐步壮大经营实力。

第二节　经营管理困惑与挑战

（一）"粗放式"问题

以往国有书店管理在长期计划经济影响下，始终处于"粗放式"管理的怪圈中。其管理特点主要表现在管理观念和方法上的"也许、可能、差不多"问题，按照人为习惯做事，缺乏规范、有效的管理。一是在管理中书店各部门的职责、任务及人、财、物管理链不同的情况下，一些部门和单位将报账制分店管理混同为独立店方式管理，无意中混同了管理方法和管理模式，也由于各部门的专业性质所限，在日常管理中存在粗放式管理及非经验性管理误区。因此在管理中时常出现，该管的工作没有管好，不该管的乱管乱为的矛盾现象。二是在管理中，一些管理者各行其事，不考虑其他部门的需求和工作程序衔接，而人为地制造矛盾，不同程度地阻碍和影响了规范管理的进行。三是在管理中，粗放式管理主要依据管理者和实践者的传统职业精神和习惯经验，形成的思维方法和管理方法以及在长期的实践工作的体会和认识。比如：以往书店的采购管理、储运管理、门市管理、人事管理、财务管理、后勤管理及办公管理等，都按照人为经验进行管理，久而久之将习惯思维变成经验思维。四是在日常管理中许多习惯性思维的经验做法，对现代企业管理愈加显得力不从心，甚至在某些时候起到了限制和阻碍的作用，在市场经济环境下，探索和实践现代国有书店科学化和规范化的管理是十分必要的。因此书店必须走出传统的效益型、管理型、科学型管理模式，有利于书店经济效益的全面提升。

（二）"增高式"指标

在国有书店年度计划指标上始终存在"增高式"的怪圈现象。就其产生的原因应该是计划经济的产物。不计成本、不计劳效，就指标论指标，年度指标升了是成绩，降了是错误。一谓地想指标、定指标，同时计划指标多与少是大话经营成果的重要标志。让指标符合制定人的愿望和祈盼，不必考虑计划指标的市场效能，这种误区现象该结束了。经济指标的制定，必须走出计划经济的思维模式，年度计划指标的制定不是因个人喜好而定，不是可有可无的数字符号，应当根据书业实际经营状况和市场收益情况来制定年度计划指标。要充分考虑书店企业人、财、物承受能力，用逆向思维方法综合书业两年或三年年度实际平均完成情况，制定年度计划指标，同时将计划指标当作书业运营参考数据，也作为企业掌控人均劳效和规范计划指标的管理手段。

（三）"轻读式"习惯

做书店的人应当是读书人，然而书业内存在着一种"轻读式"的怪圈现象。天天跟书打交道，接触书的时间多，阅读书的时间少，有阅读习惯的人更少。也许是书店人整天忙忙碌碌，头脑中只重视书的商品价值而忽视阅读价值。自以为平日对书的封面、目录、品种的基本了解和掌握就算是书业人士了，其实图书业或报业同属阅读型的行业。书店人在发行产业链中担当十分重要角色，其传播图书情报和资讯内容的价值是无法统计估量的。因此，书店人阅读能力的高低，直接影响着图书品种采购的质量和品位。业内有句名言："古今世家因积德，第一人品是读书。"还有句老话："不读书就选不好书，不读书就卖不好书。"如果能将这句名言、老话成为卖书人志向的话，那么书店将是读书人的企业，它的作用将是文化软实力的助推器。

（四）"梗阻式"物流

从目前国内书业产业链观察，发现中盘物流存在"梗阻式"的怪圈现象。至今书业尚遗留许多传统产业的影子，过去"京所"、"沪所"、"津所"的物流功能现如今已不复存在。书业中盘物流出现了诚信不佳、品种陈旧、回款不畅、管理滞后等问题。无奈状况下出版社与书店合作，形成了产销见面的销售渠道。同时短期行为也影响和阻碍了社店发展，拼人才、拼选题、拼折扣成为出版社生存的话题。出版社以往年度结款变为季度结款，使图书在书店停留

第十二章 市场观念面临的转变

周期相应缩短，同时影响了图书在架时间，这种短期行为限制了常销品种销售，阻碍了书业承付延长和最终利益。因此，中盘物流发展应以图书资源为基石，同时兼顾上、下游利益，对图书市场品种的营销周期、地域文化、专业需求等进行合理配置，以实现盘活资源，整合市场的目的。

（五）"经验式"分析

书店人多年以来，对图书市场的认识和分析习惯于"经验式"的怪圈现象。由于计划经济的模式，不同程度地限制和阻碍了书业的发展，一切按计划出版、印刷、发行，形成了一条龙的经营模式。在书业内上游出版社，不考虑地域间文化差异和实际需求，下游书店不考虑渠道和销售能力，在图书发行上经常会出现"发多退多"的现象。如今，这种计划经济思维模式还依然存在和影响书店的经营。书业一些有识之士，正在探索市场环境下图书市场的分析方法和分析模式。亟待突破传统，创新模式，其"2/8 分析原则"、"4/6 比率模式"、"备货 8 种方法"和"3/7 库存原则"，经过多年实践认证了这些方法的效能和作用，在分析品种需求，研究细分市场问题上，起到了"解难答疑"的功效，相信这些实践的方法能给业内人士带来诸多启发。

（六）"随意式"陈列

书店长期以来图书陈列摆放时常出现"随意式"的怪圈现象。传统概念是方便摆、随意放，有意销售无意陈列。由于以往图书陈列以书脊陈列为主，简单摆放为辅，册数多了就摆摆，品种少了就叠放，从而造成新书、好书失去了许多与读者见面的机会。这种现象不能再继续下去了，图书陈列的主要目的是使新书、好书尽快让读者看得见摸得着，采取以封面平摆为主，书脊摆放为辅。运用归纳记忆法和标准陈列法，使图书规范化、标准化陈列，因而产生积极的实效作用。依据卖场图书陈列需要，采取平脊摆放陈列、色彩分隔陈列、品牌系列陈列、品种梯式陈列、新书双重陈列、三从三到陈列，使图书陈列适应市场变化，适应读者需求。让书业人方法记得住、方便操作，从而规范图书陈列标准和摆放，对书业的卖场展示起到创新模式的作用。

（七）"被动式"推荐

在书业图书销售环节上，图书推荐始终存在"被动式"的怪圈现象。按书店传统图书推荐习惯，不推荐也销售，推荐也产生不了效益，久而久之形成了可有可无的现象。其实在书业中图书推荐是十分重要的一个销售环节。因推荐人的阅读能力所限和经验方法差距，对图书推荐的实际功效产生误解。在经营实践中"以营销为目的，以推荐为手段"是书业当前的重要课题。图书推荐的成效取决于推荐者的专业知识、口表能力和反应能力。因此图书推荐亟待好的经验模式，采取因书推荐（重点品种，系列品种，相关品种），因人推荐（主动服务，贴近读者，诚信推荐），因时推荐（购书交款、读者询问、缺书登记）等方法，能够起到明显的效果和效益。围绕读者的实用性需求、时尚性需求、学习性需求和专业性需求就能够创新思路，另辟蹊径。

（八）"标语式"宣传

多年来，书店把图书宣传仅停留在"标语式"的怪圈现象。以往许多传统做法是以橱窗摆放为主，横幅标语为辅，出版社为了宣传重点图书品种用"一拉宝"和吊旗等烘托书店环境氛围。书店日常利用店内广播和张贴海报等形式营造气氛，从而达到宣传的目的。这些方法不同程度地起到了一定宣传作用，但目前仅限于传统模式的宣传方法，是很难满足"地毯式"宣传和"立体式"覆盖的市场效果。因此应创新宣传模式，利用现代化传媒手段和电子产品设备。采用立体传播，内外宣传的办法。可采取日报中缝广告、晚报图书连载、周报图书专栏、电台专题宣传、电视滚动上榜，在店堂内广播循环宣传，视屏循环播放，电子屏幕显示，同时悬挂墙体海报，店外橱窗广告，会馆办报，举办讲座和作者签售活动和方法对图书宣传起到传播的效用，无疑这就是图书卖场的一种好方式。

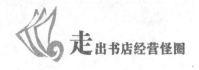

（九）"模仿式"分类

书店里的图书分类长期遵循"中图法"分类，存在"模仿式"的怪圈现象。"中图法"图书分类是按图书馆学 22 大类原理分类的，目的是从图书管理角度进行科学分类。而书店的图书分类应依据市场营销的思路进行图书分类，二者有相同之处，也存在不同之处，书店应按读者的学习需求、专业需求、实用需求、时尚需求进行图书分类，而不能简单地模仿分类。书店应当按图书市场需求按级分类、按种分类，将图书分类到千种万种。在日常营销中以实用分类为主，以专业分类为辅。从实践中探索图书分类的实用性和有效性，同时应以市场品种细分为导向，采取数据库管理的模式，运用平架分类、中架分类、高架分类、格式分类、立架分类、插板分类、吊牌分类等方法和方式，形成科学化、标准化分类体系，更好促进书业图书分类的科学性。

（十）"停业式"盘点

多年来书店业年终盘点习惯于"停业式"的怪圈现象。受传统计划影响"拍脑门"、"一刀切"，集中人力、物力、财力办大事，是国企的优势也是不足。同时不计成本、不计劳效的浪费现象时有发生。无计划人均劳效、无计划目的的用纸，盘点后纸张遍地见怪不怪，还存在盘点时间长、无功效的浪费。一些参加过图书盘点的人员说："每次年度图书盘点都干个通宵，特别是到下半夜眼神儿都不好使了，看目录几乎模糊。"使图书盘点的实际目的和效果将大打折扣。究其原因应当是无计划所致，因此书店图书盘点应实行"无纸化"盘点，方案化操作。关键是划区盘点、任务分组、分组负责、科学调度、掌控时间、有效组织。业务拿计划，物业管配线，网络导数据，储运掐库账，财务核盈亏，领导抓调配，才能做好年度图书盘点，并做到统筹安排，实现了无纸化操作，节约时效、人力和物力的作用。

第三节　管理营销实践创新

（一）应对市场危机

当前在市场危机下图书企业存在压力和困惑，挑战与机遇，图书市场也不同程度的受到了金融危机的影响，由于人们在媒体广泛的互动下，特别是央视"华尔街风暴"的造势推动，人们从平日的正常性消费转为紧缩性消费，一时间对国际形势的变化和国内经济的变化产生恐惧和慌乱，这些都对图书业的发展产生不利因素，因此冷静地观察中国书业态势，正确把握图书发展规律，使书业人破解当前市场危机的难题。同时也是考验书业人能否坚定书业发展，尽早走出书业营销的阴影，是考验书业人理性面对现实，认真解决当前问题的首要任务。从2009年一季度书店销售情况来看，形势较为乐观，预计2009全年图书销售状况应当涨幅在5%左右，如果二季度图书销售趋于平稳略降（5%左右），预计三季度将出现爬坡式增涨，四季度对全年的总体销售将起到决定性的关键作用，按一般性市场规律认识，2009年的图书销售周期重点在二季度，因此必须加强二季度的月份营销工作，要抓图书增涨点，并紧跟不放，要每天关注，每周把握，每月掌控，每季盘点，特别是畅销品种趋势要进、销、存、退全面跟进，对长销品种把握要分类、陈列、推荐、营销一体化运营，对图书品种的结构要进行适度调整，特别是双休日、节假日营销企划工作的运营和宣传将推动动销品种的营销，使其实现二季度整体效益的增涨和运营，如果采取上述方法，这样就减轻了我们2009年图书市场危机所带来的压力。如果一季度能超去年同期百余万码洋，二季度淡季市场即使滑落10%～15%，一季度的超额部分可添充亏补。从有关信息上了解，由于国家新闻出版总署书号管理改革，2009年的书号要分期分批进行，现在图书品种缺少的原因可能就在于书号还没有被批下来，我们要适时关注图书新品种的变化。今年出版社（特别是小出版社）目前会出现以下几种情况：由于资金链断裂，所有的书店销售状况不好，回款问题已经形成滞障，因此出版社的书号即使被批了下来，图书的品种和印数也可能减量；另外，回款的速度与合同要进一步缩短周期（还款周期要缩短）；即使书号被批下来了，也可能没有新的图书选题，许多出版社因经济危机在控制图书品种、册数和回款问题上会更加慎重。

最近央视新闻联播报导，美国前总统卡特说："美国现在已经失去了作为伟大国家的道德。"现在美国53万亿美元债务，目前靠大量印制美元纸币，维持国家金融职能。美国的做法会在国际上失去信誉，中国政府目前正在与日本、新加坡、韩国研究两国间的货币区域流通兑换问题，目的是为了提高人民币抵抗风险的能力。我们书店在几年之前也是"一个失去了道德的书店"，那时我们不知道自己与读者是什么样的关系，其实读者就是我们的衣食父母，而我们却对读者麻木不仁，这就说明我们的管理没有跟上。企业管理就是要解决对读者的服务问题，只要读者有投诉书店，应及时处理投诉问题并赶快逐步汇报，而不要把矛盾揽在自己手里，导致最后产生了不良影响。我们做门市工作的每位员工都要懂得，在把陈列工作做好同时，重点工作是图书推荐。书店经营管理上普遍存在的问题是，个别部门或企业领导工作缺少方法，有时眉毛胡子一把抓，忽视重点，照顾其他。一些员工不知道自己怎么做最好，不了解读者在想啥，应当把主要精力和目标调整到向读者推荐图书上去，要时刻关注读者是否需要我们的服务和推荐。我们书业管理要下大力气培训员工提高服务技能和服务水平，要让员工留意读者的各种需求、想法和意见，要抓住关键时机，抓住读者的购买倾向，进行重点宣传和推荐。这样会极大地提高我们的销售能力，从而提升书店经济效益，以增强信心，应对市场危机。

（二）理性监测市场

2009年初学生放假和开学使课本教辅的销售出现了一个新高，应整合教材书店与业务采购资源，使整个营销思路比以前更理性、更明晰。也就是说，教辅资源应进一步得到了整合。过去，教材书店只考虑自己的发行问题，书店课本教材的零售严重受到了教材书店发行环节的影响，只要教材书店的课本一发行，那么书店的课本及教辅品种零售量马上就会下降。资源虽然都是书店的，但是没有做到资源的配置和整合，经过整合使书店的课本教辅销售就会得到进一步上涨和提升。因此，我们考虑到了资源和市场的总量控制，特别是对学校放假期前课本教辅的销售工作进行了重点研究。2008年11月份连续开了业务和门市工作会议，主要围绕学生放假重点研究三件事。围绕2009年课本教辅品种分析和研究市场总量变化，围绕课本教辅的往年销售情况进行综合分析，围绕重点品牌品种做好备货和大胆预测放量。具体做法是：一是明确分工，重点调研，采取了分析往年实际销售的方法确定总量控制；二是派数人到重点学校进行重点品种的调查问卷，掌握其总量的需求和变化；三是征求市教师进修学院教研员对重点教辅品种的意见，使其品牌化图书得到重点放量；四是采取"备货原则"做好刚性需求的课本教辅销售工作，即：（1）确保品牌数量库存；（2）监测往年销量对比；（3）适度常规备货；（4）坚持重点放量；（5）掌握旺季涨幅；（6）把握热点需求；（7）关注异常补货；（8）大胆超常放量。与此同时在储运配送中采取"四库法"：（1）提前三天出库；（2）时销时进出库；（3）柜组预售出库；（4）及时到货出库。门市营销工作采取"陈列六方法"：（1）重点品种陈列；（2）系列品种陈列；（3）重点梯式陈列；（4）重点双重陈列；（5）重点引导陈列；（6）重点宣传陈列。与此同时采取"日常销售三反馈"，为了做好图书推荐工作采取，即：（1）学校信息反馈；（2）需求品种反馈；（3）重点推荐反馈。"日常推荐四步法"即：（1）重点品牌推荐；（2）系列品种推荐；（3）相关品种推荐；（4）差异价格推荐。由于采用了上述方法，有效地指导和把握了学校放假和开学期间的课本教辅销售工作，取得了明显的经济效益。

　　2009 年的经营形势不容乐观：第一季度是全年开局的关键，第二季度是全年涨幅的关键季节，过了 6 月份之后我们才能看到 2009 年的曙光。应该说，从 1 月份的整个销售情况看初见端倪，这段时间销售超去年同期最好水平。大家千万不要以为前景乐观，因为经济危机的影响，4、5、6 月份还存在许多未知的图书市场因素及困难，这一点要理性认识和清醒把握，课本教辅销售就是具有常规性、季节性、连续性、超常性特点。虽然一月份销售收入有了不同程度的提高，但是前一阶段的销售高峰的到来是不太正常的。为什么说不正常呢？因为由于教改的影响，教育部门对已往每年征订课本教辅进行了适当的调整和品种压缩，从而出现了特殊情况，使得学生放假和开学教辅课本的销售比较集中，由于学校放假期间没有过多的发教材和教辅，从而使得小学、初中学校的老师、学生和家长产生了瞬间的恐慌。因此，会出现暂性的需求变化，我们的重点工作是抓商机，促销售，快补货，多推荐。时间就是效益，效率就是金钱。为什么高中的购买群体不产生恐慌呢？因为高中的孩子年龄原因比较理性，主要是为了应对高考复习，而小学和初中的学生并不理性，用于学习的目的性不十分明确，存在攀比心理、从众心理、拔高心理等。由于我们对图书品种的分析和把握比较理性，才没有出现大量的品种断货现象，因此图书销售才有所增

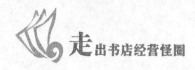

长。我们应该更加理性地看待下一步工作，之后的教辅销售应该是进一步呈平稳销售趋势，大家要在兴奋和激动之余冷静地看待2009年不平静的市场。一句话，要保持平常心态，积极应对，采取措施，深挖潜力，掌控需求，才能稳定目前的经营局面。

（三）调整营销重点

从2009年一季度市场观测，我们应该把图书营销重点做适应调整：一是考试类图书的重点区域，要把各类别考试图书的宣传牌按类别、分时间段摆放好，比如：美术类考试、护士类考试、建造师考试等，只有把考试类书作为重点，才能有经济增长点；二要把文学类、社科类、生活类图书作为经济增长点进行集中陈列和重点宣传。学校开学后要把教辅图书销售重点转向少儿类、工具类和外文类图书；三是要注意我们日常销售过程中的节奏，进行适时调整，要集中人力、物力、财力组织各阶段的销售工作。门市、业务、网络、策划部要抽时间研究最新图书品种，并指导宣传和陈列。团购部门要把重点客户代表请到书店来，我们要适当地向客户进行宣传并赠送给他们一些图书，而且要通过客户们的嘴把图书推广出去。

（四）关注市场需求

从目前全国市场第六次读者调查看，女性读者占50%以上。首先要调整经营思路，特别是生活类、家教类、女性励志类图书的思路，要进行一下调整。既然要以女性读者为主，那么就要把女性类的阅读物放在重要位置上考虑，要把所有女性的图书品种进行集中陈列，无论原先是在少儿类中、培训类中、经济类中、生活类中、旅游类中的女性读物都要进行集中。首先就要将女性类的图书品种进行增量和调整，同时还要考虑在卖场上将女性品种有重点地进行放量、集中陈列和宣传。医药类图书、美术书法类图书也要进行调整，要向女性类方面扩展。也就是说，当经济不好的时候我们要眼睛向内找差距，看自己有什么不足之处，要进行冷静地思考。

其次关于魔术方面的图书要进行重点宣传，这类图书是社会热点类图书。

系列套书不仅要重点地集中宣传，同时也要展开进行销售。考试类图书也要集中，凡是有利于励志成长的图书不要仅看书名，而是要全部进行适当集中。这样就把看不见的增长点进行了重新的审视和研究。增长点是找出来的，是发现出来的，决不是凭感觉，要想理性思考就必须有一个专业的基本常识的认识和概念的深化理解，再加上我们对日常工作的逻辑思维分析和对读者心理、情趣和阅读需求的把握。

再次捕捉信息发现商机，一是，国家对冶金建设项目及中省直民营企业项目的投资，特别是本地百亿元项目的投资，包括三十万吨有曲向硅钢、六十万吨煤焦油加工、七十万吨的合金建材、十五万吨的笨加氢等一些重大项目开工建设。二是，本地投资发展也有明显进步，有十项以冶金为产业的项目：（1）精特钢；（2）曲向硅钢；（3）冷轧不锈钢；（4）轴承用钢；（5）硅钢深加工；（6）铁桶板材；（7）型材紧固件；（8）电镀锌板；（9）不锈钢板；（10）不锈钢注锌复合板。应根据不同的市场品种变化要选择科技类图书品种，以满足不同市场的需求。与此同时还要注意本地的文化教育结构的调整，一是本地成立大学毕业生就业职能培训中心；二是退役士兵职业技术学校；三是农民工培训基地。我们要了解这些培训中心和学校的教学用书，只要抓住图书市场的需求，就能够为保增长、抗危机做出贡献。

（五）解疑突破难点

书店的管理越深入，应当将工作做的更细、更实、更有效，日常困扰我们的工作主要有以下几个方面，一是一号多书问题，二是建立柜组台帐，三是季度货架点存。我们现在的工作还没有达到流程化、科学化、规范化，既然是这样，我们就要把工作做实做细，从现在开始着手，在一号多书问题处理完之后，要进行每季度的货架盘点工作，点存过后柜组要建立台帐，调整图书陈列，按照平架在眼前、中架在上边、高架在中间的方法做好图书陈列，而且要跟进时间、速度和质量，要每天把握好图书上架的票与帐相符问题。四是要处理好错架图书。五是要掌握每日新书和丢书问题。这样做的好处和作用是什么？如形成柜组台帐之后，员工对于每天进的图书就会心里有数，手工帐要与单子相结合进行累计，帐要记清楚，单子要保管好，一旦网络数据丢失时就以手工原始数据为准。我们每天将错架的图书重新归位的好处在于，如果错架图书找回来之后会对图书丢失问题更加心里有数，对于应该补货的图书更加心里有数，我们不至于只依靠计算机数据进行查询添货，就能够解决好实数和实物不符的问题。如果你不抓错架，不抓丢书，那么你就不知道图书实际上究竟丢了还是没丢，你就无法知道到底是我们的分类出现了问题还是陈列出现了问题。因此，从 2009 年开始我们每天要清理错架图书，查找错架的图书，要把丢书和错架书问题作为重点工作来把握。图书丢失了不要紧，只要能够给予补货的机会，那么丢书的损失也能再赚回来，但是如果图书本来还在，只是因为错架而没找到的话，一旦到退货时找到，这些书就失去了许多有利的销售时机。我们的很多工作就是把平常工作中不易被发现的东西被我们发现了，这就是科学管理。图书规范陈列对于我们来说，就是要研究图书的在架、不在架、错架和丢书问题。因此，账物实了，数据就更实了，也就是销售工作的基础就做好了，细节决定成败。

2009 年我们还有很多工作要作，很多基础性工作并不是像我们想象的那样已经干得差不多了，已经掌握得差不多了。目前中国受世界经济危机影响，图书业到底如何发展和生存，到现在有很多问题已经初露端睨。中国目前股市是否已经沉到了底无人知道，人们对此有些失去了信心，另外中国楼市使老百姓依然持币观望，还有中国车市也出现了消费波动，因此，各级政府正在调整拉动市场的能力和提高金融管理能力。2009 年在全国书业中将会有许多国有书店关业和民营书店的倒闭，由于资金链和管理链的断裂出现了许多亏损和倒闭现象，这属于正常的。因此要想不被淘汰只有一句话，就是：学先进、找差距和重实践。其中最主要的落脚点就在于实践，要通过日常的实践来发现规律、模式和增长点。我们要在日常工作中学会创造性思维，要用逆向思维来反思我们日常工作中没有做到的地方。在工作做了很多年之后，我们最容易产生的是惰性、自满和骄傲。就像美国一样，美国之所以出现今天的经济问题就是因为他骄傲了，他认为自己提出的新经济理论（即取消实体经济，用虚拟经济来玩钱）是创新了金融经济，但这是不可能的，因为人们最终离不开生产，也离不开实物消费。目前很多专家讲，世界经济要形成三大区域：一是以北美为主的美元区域；二是欧元区域；三是人民币区域。但是要形成人民币区域是很难的，我们从 2000 年才刚刚开始实行货币区域交流，中国的人民币目前在日本、越南、俄罗斯等国可以流通，但是由于美元属于世界货币主导全世界经济，美元肯定要影响中国经济，目前我们从各种层面上看中国经济已经出现了危机现象，至少南方一些实体经济已经出了问题，北方一些出口大企业也不同程度受到影响。我们的图书行业是卖情报、卖信息的，只有注意读者的兴趣需求、实用需求和学习需求，才能知道把我们的图书卖给谁。也就是说，我们工作的落脚点是要研究卖书，只有把卖书研究明白了，才能推进书业的发展和进步，才能减少金融危机对书业的影响。

参 考 文 献

《服务创新战略》	张智翔 陈静 编著	重庆出版社
《出版大崩溃》	【日】小林一博 著	上海三联书店
《沃尔玛 PK 家乐福》	杨春 唐晨光 编著	海天出版社
《零售业规范服务图解手册》	凌一 马飞鹏编著	海天出版社
《打造一流书店》	李军 编著	海天出版社
《海尔终端》	冯帼英 朱海松 著	广东经济出版社
《怎样做优秀导购员》	伞秋月编著	广东经济出版社
《苏宁成长的真谛》	成志明 著	机械工业出版社
《国美与苏宁》	朱甫 主编	中国经济出版社
《图书营销学》	孟凡舟 编著	书海出版社
《图书发行业务知识手册》	王鼎吉 主编	中国社会出版社
《图书发行员实用知识新编》	周一苇	浙江人民出版社
《新编现代商场（超市）规范管理大全》	章洁 编著	蓝天出版社
《剖析亚细亚》	陈松雨 著	北京大学出版社
《文化巨无霸》	李怀亮 刘悦笛主编	广东人民出版社
《三国人才学与现代领导艺术》	胡冰 编著	沈阳出版社
《辨经》	（三国·魏）刘邵 著	时代文艺出版社
《王永庆谈中国式经营管理》	王永庆 著	江西人民出版社
《变通学》	（唐）赵蕤 著	时代文艺出版社
《跟毛泽东学领导》	刘峰 路杰 主编	红旗出版社
《鉴人智源》	（三国·魏）刘劭 原著	企业管理出版社
《门市发行》	陆凤根 编著	中国书店
《图书发行企业管理》	陈章远 编著	中国书店
《造势》	苏伟伦 主编	西苑出版社
《新员工必读》	日本能率协会 编	东方出版社
《图书发行业务知识读本》		开明出版社
《酒店六常管理》	邵德春 著	北京大学出版社

《媒体操纵》　　　　　　　【英】约翰·克莱尔　著　河北教育出版社

《图书营销传播》　　　　　文硕　吴兴文　编著　中国广播电视出版社

《点书成金》　　　　　　　吴超超　编著　　　　重庆出版社

《图书宣传》　　　　　　　乔迪·布兰科　著　　河北教育出版社

《海外书业经营案例》　　　杨贵山　编著　　　　中国水利水电出版社

《世界发行扫描》　　　　　林成林　唐明霞等著　辽宁人民出版社

《优秀营业员》　　　　　　赵永秀　编著　　　　海天出版社

《工作即做人》　　　　　　查尔斯　著　　　　　中国商业出版社

后　记

　　《走出书店经营怪圈》旨在叙述国有书店的管理者和实践者，在书店由计划经济向市场经济过渡中，改造与创新，探索与进步，建立与发展上，体悟了传统书店优势的继承，总结了现代书店资源的优化，从而取得了一些营销管理的实践和经验。

　　笔者以较强的责任心和大胆创新实践，特别是在反思传统经验的同时，对书店的进、销、存、退工作提出了建设性的意见，并在具体营销实践中改进了许多工作方法。这些感悟与实践是笔者在几年的书店经营管理中，精心地组织、细心地管理，使国有书店从艰难的困境中走出传统，走向市场，进而步入了新的发展业态的过程中形成的。

　　从此书的文稿中读者可以领悟出，传统书店精华的继承及市场环境下书店发展新的管理思路、新的营销思路。这对从事书业的出版者和发行者是一种启发和提示，也是对当前市场经济条件下的国有书店，或个体书店的营销者、管理者的一种交流和借鉴。

　　此书稿的问世告诉业内人士，在新的市场经济中图书营销必须面向读者、注重实际，从解决实际问题入手，采取学先进、找差距、重实践的办法，才能使传统书店走出困境，走出误区，走出怪圈。

　　总之，"逆水行舟，不进则退。"道理只有一个，在当前市场危机情况下，任何书业人都将面临市场的考验；任何企业都将在如何选用能人、精英问题上面临市场的检验；"谋事在人，成事在天"，关键在于人，需要在选择领军人物、选拔人才骨干、培养人才队伍上下功夫，使企业的人才能够有位置、有权力、有贡献，在未来的市场中搏击、奋斗中，去开辟新的路径和新的市场……

　　至此，书稿杀青之时，谨向为本书的素材、图表、照片提供及书稿的打印付出辛苦的李冬洁、高旸、董博、韩雪、周宇、陈新威、李鼎威、赵勇等，深表重谢。即将付梓，记下编后数言，告慰诸位方家，笔者拙见，仅供参考，并请诸方家多赐教。谨识！

编者于莲花山木屋

2009 年 5 月 1 日